August Freih



# Das constitutionelle Princip

## Erster Theil

SALZWASSER VERLAG

**August Freiherr von Haxthausen**

# Das constitutionelle Princip

## Erster Theil

Unveränderter Nachdruck der Originalausgabe von 1864.

1. Auflage 2022 | ISBN: 978-3-75259-662-5

Verlag: Salzwasser Verlag GmbH, Zeilweg 44, 60439 Frankfurt, Deutschland
Vertretungsberechtigt: E. Roepke, Zeilweg 44, 60439 Frankfurt, Deutschland
Druck: Books on Demand GmbH, In de Tarpen 42, 22848 Norderstedt, Deutschland

Das

# constitutionelle Princip

seine geschichtliche Entwickelung
und seine Wechselwirkungen mit den politischen und socialen
Verhältnissen der Staaten und Völker.

Herausgegeben von

**August Freiherrn von Haxthausen.**

---

In zwei Theilen.

---

Erster Theil.

Die Repräsentativ-Verfassungen mit Volkswahlen.

Von

Karl Biedermann.

Leipzig

1864.

Die

# Repräsentativ-Verfassungen

## mit Volkswahlen.

Dargestellt und geschichtlich entwickelt

im Zusammenhang mit den politischen und socialen Zuständen der Völker

von

Karl Biedermann.

Leipzig

1864.

## Vorwort des Herausgebers.

Viele Jahre seines Lebens hat der Unterzeichnete der Erforschung und Untersuchung der socialen Verhältnisse der Völker gewidmet. Vorzugsweise waren es die untern Klassen der Gesellschaft und insbesondere derjenige an Zahl überwiegende Theil der Völker, welcher den Landbau, die unverrückbare Grundlage alles Volkslebens und aller Staaten der civilisirten Welt, als seine sociale Lebensbasis anerkennt, denen er seine Studien gewidmet hat. Er hat weniger Bücher, Archive und Registraturen durchforscht, als vielmehr die Grundlagen des Lebens und die Bedürfnisse dieser Klassen der Völker zu ermitteln gesucht. Soviel als möglich hat er daher durch unmittelbare Anschauung an Ort und Stelle diese Lebensverhältnisse beobachtet und deren innern organischen Zusammenhang sich klar gemacht. Er ist zu diesem Behufe mehr als zwanzig Jahre vorzugsweise in der preußischen Monarchie, wo der König Friedrich Wilhelm IV. sein Unternehmen auf das entschiedenste begünstigte, dann später im übrigen Deutschland, in der österreichischen Monarchie, in Dänemark,

England, Frankreich, Italien umhergereist und hat manches darüber publicirt.

Vor 21 Jahren hat er auch fast zwei Jahre lang die russische Monarchie vom Norden bis zu den persischen und türkischen Grenzen durchreist, worüber er zwei Werke*) erscheinen ließ. Seitdem behielt er mit besonderer Vorliebe dieses Reich mit seinen hundert Völkern und der Ausdehnung eines Welttheils im Auge.

Rußland hat, besonders in den letzten zehn Jahren, große Schicksale gehabt und unberechenbare Evolutionen in seinen innern socialen Verhältnissen begonnen, und man kann vielleicht noch größere erwarten.

Es scheint, daß infolge dieser Umwandlungen in Rußland sich auch die Meinung entwickelt und verbreitet, daß die bisherigen Formen der Regierung den in so mannichfacher Weise sich entwickelnden neuen socialen Zuständen gegenüber nicht mehr genügen und ausreichen. Manche Zeichen deuten darauf hin, daß der Drang und die Strömung der Zeit auch das russische Reich in andere und neue politische Bahnen hinüberführen könnte. Daß Versuche in dieser Richtung

---

*) Studien über die innern Zustände, das Volksleben und insbesondere die ländlichen Einrichtungen Rußlands. (3 Thle. Hannover 1847—52).

Transkaukasia. Andeutungen über das Familien- und Gemeindeleben und die socialen Verhältnisse einiger Völker zwischen dem Schwarzen und Kaspischen Meere (2 Thle. Mit Holzschnitten, Lithograuaphie nnd einer Karte. Leipzig 1856).

hin werden gemacht werden, erscheint dem, der Rußland kennt, nicht unwahrscheinlich; mit welchem Erfolge, ist freilich nicht vorauszusehen.

Wie dies auf eine ersprießliche Weise möglich sein wird, bei der jetzigen Gliederung des Volks, bei dessen Culturstufe, bei dem gänzlichen Mangel an politischen Anschauungen im eigentlichen Kerne des Volks, darüber wage ich, unberufen, kein Urtheil auszusprechen.

Man denkt in Rußland vielleicht hin und wieder, weil es so leicht geworden, bei dem russischen Volke und Staate die fremdländischen bureaukratischen Formen einzuführen und einzubürgern, so würde dies mit andern und neuen, vielleicht mit den constitutionellen Formen auch nicht so gar schwierig sein. Man scheint hierbei aber nicht daran zu denken, daß jene bureaukratischen Formen nur ganz allmählich und gradatim eingeführt sind und über hundertundfunfzig Jahre gebraucht haben, um zu wachsen und sich beim Volke einzuleben.

Seit langen Jahren habe ich mich mit dem Studium russischer Zustände beschäftigt. Ich habe eine große Zuneigung für Rußland, für den eigentlichen Kern des russischen Volks, ich glaube, daß ihm eine große Aufgabe in der Weltgeschichte gestellt ist, und wünsche daher lebhaft, daß die jetzige innere Krisis ersprießliche Folgen für Rußland haben möge. Dies ins Auge fassend, entschloß ich mich daher, auch mein Scherflein dazu beizutragen, daß diese Krisis einer weisen, thatkräftigen, aber vorsichtigen Leitung nicht entbehre. Es schien mir vor allen Dingen nothwendig, daß den gebildeten Russen, den Staats- und Geschäftsmännern (nicht den russischen Fachgelehrten) eine richtige und klare Einsicht über das Wesen und die Principien des constitutionellen Systems, seine Geschichte und die Wirkungen bei dessen Einführung, Fortbildung und Ausbildung vorgelegt und mitgetheilt werde. Hierzu bedurfte es nun eines Buchs (nicht eines eigentlichen gelehrten Werks) worin dies leicht und faßlich, aber concis und wahrheitsgetreu dargestellt würde. Ein solches Buch müßte vor allem die verschiedenen Wahlsysteme als die reale Grundlage alles staatlichen constitutionellen Lebens und ihre politischen und socialen Wirkungen in den verschiedenen Staaten und Ländern, ihre Abänderungen, Umwandlungen, Ersetzungen durch ein anderes Wahlsystem, namentlich infolge von Misständen, die durch sie erzeugt waren, enthalten. Es müßte gewissermaßen ein Lehrbuch zum praktischen Gebrauch, zur praktischen Ausbildung und zugleich ein Spiegel sein, worin man Gutes und Böses, Ersprießliches und Gefährliches, was in den constitutionellen Systemen und ihren Anwendungen sich herausstellt, erkennen könnte.

Ich selbst fühlte mich einer solchen Aufgabe nicht gewachsen; ich entwarf demnach das hier weiter unten folgende Programm eines Buchs und trat mit mehrern deutschen Fachgelehrten über die Bearbeitung in Unterhandlung. Das Resultat liegt hier vor und die Feststellung war die folgende.

Herr Professor Biedermann in Leipzig übernahm die Darstellung der Entstehung, Entwickelung, Charakteristik und der Geschichte der constitutionellen Doctrinen oder des politischen Repräsentativsystems sowol im allgemeinen als bei den einzelnen Völkern und Staaten. Er entwickelte darin zugleich die verschiedenen Repräsentativwahlsysteme, wie sie zuerst entstanden und wie sie auf die Repräsentativverfassnng und auf die socialen und politischen Zustände der Staaten und Völker eingewirkt; ferner wie und wo sie etwa Misstände hervorgerufen und wie dadurch Modificationen, Abänderungen und Umwandlungen durch Ersetzung und Einführung eines andern Wahlsystems nothwendig geworden.

Bei der zweiten Abtheilung des Buchs, bei der Darstellung der politischen und socialen Wirkungen der verschiedenen Wahlsysteme in den einzelnen Staaten, liegen diese wol keineswegs überall klar vor Augen, sind vielmehr häufig äußerst complicirt, und da werden dann wol unzweifelhaft die individuellen Ansichten des Darstellenden, die politische Färbung, der er angehört, stets nothwendig einen gewissen, nicht zu vermeidenden Einfluß auf die Darstellung üben. Es schien mir daher im Interesse der Wahrheit, der Gerechtigkeit und der Nützlichkeit für das ganze Unternehmen nothwendig, daß hierüber nicht eine Stimme allein gehört werde, sondern, daß vielmehr mehrere Schriftsteller von verschiedener politischer Färbung und Anschauung sich darüber ehrlich und gewissenhaft, wie wir dies bei deutschen Gelehrten in der Regel finden, unbefangen nach eigenen persönlichen Ansichten und Ueberzeugungen aussprechen.

In dieser Beziehung haben demnach außer Herrn Professor Biedermann auf meine Bitte vier andere namhafte deutsche Staatsrechtskundige es übernommen, ihr Votum in gründlichen Abhandlungen niederzulegen und mir zur Herausgabe mitzutheilen, was denn auch hier geschehen. Es sind dies die Herren Hofrath Professor Held in Würzburg, Professor Gneist in Berlin, Hofrath Professor Waitz in Göttingen und Professor Kosegarten in Graz.

Sämmtliche fünf Herren haben sich in ihren Arbeiten rein auf dem objectiven wissenschaftlichen Standpunkte gehalten und daher hierbei Rußland gar nicht speciell ins Auge gefaßt. Um so unbefangener kann man das ganze Werk in Rußland aufnehmen, und ich hoffe, es wird für dasselbe nicht ganz ohne Nutzen sein.

# Programm
eines Buchs über die Volkswahlen in den Repräsentativverfassungen in ihren verschiedenen Systemen und in ihren politischen und socialen Wirkungen in der jetzigen Zeit.

## Vorwort.

Der Socialtrieb im Menschengeschlecht in seiner Stufenleiter: die Familie mit dem von der Natur gesetzten Vater an der Spitze, die Erweiterung derselben, die Horde bei den Nomaden, die Gemeinde bei den Ackerbauvölkern. An deren Spitze das Stammeshaupt, der Fürst (der Vorderste, der Vorsteher); fernere Erweiterung: das Volk, das Land, an dessen Spitze der König. Ursprünglich unumschränkt wie der Vater. Aber wie die Unumschränktheit des Vaters in ihrer Reinheit nur bei den unmündigen Kindern hervortritt, bei erwachsenen Söhnen schon naturgemäß der Beirath sich bildet, so in der Horde und Gemeinde der Beirath der Familienhäupter (der Alten) neben dem Stammeshaupt oder Fürsten, neben dem Könige dann der Beirath der Fürsten, der Stammeshäupter, das ist der im Menschengeschlecht lebende Gedanke der Obrigkeit, nicht erfunden, nicht gemacht, sondern aus Naturnothwendigkeit gegeben und meist überall erblich gefestet.

Aber durch irgendeinen Zufall oder ein Ereigniß verschwindet das Familienhaupt, das Stammeshaupt, der König. Er wird dann durch Wahl ersetzt. Beim natürlichen Gange der Ereignisse wird zu dem vorhandenen anerkannten Amte der Obrigkeit in der Familie, in der Horde und Gemeinde, im Volke von den natürlich dazu berechtigten, den Söhnen in der Familie, den Familienhäuptern in der Gemeinde, den Fürsten im Volksstaate, das Oberhaupt gewählt. Der erste Vater, Fürst, König ist von der Natur eingesetzt, der zweite aber wird gewählt. Der Beirath ist bei dem ersten natürlich, bei dem zweiten aber bekommt er eine Rechtsstellung, er hat ein Recht dem Oberhaupt gegenüber, besonders wenn statt des Königthums die Republik sich bildet oder eintritt. Ihr Charakter im Gegensatz zum erblichen Königthum. Die Wahlobrigkeit auf Lebenszeit, auf bestimmte Jahre Könige, Fürsten, Herzoge, Magistrate. Allgemeine Volkswahlen, Wahlen gewisser Klassen in demokratischen, in aristokratischen Republiken. Zum Schluß des Vorworts: Allgemeine Charakteristik der Volkswahlen a) um die Obrigkeit zu wählen, b) um die Obrigkeit in ihrer Machtvollkommenheit einzuschränken.

## Einleitung.

Kurze historische Entwickelung und Charakteristik der bei den antiken Völkern vorkommenden Volkswahlen. Spuren bei den alten Weltmonarchien: Persern, Aegyptern. Bei den Juden. Die Königswahlen: Griechenland, Athen, Sparta, Rom. Wahlen bei allgemeinen und bei besondern Angelegenheiten. Die Wahlen in der germanisch-romanischen Welt. Das feudalistische Princip. Das Princip, daß jeder für sich auftritt, sich selbst vertritt. Demnach schon die Keime der verschiedenen Wahlsysteme. Die Wahlen der Päpste und Kaiser, die Acclamatio populi. Die Wahlen in den einzelnen Ständen, Klassen, Corporationen, Zünften. Die Wahlen in den Städten. In Portugal, Spanien, Frankreich, Deutschland, Italien, in den Republiken Venedig, Genua, in der Schweiz, in Holland, in Dänemark, Schweden. Die bei den slawischen Völkern vorkommenden Wahlen und Keime der Volksrepräsentationen in Polen, in Rußland (die Senskaja-Duma).

## Die Abhandlung selbst.

### Die modernen politischen Wahlsysteme und ihre Wirkungen.

Modificationen der vorhandenen Wahlsysteme in Portugal, Spanien, Italien, in den verschiedenen deutschen Ländern, der Schweiz, Holland, Belgien, Preußen, Oesterreich, Dänemark, Polen (1815), in den verschiedenen mittel- und südamerikanischen Staaten.

---

Schließlich bemerke ich noch, daß das hier mitgetheilte von mir entworfene Programm nur als allgemeine Grundlage für die Untersuchungen und Erörterungen hat dienen sollen. Es stellt den Zweck, das Ziel, den Charakter des ganzen Unternehmens und Werks fest. Allein ich habe den Herren Verfassern des Gesammtwerks natürlicherweise durchaus die Freiheit gelassen, ihre Arbeiten nach eigenem Ermessen aufzufassen und durchzuführen, sie also an die Ordnung und Einzelheiten des Programms keineswegs fest gebunden.

Thienhausen, im Sommer 1864.

August Freiherr von Harthausen.

# Vorwort.

Die nachstehende Schrift, eine vergleichende Geschichte und Darstellung der modernen Verfassungen, und insbesondere der bestehenden Wahlsysteme, hat sich die Aufgabe gestellt, die Aehnlichkeiten und die Verschiedenheiten derselben hervorzuheben, jene wie diese soviel möglich aus den gegebenen Verhältnissen zu erklären, und solchergestalt zu zeigen, wie die repräsentativen Einrichtungen mit ihren mannichfachen und wechselnden Formen ebenso wol die Wirkungen als die Ursachen der so verschiedenartigen politischen und socialen Zustände der Völker sind.

Getreu diesem historischen Standpunkte, hat der Verfasser sich es versagt, über den größern oder geringern Werth, die Vorzüge oder Nachtheile irgendeiner Verfassungsnorm oder Wahlart nach den Grundsätzen einer bestimmten constitutionellen Theorie oder einer politischen Partei abzusprechen; er hat sich darauf beschränkt, die thatsächlichen Erfahrungen dafür oder dawider sprechen zu lassen. Und wenn freilich auch die geschichtliche Beobachtung niemals ganz die Subjectivität des Beobachters verleugnen kann, so glaubt der Verfasser doch wenigstens nach Möglichkeit sich die Unbefangenheit und Gerechtigkeit des historischen Urtheils nach allen Seiten hin bewahrt zu haben.

Leipzig, 20. Mai 1864.

Karl Biedermann.

# Inhalt.

Seite

## Fünftes Kapitel.



## Sechstes Kapitel.

# Einleitung.

Allgemeine Betrachtungen über die Natur der gesellschaftlichen Einrichtungen. Ihre Verschiedenheit, bedingt durch die Verschiedenheit der Verhältnisse sowie der Nationalcharaktere; ihre Entwickelung bei allen Völkern die Folge eines allgemeinen socialen Culturgesetzes.

Jedes politische System, welches von Dauer sein und nützlich wirken soll, muß im Einklange stehen mit dem Charakter der Zeit und des Volks, für welche es berechnet ist.

Einrichtungen, welche für eine vorgeschrittene Culturperiode eine Wohlthat, vielleicht ein nicht länger zu verschiebendes Bedürfniß sind, würden, auf einer niedern Entwickelungsstufe desselben Volks eingeführt, möglicherweise mehr Schaden als Nutzen gestiftet, jedenfalls den damit beabsichtigten Zweck nicht erreicht haben.

Die besten Herrscher haben bisweilen darin gefehlt, daß sie, in edelster Absicht, aber ohne genügende Beachtung der Natur der Menschen und der Dinge, Gesetze oder Verfassungsformen, die sie anderwärts einen gedeihlichen Einfluß üben sahen, ohne weiteres auf die eigenen Staaten übertrugen, ohne zu bedenken, daß nicht die gleichen Voraussetzungen der Landesart, des Nationalcharakters, der Sitten und des geschichtlichen Herkommens hier wie dort wirksam waren, und ebenso haben oftmals ganze Völker ihr Heil von der Einführung von Einrichtungen vergebens erwartet, welche bei ihren Nachbarn sich in voller Lebensfähigkeit entwickelt hatten, bei ihnen selbst aber, wegen der abweichenden Grundlagen des gesammten Staats- und Gesellschaftslebens, nicht gedeihen wollten.

Auf der andern Seite gibt es allerdings gewisse gemeinsame Ziel- oder Richtpunkte alles politischen Lebens, nach denen hin, früher oder später, jedes Volk im Verlaufe seines Culturfortschritts nothwendigerweise hingelenkt wird oder sich selbst hinlenkt. Und zwar deswegen, weil diese Zielpunkte ebenso wol einem allgemeinen und natürlichen Triebe des menschlichen Wesens, als den nothwendigen und unabweisbaren Bedürfnissen eines stärker entwickelten und vielseitiger verzweigten Culturlebens entsprechen.

Unter diesem doppelten Gesichtspunkte muß man auch das Repräsentativsystem betrachten, oder das System, wonach das Volk, vermittels einer ineinandergreifenden Kette von Einrichtungen, einen gesetzlich geordneten Antheil an der Regelung der öffentlichen Angelegenheiten hat. Kein Volk kann dieses System entbehren, sobald es einen gewissen Grad des Wohlstandes, der Bildung, der materiellen und geistigen Entwickelung erreicht hat, ja schon wenn es einem solchen zustrebt; aber es würde verkehrt sein, dasselbe jedem Volke, ohne Ansehen seiner Culturstufe, zutheilen, oder es überall unter den gleichen Formen einführen zu wollen.

Es ist die Sache einer weisen und umsichtigen Politik, für das Inslebentreten dieses Systems sowol die rechte Zeit — weder zu früh noch zu spät — als das rechte Maß — weder zu viel noch zu wenig — unter sorgsamer Berücksichtigung aller Umstände auszuwählen. Das Zuviel schadet, weil es dem Volke einen Gebrauch der Freiheit zumuthet, für den dasselbe noch nicht vorbereitet und reif ist; das Zuwenig, weil dann vorhandene und schon entwickelte Kräfte, von einer gesetzlichen Thätigkeit ausgeschlossen, leicht in ungeregelte Bahnen geworfen, zur Unzufriedenheit und Ungeduld fortgerissen werden. Und ganz das Gleiche ist der Fall mit dem Zufrüh und dem Zuspät.

Ueberblicken wir die drei großen Hauptrassen der modernen Welt, die romanische, germanische und slawische, so finden wir die Fähigkeit oder Neigung, sich regieren zu lassen, und die, sich selbst zu regieren — von welchen beiden Richtungen das Repräsentativsystem (oder, wie wir auch sagen können, der Constitutionalismus) gleichsam den Durchschnitt, die Diagonale bildet — unter diesen drei Rassen sehr verschieden vertheilt. Die romanische Rasse, deren schärfster Ausdruck wol die Franzosen sind, ist vielleicht am meisten von allen dazu angethan, regiert zu werden, oder, richtiger gesagt, ihre Impulse von einem Mittelpunkte aus zu empfangen und ihre Aufmerksamkeit, ihr Interesse auf einen Mittelpunkt hin zu richten. Die germanische Rasse, umgekehrt, ist vom Hause aus wesentlich individualistisch, auf Selbständigkeit und Unabhängigkeit angelegt, so zwar, daß sie über der Vorliebe für communale und provinziale Eigenthümlichkeiten sogar leicht die nothwendige Einheit eines größern staatlichen Ganzen vergißt oder gering achtet. Die slawische Rasse ist in mancher Beziehung vielleicht noch lenksamer und weniger nach Selbstbestimmung ungeduldig als die romanische; indeß weicht sie von dieser ab und nähert sich der germanischen einigermaßen durch den entwickelten Sinn für communale Zusammengehörigkeit und Selbstregierung, welcher in der Geschichte fast aller slawischen Völkerschaften eine große Rolle spielt.

Uebrigens darf man nicht vergessen, daß bei der Bildung der modernen Staaten Europas und ihrer Verfassungen fast nirgends die eine oder andere jener Stammeseigenthümlichkeiten rein und ungemischt zur Bethätigung gelangt, vielmehr die eine mit der andern bald verschmolzen, bald in Gegensatz und Spannung gerathen und so mehr oder weniger modificirt worden ist. In England sind nicht nur verschiedene Zweige des gleichen germanischen Hauptstammes, Sachsen, Dänen und andere nördliche Völkerschaften, gleichsam einer auf den andern gepfropft worden, sondern durch die Normannen, welche in Frankreich ihre germanische Natur ziemlich abgelegt hatten und nahezu Franzosen geworden waren, kam zu diesem noch einigermaßen gleichartigen Gemenge ein völlig neues, ungleichartiges, das romanische Element hinzu, und erst aus den wiederholten Mischungen und Entmischungen dieser verschiedenen Elemente bildete und consolidirte sich allmählich der scheinbar so ganz aus Einem Guß geformte, so eigengeartete englische Nationalkörper. In Frankreich kämpften lange germanische und romanische Elemente um den beherrschenden Einfluß in den Einrichtungen wie in den Sitten, bis zuletzt das romanische völlig überwog und von dem germanischen kaum eine Spur übrigblieb. In Spanien und Italien erhielt sich dagegen das letztere in der Form einer tiefgewurzelten Vorliebe der Bevölkerungen für communale und provinziale Selbständigkeit. In Deutschland hat das eingedrungene romanische, französische Wesen, namentlich seit dem Dreißigjährigen Kriege, den angeborenen Geist des Volks wesentlich umgestaltet: die ganze politische Bewegung der letzten Jahrzehnte in diesem Lande, soweit sie sich auf die Einzelstaaten und das Verfassungswesen darin bezieht, ist eigentlich nur ein fortgesetzter Kampf gegen jenes künstlich hereingetragene fremde Element und für die Wiederherstellung des alten germanischen Geistes, der auch in England über den romanischen obgesiegt hat.

Was die slawischen Völkerschaften betrifft, so sind sie ebenfalls im Verlauf der Geschichte in vielfache Berührungen mit den germanischen und den romanischen, mit Deutschen, Engländern, Franzosen, Italienern gekommen, theils daheim, theils durch die zahlreichen und ununterbrochenen Wanderungen ihrer Angehörigen ins Ausland, und sie haben dadurch von den Ideen, den Sitten, den Einrichtungen jener andern Völker mancherlei angenommen. Doch hat diese Mischung mehr nur die höhern Klassen als das eigentliche Volk berührt, welches letztere seinen ursprünglichen Stammes- und Nationalcharakter ziemlich unverändert erhalten hat.

Durch diese Mannichfaltigkeit in den Grundcharakteren der Völker, sowie durch die besondern äußern Schicksale eines jeden derselben ist eine natürliche Verschiedenartigkeit in der Entwickelung ihres innern politischen Lebens, der frühern oder spätern Ausbildung, der größern oder geringern Vollkommenheit ihrer Verfassungseinrichtungen bedingt.

Dagegen bringt die Bildung und die Erweiterung der politischen Gesellschaften, der Staaten, von selbst allmählich und unaufhaltsam die Nothwendigkeit repräsentativer Einrichtungen und daher auch eine gewisse Gleichmäßigkeit in dem Streben der Völker nach solchen mit sich. In den ersten Anfängen dieser Gesellschaften, in den engen Kreisen der Familie, der Gemeinde, des Gaues, oder der Horde, der Zupania, bedarf es einer Repräsentation noch nicht; hier vertritt jeder sich selbst, jeder nimmt an den gemeinsamen Berathungen und Entschließungen der Gemeinschaft, welcher er angehört, theil. Zwar zeigt sich auch hier schon ein Gegensatz von Autorität und Majorität, von leitender Initiative eines oder einiger Einzelnen und berathender oder auch beschließender Mitwirkung Aller. In der Familie ist es das Familienhaupt, der Aelteste, dessen erprobtem Rath und durch die Jahre erhöhtem Ansehen die andern willig gehorchen, der aber bei wichtigern Angelegenheiten doch auch gern die Meinungen, den Beirath der erwachsenen Söhne und der sonstigen Angehörigen vernimmt. In der Horde oder dem Stamme ist es der Stammeshäuptling, der, als der Tapferste oder als der Weiseste, dem ganzen Stamme — jedoch mehr durch den freien Gehorsam der übrigen als durch Gewalt oder nach bestimmtem Recht — gebietet: doch unternimmt er nicht leicht etwas Wichtiges, ohne die Gesammtheit der Krieger seines Stammes, seiner Horde, um sich zu versammeln und mit ihnen das, was geschehen soll, zu berathen. „Ueber Geringfügiges beschließen die Fürsten oder Führer der Stämme, über Wichtiges die Gesammtheit der freien, wehrbaren Männer", sagt Tacitus von den alten Germanen. Je nach dem Charakter einer solchen gesellschaftlichen Gruppe, eines Stammes oder einer Völkerschaft, ist die Führerschaft bald eine von Einzelnen oder von bestimmten Familien angemaßte, bald nach einer gewissen religiösen Verehrung übertragene (wie die Herrschaft der Priester oder der Zauberer bei manchen wilden Völkern), bald auch eine auf freier Wahl der Genossen beruhende, und ebenso kann der Antheil, den, einem solchen Führer gegenüber, die übrigen Mitglieder der Genossenschaft an der Leitung der gesellschaftlichen Angelegenheiten haben, ein sehr verschiedener sein. Aber gewiß ist, daß die letztern diesen Antheil fast immer persönlich und direct ausüben in Versammlungen, in denen entweder alle, oder die Aeltesten, oder die mannbaren und wehrhaften Genossen persönlich erscheinen und stimmen, wie dies in Athen und in Rom ebenso wol als bei den ältesten Germanen, desgleichen bei den meisten slawischen Völkerschaften der Fall war und bei den rohen

Indianerstämmen im Westen Amerikas noch heute der Fall ist. Und ebenso gewiß ist, daß in diesen kleinen gesellschaftlichen Vereinigungen die Gewalt des Oberhauptes, selbst wenn es nicht aus Wahl hervorgeht und also wechselt, doch selten eine unbeschränkte oder despotische, vielmehr fast immer eine mehr oder weniger an die Mitwirkung der Genossen gebundene ist, welche letztere ihm fortwährend unmittelbar nahe sind, ihn gleichsam fortwährend unter ihren Augen haben.

Je mehr sich aber der gesellschaftliche Verband — sowol räumlich als der Zahl nach — erweitert, um so mehr verliert sich diese unmittelbare und einfache Wechselwirkung zwischen dem Haupte des Kreises und dessen einzelnen Gliedern. Das Haupt rückt den einzelnen Gliedern ferner, wird ihnen fremder, unnahbarer; umgekehrt kann dasselbe seinen Willen und Rathschluß nicht mehr so unmittelbar wie vorher auf alle Theile des Gebiets, über das es gesetzt ist, erstrecken. Es hat dazu Mittelspersonen, Werkzeuge, Bevollmächtigte, Diener, Beamte nöthig. Auf dem größern Raume, bei den mannichfacher gegliederten Verhältnissen der Gesellschaft bildet sich eine gewisse Verschiedenheit, ja bisweilen ein Widerstreit der Interessen aus, und Sache der Centralleitung wird es, diese Verschiedenheit und diesen Widerstreit auszugleichen. Auch dadurch wächst und vervielfältigt sich seine Gewalt.

Dies ist gewöhnlich zugleich die Zeit, wo eine solche Gemeinschaft, ein Stamm oder eine Völkerschaft, nach außen mit andern Völkerschaften in stärkere und häufigere Berührungen kommt, wo sie entweder ihr Gebiet und ihre Freiheit gegen fremde Angriffe zu vertheidigen hat, oder, nach dem natürlichen Trieb der Ausdehnung, bei größerer Ansammlung von Kräften im Innern, ihrerseits auf Eroberungen, auf die Verdrängung oder Unterdrückung anderer Völkerschaften ausgeht. In solchen Zeiten pflegt die Gewalt und das Ansehen derer, welche das Volk zu Unternehmungen dieser Art anführen, der Häuptlinge, Herzoge, Könige, oder wie sie sonst heißen, bedeutend zu steigen. Der Krieg bedingt strenge Disciplin und Unterordnung, und kriegerische Unternehmungen, mindestens solche von größerer Ausdehnung und Dauer, sind fast immer der Tyrannei günstiger als der Freiheit. Für militärischen Ruhm und für das stolze Gefühl, über andere Völker zu herrschen, läßt sich ein Volk oftmals gefallen, daheim streng, selbst despotisch behandelt zu werden, und die Beute an beweglichen Gütern oder an Grund und Boden, welche der Anführer den Besiegten abgewinnt, wird nur zu leicht in seiner Hand der Preis, um welchen er seinen eigenen Volksgenossen ihre Unabhängigkeit abkauft und dieselben sich dienstbar macht.

So kommt es, daß häufig in der Geschichte der Völker auf einen Zustand größter Freiheit und Gleichheit ein Zustand der Unfreiheit, bisweilen des Despotismus und der Ungleichheit folgt. Man darf darin nicht unbedingt einen Rückschritt erblicken, sondern nur den nothwendigen Durchgang zu einer neuen Art von Freiheit und Mündigkeit, die Folge der Unmöglichkeit, bei erweiterten Verhältnissen und vervielfältigten Interessen mit den frühern primitiven Einrichtungen auszukommen.

Dies ist der Verlauf der Dinge wenigstens in den meisten Staaten des modernen Europa gewesen. Zuerst ein Zustand der mehr oder minder unbeschränkten Freiheit und Selbstregierung in kleinen Kreisen, der mehr oder minder allgemeinen Gleichheit aller Stammesgenossen; dann ein Zustand der Concentration, der Ansammlung aller Macht in Einer Hand, nicht selten bis zum förmlichen Despotismus gesteigert, der Unterdrückung eines Theils des Volks durch den andern, bis endlich wieder der natürliche Trieb der Freiheit und Selbstthätigkeit unter neuen Formen, in einer den veränderten Verhältnissen entsprechenden Weise, sich Bahn bricht und sowol dem Despotismus als der socialen Ungleichheit und Bedrückung Schranken setzt.

Das Resultat dieses geschichtlichen Processes aber war fast überall die Herstellung eines so oder so gearteten Repräsentativsystems oder einer geregelten Antheilnahme des Volks an der Leitung der öffentlichen Angelegenheiten unter irgendwelcher Form der Vertretung, gegenüber und neben der Staatsgewalt.

# Erstes Kapitel.

## Die Entstehung, Befestigung und Ausbildung des Repräsentativsystems in England.

Wir beginnen unsere Geschichte des modernen Repräsentativsystems mit England, welches mit Recht das Mutterland dieses Systems heißen kann. Was wir in der Einleitung von dem Uebergange aus einem ursprünglichen Zustande natürlicher Freiheit und Gleichheit durch einen Zustand des Despotismus und der Unterdrückung hindurch zu einer umfassendern neuen Art freiheitlicher Einrichtungen gesagt haben, das zeigt sich in der Wirklichkeit nirgends vollständiger und gleichsam regelrechter als in England. Alle Phasen des angedeuteten Processes treten in diesem Lande mit einer Schärfe hervor wie kaum sonst irgendwo. Die altgermanische Freiheit und Gleichheit erhielt sich dort länger unversehrt und lebenskräftig als bei irgendeinem andern Zweige desselben Stammes, Deutschland selbst nicht ausgenommen. Dann folgte ein Militärdespotismus der ärgsten Art, der alle Keime dieser Freiheit und Gleichheit für immer zu zerstören schien. Allein sie schlummerten nur, um, von neuem erregt und unterstützt durch besondere Umstände, allmählich durch die harte

Rinde jener Zwingherrschaft wieder hervorzubrechen, dieselbe zu zerbröckeln und sich zu einem weithin schattenden Baume auszubreiten, dessen Absenker das ganze moderne Europa befruchteten.

Die Angelsachsen brachten auf die britannischen Inseln den Geist einer wilden, aber kräftigen Freiheit und Gleichheit mit hinüber, wie er in den germanischen Wäldern und an den Küsten der Nord- und Ostsee herrschte, und sie erhielten diesen Geist lange Zeit auch in ihrer neuen Heimat ungebrochen und unverkümmert. Zwar nahm ihr Gemeinwesen, welches daheim die losere Form eines Bundes einzelner Stämme oder Völkerschaften gehabt hatte, drüben, wo es galt, die neue Eroberung gegen die Besiegten und Unterdrückten zu behaupten, eine etwas straffere, einheitlichere Gestalt an — es bildete sich eine Anzahl von Fürstenthümern oder Königreichen, deren jedes sein bestimmtes Haupt hatte, die bisweilen wol auch zu einer noch größern Einheit mit einem gemeinsamen Oberhaupte verschmolzen. Zwar trat an die Stelle der Versammlungen aller freien und wehrhaften Männer, welche im alten Germanien über Krieg und Frieden sowie über das Mein und Dein, Recht und Unrecht beschlossen, allmählich eine mehr aristokratische Vertretung, das Wittenagemot, aus den größern Grundbesitzern, den Statthaltern des Königs und den Richtern der einzelnen Gaue bestehend. Allein die Grundlagen der gemeinen Freiheit blieben doch unangetastet: das Genossenschaftsgericht, die gesellschaftliche Gleichheit aller freien Männer, die Abwesenheit eines festabgegrenzten Geburtsadels und einer feudalen Abhängigkeit des kleinen von dem großen Grundbesitz.

So war es bis zur normännischen Eroberung im Jahre 1066. Mit dieser machte aber der Zustand der Freiheit und Gleichheit einem Zustande des Despotismus und der Feudalität Platz. Die angelsächsischen Eingeborenen wurden von den fremden Eindringlingen auf das härteste unterdrückt; zugleich aber nahmen diese letztern selbst, genöthigt, ihre angemaßte Herrschaft gegen eine unterjochte Bevölkerung zu vertheidigen, die viel zahlreicher war als sie selbst, und ihnen an Tapferkeit wenig nachstand, eine fast militärisch organisirte, streng monarchisch zugespitzte Verfassung an. Der erste normännische König von England, Wilhelm der Eroberer, unterwarf seine stolzen und kühnen Krieger ebenso planmäßig seiner oberstherrlichen Gewalt, wie er durch sie das besiegte Volk der Angelsachsen niederhielt. Diese zweiseitige Politik, welche auch seine Nachfolger planmäßig verfolgten, sollte dazu dienen, das Königthum in größter Unumschränktheit zu befestigen und das Erstehen eines übermächtigen Satrapen- oder Statthalterthums zu verhindern, wie es in Frankreich sich ausgebildet hatte; allein statt dessen führte sie durch den natürlichen Rückschlag der Verhältnisse und durch eigenthümliche Umstände, welche hinzutraten, zu dem geraden Gegentheil hiervon. Um den normännischen Adel in einer gewissen Abhängigkeit von sich zu erhalten, behielt Wilhelm die demokratischen Einrichtungen der Gerichtsbarkeit und der Verwaltung, die er bei den Angelsachsen vorfand, ihren Grundformen nach bei, nur mit Verwandlung der Beamten durch Volkswahl in solche durch königliche Ernennung. Auch das Heerwesen ordnete Wilhelm in dem gleichen monarchisch-demokratischen Sinne. Während bei den Franken der einzelne Krieger zunächst seinem unmittelbaren Lehns- und Dienstherrn, und erst durch diesen dem obersten Lehnsherrn, dem König, verpflichtet war, nahm Wilhelm jeden einzelnen seiner Unterthanen unmittelbar für sich in Pflicht und Eid.

Durch diese Politik der normännischen Könige ward der Adel verhindert, seine Macht auf die Unterjochung der andern Volksklassen zu richten. Das System der Feudalität konnte in England auch nach der Eroberung niemals so breite und feste Wurzeln fassen wie auf dem Festlande. Unter demselben Drucke einer unbeschränkten Königsgewalt und durch keinen socialen Gegensatz voneinander getrennt, näherten sich der normännische Edle und der angelsächsische Freie allmählich einander, und es bedurfte nur des begünstigenden Einflusses äußerer Ereignisse, um beide verbunden gegen den Despotismus der Könige Front machen zu sehen. Als König Johann ohne Land in dem Streit um seine französischen, von dem König Philipp August ihm abgesprochenen Lehen die Hülfe seiner Barone anrief, forderten diese als Preis einer solchen Hülfe wichtige Freiheitsrechte, jedoch nicht für sich allein, sondern für alle Stände, für das ganze Volk. Als darauf der König, nicht geneigt, solche Zugeständnisse zu machen, sich an die zweite Klasse des Adels, die Ritter, wendete, schlossen diese sich den Baronen an, und mit beiden machte die Bürgerschaft der schon damals wohlhabenden und mächtigen Hauptstadt London gemeinschaftliche Sache.

Die Frucht dieser gemeinsamen Opposition aller Stände war der große Freiheitsbrief Johann's oder die Magna-Charta, die erste Grundlage des Repräsentativsystems oder des Constitutionalismus in England. Alle Freiheit und alle Gerechtigkeit im Staate beginnt damit, daß die Person und das Eigenthum des Einzelnen geschützt ist. Die einzige ausreichende Bürgschaft für jene ist der richterliche Schutz, also die Unabhängigkeit und das Ansehen der Gerichte, für dieses die Berechtigung derer, welche von ihrem Eigenthum zu den Lasten des Staats oder zu den Ausgaben der Krone beitragen sollen, bei der Festsetzung dieser Lasten und dieser Ausgaben, sowie bei der Bemessung des Beitrags eines jeden nach Recht und Billigkeit mitzuwirken. In den Besitz dieser beiden Fundamentalrechte gelangten die Engländer durch die Magna-Charta schon im Anfange des 13. Jahrhunderts (1215). Nach derselben sollte kein freier Mann ergriffen, ins Gefängniß gesetzt, aus seinem Besitz vertrieben, verbannt oder auf irgendeine Weise beschädigt werden, außer nach dem Urtheilsspruch seiner Standesgenossen und nach dem Gesetze des Landes. Kein königlicher Beamter sollte jemand vor Gericht führen einfach auf seine Anzeige hin, sondern nur unter Vorführung glaubwürdiger Zeugen. Sowol das oberste Gericht des Reichs als die Gerichte in den einzelnen Grafschaften sollten unabhängig, und die letztern an die Mitwirkung von Eingesessenen der betreffenden Grafschaft gebunden sein. Alle willkürlichen Lasten und Leistungen wurden abgeschafft, keine Lehns- oder sonstige Steuer sollte auferlegt werden, wenn nicht durch den gemeinschaftlichen Rath des Reichs, ausgenommen eine zur Loskaufung der Person des Königs angemessene Beisteuer, wenn er in Gefangenschaft geriethe, zum Ritterschlag seines erstgeborenen Sohnes und zur Verheirathung seiner erstgeborenen Tochter. Zu jenem gemeinschaftlichen Rath des Reichs sollten die Erzbischöfe, Bischöfe, Aebte und großen Barone persönlich durch königliche Briefe einberufen werden, außerdem aber insgemein alle, welche ein königliches Lehn besäßen, d. h. die sogenannten Ritter der Grafschaften. Zugleich ward vorgesehen, daß die großen Barone ihre Untergebenen ebenso wenig sollten willkürlich behandeln können wie der König sie selbst.

Nach diesem ersten Erfolge ging man auf dem betretenen Wege weiter. Je öfter die Könige versuchten, die gemachten Zugeständnisse zurückzunehmen oder zu beschränken, um so fester beharrten Adel und Bürgerschaften auf deren Erhaltung und Befestigung. Jeder Bruch der Magna-Charta endete mit einer erzwungenen neuen Bestätigung und schärfern Begrenzung der darin verbürgten Rechte. Zwischen 1215 und 1422 (unter der Regierung des Hauses Anjou oder Plantagenet), also binnen wenig mehr als zwei Jahrhunderten, erfolgten siebenunddreißig Bestätigungen der Magna-Charta. Namentlich der Punkt wegen der Bewilligung von Auflagen und Steuern durch den freien Willen des Parlaments ward wiederholt in den bindendsten Ausdrücken festgestellt. Ebenso der, daß die einmal gewährten Freiheiten nicht einseitig vom Könige zurückgenommen oder geschmälert, vielmehr nur unter Einstimmung des Parlaments geändert werden dürften. Für den Fall des Gegentheils ward nicht blos allen denen, welche sich an einem Bruch der beschworenen Landesverfassung betheiligen würden, außer den strengsten weltlichen Strafen auch mit dem von den Erzbischöfen über sie zu verhängenden Kirchenbann oder der Excommunication gedroht, sondern es ward auch jedem im Volke ausdrücklich das Recht eingeräumt, dem König, wenn er solches unternähme, den Gehorsam zu verweigern und gegen ihn sich zu erheben, ohne daß dies strafbar sein sollte.

So ängstlich waren die Engländer schon damals bemüht, an die Stelle eines absoluten Königthums ein verfassungsmäßig beschränktes zu setzen!

Die äußern Ereignisse kamen diesen Bestrebungen zu Hülfe. Der fast ein Jahrhundert lang mit kurzen Unterbrechungen von den englischen Königen aus dem Hause Anjou gegen die Könige von Frankreich aus dem Hause Valois geführte Erbfolgekrieg machte dieselben fortwährend von der Unterstützung und also von dem guten Willen ihrer kriegerischen Vasallen und ihrer reichen Städte abhängig. In diesem Kriege wurde der Rath des Reichs oder das Parlament binnen funfzig Jahren siebzigmal einberufen. Auch auf die Gestaltung des Parlaments hatte dieser Umstand einen wichtigen Einfluß. Für so langwierige und so weit außerhalb der Grenzen des Reichs zu führende Kämpfe reichte das System der bloßen Lehnsfolge nicht aus: es mußten Soldtruppen in Dienst genommen werden. Man bedurfte also nicht mehr blos der Vertreter des feudalen Kriegshandwerks, der großen Barone und der Ritterschaft, sondern auch der Vertreter der Geldmacht, des Bürgerthums der Städte. Nach dem einmal anerkannten Grundsatz, daß niemand etwas zu leisten schuldig sei, der nicht an der Bewilligung und Vertheilung dieser Leistungen persönlich oder durch Stellvertreter theilgenommen, mußte man von jetzt an auch die Städte zum Parlament hinzuziehen. Man nimmt an, daß zuerst im Jahre 1265 die Berufung von zwei Rittern aus jeder Grafschaft und zwei Vertretern jeder Stadt oder jedes Burgfleckens stattgefunden habe. Diese gewählten Vertreter (welche zusammen als die sogenannten Gemeinen, commoners, bezeichnet wurden) sonderten sich seit 1339 auch räumlich von den kraft eigenen Rechts erscheinenden geistlichen und weltlichen Großen ab und bildeten das sogenannte Unterhaus oder Haus der Gemeinen (house of commons).

Ebenso allmählich und gleichsam durch den natürlichen Zug der Verhältnisse entwickelte sich die Macht und Wirksamkeit des Parlaments. Schon 1312, unter Eduard II., ward festgesetzt, daß alle Jahre mindestens Ein Parlament gehalten werden müsse. Dadurch ward der Einfluß des Parlaments auf die gesammten Staatsgeschäfte ein regelmäßiger, gleichsam immer gegenwärtiger. Zugleich griff derselbe durch die treibende Macht der äußern Verhältnisse und die allen solchen Gewalten inwohnende expansive Kraft auch in Bezug auf die Gegenstände seiner Wirksamkeit immer weiter um sich. Man begnügte sich bald nicht mehr, nur bei solchen Dingen eine Mitentscheidung anzusprechen, welche unmittelbar mit den von der Krone geforderten Bewilligungen zusammenhingen, wie Krieg und Frieden, sondern man nahm auch von jeder solchen Bewilligung Gelegenheit, um die Abstellung von Beschwerden oder die Gewährung von Zugeständnissen seitens der Krone zur Bedingung der Erfüllung ihrer Forderungen zu machen, sodaß es allmählich fast kein Gebiet der Gesetzgebung und der Verwaltung gab, über welches nicht das Parlament direct oder indirect Gewalt erlangt hätte.

In dieser Grundverfassung des englischen Parlaments ist seit jenen frühen Zeiten bis auf die neuesten im ganzen nur wenig geändert worden. Der Gebrauch seiner Rechte ist demselben zu wiederholten malen — durch Gewalt oder List, durch Einflüsse der äußern Politik oder durch Schwäche seiner eigenen Mitglieder — auf kürzere oder längere Zeit verkümmert worden; die königliche Macht hat sich auf Kosten der parlamentarischen bisweilen fast zur schrankenlosen Willkür ausgedehnt; allein die Grundlagen des Constitutionalismus selbst blieben nahezu immer dieselben, welche sie schon vor vielen hundert Jahren gewesen, und es bedurfte daher nur ihrer Wiederherstellung in den vorigen Stand oder ihrer Befestigung, kaum ihrer Verbreiterung, um das Land der Wohlthaten einer geregelten Freiheit aufs neue theilhaftig zu machen. Wie ein Fels, der zwar von den Wogen bisweilen überflutet oder durch Anschwemmungen von Sand und Schlamm bedeckt und den Blicken entzogen wird, der aber doch immer wieder, und immer als derselbe, in unwandelbarer Festigkeit daraus emportaucht, so haben die ersten, schon in einem Zeitalter anscheinender Roheit und Uncultur gelegten Fundamente der englischen Freiheit und zugleich der englischen Größe alle innern und äußern Stürme überdauert — sowol die auf persönliche Tüchtigkeit und Festigkeit ihrer Urheber gegründete Tyrannei der Tudors, wie die mit Hinterlist und Feigheit gepaarte der Stuarts, die große Veränderung der Sitten und der socialen Verhältnisse, welche die Kirchenreform in ihrem Gefolge hatte, wie die Gefahren, welche eine rasche und starke Entwickelung der Industrie nicht selten für die politische Freiheit herbeiführt, die Stürme der Revolution und eines vieljährigen Bürgerkriegs, wie den gewaltigen Gegenschlag der Restauration, die auf jene folgte. Und das eben war es, was die englische Verfassung aus jeder solchen Krisis siegreich und unversehrt, ja fast immer gekräftigt und geläutert hervorgehen ließ, daß das englische Volk niemals nöthig hatte, auch nie darauf ausging, neue, noch unbekannte Freiheiten zu erobern, oder Einrichtungen, welche erst die Probe der Erfahrung machen sollten, künstlich auszudenken, sondern daß es immer nur für die Wiederherstellung, Befestigung, höchstens Läuterung und Vervollkommnung längstbesessener und geübter Freiheiten, wohlbewährter staatlicher und socialer Einrichtungen zu kämpfen hatte. Die Petition der Rechte (petition of rights), welche 1627 das Parlament dem König Karl I. Stuart abdrang, die Habeas-Corpus-Acte, welche Bürgschaften für die persönliche Sicherheit aller Unterthanen gegen willkürliche Verhaftung und Gefangenhaltung enthält, aus der Regierungszeit Karl's II. (1679), ja selbst die berühmte Acte zur Erklärung der Rechte und Freiheiten der Unterthanen und Feststellung der Thronfolge, von 1689, die Frucht eines mehr als siebzigjährigen Verfassungskampfes und die Grundlage des ganzen noch bestehenden Staatsrechts der Engländer — alle diese neuern Verfassungsgesetze beziehen sich ausdrücklich auf ältere und älteste zurück und enthalten in der That nichts, was nicht im Grundsatz und seinem Wesen nach schon in jenen vorgesehen gewesen wäre.

Wie das englische Volk von früh an einen sehr richtigen Instinct der Freiheit in der Hinsicht zeigte, daß es zuerst und am beharrlichsten auf diejenigen Rechte drang, welche die natürliche Grundlage und Voraussetzung aller übrigen sind, so bewährte es seinen politischen Takt nicht minder darin, daß, so oft es auch — auf gesetzlichem Wege oder durch Anwendung äußerster Mittel — in die Lage kam, von seinen Beherrschern Zugeständnisse zu erlangen, es diese Gelegenheiten weniger dazu benutzte, den Kreis seiner Rechte und seiner Freiheiten zu erweitern, als vielmehr nur die schon besessenen, aber ihm durch Gewaltmisbrauch entrissenen oder verkümmerten in ihrer vollen Integrität wiederherzustellen und mit neuen Bürgschaften der Unantastbarkeit zu umgeben.

Auf diesem rein praktischen Wege hat sich das Repräsentativsystem in England zu einer Vollkommenheit und innern Festigkeit entwickelt, wie sie keiner der vielen planmäßig entworfenen und zu systematischer Vollständigkeit ausgearbeiteten sogenannten papierenen Verfassungen des Festlandes eigen ist. In keiner sind die drei natürlichen Elemente des modernen Staats- und Gesellschaftslebens, das monarchische, aristokratische und demokratische, so organisch unter sich verbunden, so zweckmäßig nebeneinander geordnet. Nirgends ist die Autorität der Krone so groß und so unantastbar, ihre Gewalt, für die höchsten Interessen der Nation zu sorgen, so ausgedehnt, und doch nirgends die königliche Macht vor Misbrauch, die Heiligkeit des königlichen Namens vor Verdunkelung ihrer selbst durch Irrthum oder Schuld ihres Trägers mehr geschützt als in England. Nirgends haben Geburtsrang, großer Grundbesitz und Reichthum mehr sichere Gelegenheit, eine ausgezeichnete Stellung im Staate und in der Gesellschaft einzunehmen und einen wohlthätigen Einfluß auf das Gemeinwesen zu gewinnen, und doch gibt es keine Aristokratie in der Welt, die weniger im Stande und auch gewillt wäre, drückende Vorrechte oder eine schädliche Gewalt über die andern Volksklassen auszuüben, als die englische. Nirgends ist der Grundsatz der sogenannten Volkssouveränetät, der Grundsatz, daß alle Gewalt vom Volke ausgehe, in der Praxis reeller durchgeführt als in England, aber nirgends auch ist diese Durchführung durch weise Beschränkungen mehr geregelt und vor Ausschreitungen gesichert als dort. Die Rechte einer jeden der drei Gewalten, welche zusammen — nach dem englischen Staatsrecht — den großen gesetzgebenden und regierenden Körper des Reichs oder das Parlament (im weitern Sinne) bilden, der Krone, des Oberhauses und des Unterhauses, sind nicht so genau theoretisch und principiell wie in den festländischen Repräsentativstaaten festgestellt und gegeneinander abgegrenzt, aber sie sind durch langes Herkommen und eine verständige Praxis dergestalt geregelt, daß Uebergriffe der einen in das Gebiet der andern sowie Streitigkeiten um die Grenzen dieser Gebiete selbst kaum vorkommen können. Der König von England hat das unbestreitbare Recht, jedem Beschlusse der beiden Häuser seine Sanction zu versagen und denselben dadurch unwirksam zu machen: niemand kann ihn gesetzlich hindern, von diesem Rechte Gebrauch zu machen, und zwar nicht blos einmal, oder auf eine bestimmte Zeit, sondern jedesmal von neuem, so oft die beiden Häuser den gleichen Beschluß wiederholen würden; allein in der Praxis ist dieses Recht so sehr außer Wirksamkeit gesetzt durch den feststehenden Grundsatz, daß kein Ministerium bestehen kann, welches nicht die Mehrheit im Parlament für sich hat, daß eine Versagung der königlichen Genehmigung zu irgendeinem wichtigen Beschlusse der beiden Häuser seit unvordenklichen Zeiten nicht vorgekommen ist. Der Grundsatz selbst, von dem wir eben sprachen, der Grundsatz der sogenannten parlamentarischen Regierung, beruht gleichfalls auf keinem geschriebenen Gesetz, wol aber auf einer herkömmlichen, daher um so festern und zweifellosern Praxis. Der Inhaber der Krone ist in England, dem Gesetze nach, in der Wahl wie der Entlassung seiner Minister so unbeschränkt wie irgendein Monarch der Erde; allein die Klugheit verbietet ihm, andere Minister zu wählen als solche, von denen er weiß, daß sie im Parlament, und namentlich im Unterhause, eine ausreichende Mehrheit für sich haben werden, oder solche, welche eine solche Mehrheit besitzen, zu entlassen. Wollte er anders handeln, so würde die einfache Folge die sein, daß das Ministerium, ohne genügenden Anhang in den beiden Häusern, in allen seinen Maßregeln durch den gesetzlichen Widerspruch der Opposition gehemmt wäre, und daß, wollte es nichtsdestoweniger auf seinem Posten verbleiben, das Unterhaus ihm schließlich die zum Fortregieren unentbehrlichen Geldmittel verweigern würde. In Wahrheit ist es daher das Parlament, und zwar wesentlich das Unterhaus, welches Ministerien ein- und entsetzt; allein da der formell entscheidende Act der Ernennung und Entlassung durch die Krone geschieht, so ist nicht blos das Ansehen der Krone gewahrt, sondern es bleibt auch dem Träger derselben, zumal wenn er eine staatsmännisch bedeutende und im Volke angesehene Persönlichkeit ist, immer noch die dankbare und gemeinnützige Aufgabe, genau abzuwägen, wann der Zeitpunkt gekommen ist, um das Ministerium zu wechseln, ob die Stimmung im Parlament gegen ein solches so stark, so fest begründet und dauerhaft erscheine, daß es nothwendig sei, ihr nachzugeben, ob diese Stimmung auch in der Nation selbst ihr entsprechendes Echo finde, oder ob durch eine Auflösung des Unterhauses und durch Neuwahlen vielleicht wieder eine Mehrheit für die bestehende Regierung zu erreichen sei; ferner welche andere Zusammensetzung des Ministeriums auf ein günstigeres Verhältniß zum Parlament zu rechnen habe u. s. w. Es ist unter der jetztregierenden Königin Victoria vorgekommen, daß ein Ministerium aus der Partei der Whigs, welches also die persönlichen Ansichten der Königin selbst vertrat, durch eine Coalition der Tories mit den sogenannten Radicalen und der irländischen Opposition im Unterhause eine Niederlage erlitt und daher zurücktrat, daß darauf die Königin, getreu dem englischen Herkommen, den Führer der Tories rufen ließ und ihm die Bildung eines neuen Cabinets anbot, daß aber dieser, wohl einsehend, daß die wahre Mehrheit im Unterhause und vollends im Lande keine toryistische sei, den Auftrag zurückgab, und daß nun die Königin wieder die Whigs ins Amt zurückführte, wobei die Tories selbst nun von ihrer Opposition abstanden, da es für unredlich und unpatriotisch gegolten haben würde, einer bestehenden Regierung das Regieren unmöglich zu machen, ohne doch im Stande zu sein, eine andere zu bilden.

So regelt sich in England durch das loyale und verständige Zusammenwirken aller Gewalten, der Krone einerseits, der beiden großen repräsentativen Körperschaften andererseits, die Regierungsmaschine dieses gewaltigen Reichs gleichsam von selbst auf die leichteste, gefahrloseste und dem Gemeinwesen vortheilhafteste Weise.

Dasselbe ist der Fall mit dem Verhältniß der beiden

Häuser zueinander. Der Form nach haben beide Häuser den gleichen Antheil an der Gesetzgebung und Regierung, ausgenommen die bei Geldbewilligungen seit lange dem Unterhause auch gesetzlich zustehende Prärogative, daß solche allemal ihm zuerst vorgelegt werden müssen und daß das Oberhaus Geldbills nur in Bausch und Bogen annehmen oder verwerfen, nicht im einzelnen abändern kann. Allein in der Praxis ist mindestens seit der Revolution von 1688 das Unterhaus der zweifellos ausschlaggebende Factor. Namentlich in dem Betracht, daß die Majorität im Unterhause es ist, welche über Verbleiben oder Rücktritt der Ministerien entscheidet. Der gegenwärtige Premierminister Lord Palmerston sprach es einmal im Parlament, als das Oberhaus ihn und seine Collegen bei Gelegenheit des chinesischen Kriegs abvotirt hatte, offen aus, daß ein Ministerium, solange es das Vertrauen des Unterhauses besitze, sich um ein abfälliges Votum des andern Hauses nicht zu kümmern habe. Dies ist auch natürlich. Das Unterhaus vertritt die eigentliche Gesammtheit der Nation, während das Haus der Lords nur einen kleinen Bruchtheil derselben darstellt. Und, wie bedeutend auch immer der Werth des großen Grundbesitzes sein mag, so ist doch die Summe dessen, was sowol ebenfalls an Grundbesitz als an beweglichem Vermögen durch das Unterhaus repräsentirt wird, ganz unverhältnißmäßig viel größer. Schon vor mehr als zweihundert Jahren, unter Karl I., ward das Gesammtvermögen der Mitglieder des Hauses der Gemeinen auf mehr als das Doppelte desjenigen des Hauses der Lords veranschlagt, und dieses Verhältniß stellt sich noch ganz anders, wenn man bedenkt, daß jedes jener Mitglieder nicht blos sein eigenes Vermögen oder Einkommen, sondern auch dasjenige seiner Wähler und mittelbar dasjenige der Grafschaft oder der Stadt, die es im Parlament vertritt, repräsentirt. Der Krone ist ein verfassungsmäßiges Mittel vorbehalten, einen zu hartnäckigen Widerstand des Oberhauses gegen das Unterhaus und das von diesem abhängige Ministerium zu brechen, nämlich das Recht der Ernennung neuer Peers; allein selbst dieses Mittel ist in der neuern Zeit fast außer Anwendung gekommen, da die Lords, im Bewußtsein der Unthunlichkeit eines lange fortgesetzten Widerstandes von ihrer Seite gegen volksthümliche, vom Unterhause mit starken Mehrheiten angenommene Maßregeln, von selbst auf eine allzu hartnäckige Opposition zu verzichten pflegen.

Von bestimmten Rechten des Parlaments, wie sie in andern, geschriebenen Verfassungen aufgezählt zu werden pflegen, kann man in Bezug auf England kaum sprechen, da, wie gesagt, das Parlament nicht blos die ganze Gesetzgebungsgewalt, sondern, durch seinen maßgebenden Einfluß auf die Besetzung des Ministeriums, gewissermaßen selbst die Regierungsgewalt in sich vereinigt. Das Parlament, sagt ein englisches Sprichwort, kann alles, nur nicht einen Mann in ein Weib oder ein Weib in einen Mann verwandeln.

Die Zusammensetzung des Unterhauses war von uralters her bis auf die neueste Zeit ziemlich unverändert geblieben. Jede Grafschaft hatte in der Regel zwei Vertreter gesandt. Englische Schriftsteller nehmen an, die Ritter oder sogenannten kleinen Barone hätten ursprünglich Mann für Mann das Recht des Erscheinens im Rathe des Königs gehabt, hätten es aber im Laufe der Zeit bequemer gefunden, sich durch Einzelne ihres Mittels vertreten zu lassen. Dies erklärt die Gleichmäßigkeit der Grafschaftsvertretung.

Was die Städte und Flecken betrifft, so war die Vertretung derselben weder eine ebenso allgemeine noch eine nach bestimmten Normen geregelte. Da das Recht der Mitbewilligung im Parlament von früh an als ein Correlat von Leistungen an die Krone betrachtet ward, so ist es wahrscheinlich, daß dieses Recht eben die Städte und Flecken erhielten, von denen man derartige Leistungen forderte oder erbat. Zu der Zeit, wo die Vertretung der Gemeinen im Parlament entstand, gab es überhaupt nur noch wenig Städte und Burgflecken in England. Es ist glaublich, daß diese sämmtlich, oder doch die meisten davon, eine Vertretung erhielten. Aber es war kein allgemeines, durch das Gesetz festgesetztes Recht, sondern ein durch Verleihung ausdrücklich zuertheiltes Privilegium. Im Laufe der Zeit wurden weitere Privilegien solcher Art — theils kraft der königlichen Prärogative, theils durch Parlamentsbeschluß — an neuentstandene oder zu größerer Bedeutung gelangte Ortschaften übertragen; dagegen gingen manche der frühern Privilegien ein, sei es durch Nichtgebrauch, sei es durch willkürliche Nichtbeachtung von seiten der Krone und ihrer

Beamten. Auch in der Grafschaftsvertretung hatten auf solche Weise einzelne Aenderungen, jedoch nur wenige, stattgefunden.

Wie heftig man auch zu verschiedenen Zeiten um die Rechte des Parlaments gekämpft hatte, so wenig war die Zusammensetzung desselben ein Gegenstand von Streitigkeiten oder selbst von Erörterungen gewesen. Selbst die aristokratische Prärogative der Peers war nur ein einziges mal, und nur für ganz kurze Zeit (nach der Hinrichtung Karl's I. und der Errichtung einer Republik unter dem Protector Cromwell) dem demokratischen Zuge der Zeit zum Opfer gefallen; aber sogar Cromwell sah sich veranlaßt, wieder an die Aufrichtung eines Oberhauses zu denken — so tiefe Wurzeln hatten die althistorischen Einrichtungen in der Denkungsart und den Gewohnheiten der Nation geschlagen!

Jene aus den frühesten Zeiten stammende Vertheilung der Sitze im Unterhause war indeß mit den thatsächlichen Culturzuständen, wie solche sich seitdem entwickelt hatten, vielfach in ein grelles Misverhältniß getreten. Ortschaften, welche zur Zeit der Verleihung der Unterhaussitze noch gar nicht bestanden oder elende Dörfer waren, hatten sich in der Zwischenzeit zu großen volk- und gewerbreichen Städten erhoben; Städte, welche früher wohlhabend und angesehen gewesen, waren allmählich herabgekommen, zum Theil gänzlich verfallen. Gleichwol besaßen jene erstern keine Vertretung im Parlament, während diese letztern sich eines solchen Vorrechts erfreuten. Städte wie Manchester,

Birmingham, Brighton, Greenwich, sogar drei der großen Stadttheile Londons: Tower Hamlets, Finsbury und Marylebone, waren solchergestalt unvertreten: im ganzen 42 Städte von größerm oder geringerm Umfange, die zusammen einen höchst beträchtlichen Bruchtheil der Bevölkerung, einen noch beträchtlichern des Nationalvermögens von England in sich faßten. Dagegen gab es mehr als 50 Flecken, welche kaum noch den Namen solcher verdienten — sogenannte rotten boroughs, verrottete oder verödete Flecken, — bisweilen nur aus wenig Häusern bestehend, die aber gleichwol nach wie vor zwei Mitglieder ins Unterhaus sendeten; es gab andere 30, die nur eine sehr mäßige Bevölkerung und einen noch mäßigern Wohlstand besaßen und doch durch je einen Vertreter parlamentarische Rechte ausübten.

Diese Ungleichheiten waren schon längst schwer empfunden worden. Das durch den ungeheuern Aufschwung der Industrie und des Handels geschaffene rasche Wachsthum der Bevölkerung und des Wohlstandes fand sich durch diese Stabilität in den repräsentativen Einrichtungen des Landes von dem so wichtigen Recht der Vertretung im Parlament ausgeschlossen. Und andererseits kam dieser veraltete Modus derselben Aristokratie des großen Grundbesitzes zugute, welche ohnehin vielfach auf Kosten eben der Industrie und des Handels ihren Vortheil in agrarischen Monopolen u. dgl. suchte. Vermittels der verrotteten Flecken verfügte sie über eine große Zahl von Sitzen im Unterhause und beherrschte so auch dieses, während sie im Ober=

hause außerdem persönlich repräsentirt war. In keinem andern Lande würde man eine solche Zurücksetzung eines so großen und so wichtigen Theils der Bevölkerung und eine so bedenkliche Ungleichheit zu Gunsten einer einzelnen Gesellschaftsklasse so lange ruhig ertragen haben: in England that man es, weil die Aristokratie keine dem Gemeinwohl feindlich gegenüberstehende Kaste und weil die Macht des öffentlichen Geistes der Nation so groß und unwiderstehlich war, daß derartige Misbräuche, wenn auch im Princip noch so grell und scheinbar unerträglich, doch in der Praxis weniger fühlbar erschienen.

Allerdings war schon bald nach Beendigung der großen Kriege mit Napoleon, als die Nation sich wieder aufmerksamer ihren innern Zuständen zuwendete, das Bedürfniß einer Beseitigung jenes Uebelstandes hervorgetreten. Dennoch dauerte es noch mehr als zwölf Jahre, bis der erste Urheber der Wahlreform, Lord John Russell, dahin gelangte, als Minister der Krone die erste Reformbill vorzulegen, und erst nach einem langen und hartnäckigen Kampfe mit dem Oberhause ward diese Bill am 4. Juli 1832 zum Gesetz erhoben. Durch dieselbe wurden 56 Burgflecken in England und Wales ihres Rechts, Abgeordnete ins Parlament zu schicken, gänzlich beraubt, 30 andere von zwei Abgeordneten auf einen herabgesetzt; dagegen erhielten 20 Orte, die bisher unvertreten gewesen, das Recht, einen Abgeordneten, 22 andere das Recht, zwei Abgeordnete ins Unterhaus zu senden. Von den Grafschaften wurden einige besonders reich bevölkerte in mehrere Bezirke getheilt und dadurch die Zahl ihrer Vertreter theils verdoppelt, theils verdreifacht. So erhielt die Grafschaft York sechs Vertreter in drei Bezirken, 26 Grafschaften sollten je vier wählen, 7 je drei, 9 je zwei; 10 andere dagegen wurden auf je einen herabgesetzt. Im ganzen gibt es seit der Reformacte in England und Wales 341 Vertreter der Städte und Burgflecken, einschließlich der beiden Universitäten Oxford und Cambridge, und 159 Vertreter des flachen Landes oder der Grafschaften. Für Schottland ward gleichzeitig die Zahl der Abgeordneten von 45 auf 53 erhöht (30 Grafschaftsvertreter, 23 Städtevertreter), für Irland von 100 auf 105 (64 für die Grafschaften, 39 für Städte und Burgflecken, 2 für die Universität Dublin). Zwei Burgflecken haben seit jener Zeit noch das Wahlrecht verloren, sodaß die Gesammtzahl der Mitglieder des Unterhauses gegenwärtig 654 beträgt.

Eine zweite Veränderung, welche die Reformacte in das englische Repräsentativsystem brachte, betraf den Wahlmodus oder die Vertheilung des Wahlrechts innerhalb der einzelnen Wahlkörperschaften, der Grafschaften und der Städte.

Das Wahlrecht in den Grafschaften war in frühester Zeit auf alle freien Grundeigenthümer ausgedehnt gewesen. Unter Heinrich IV., also im 15. Jahrhundert, ward dasselbe einigermaßen beschränkt durch Festsetzung einer gewissen Größe des Besitzthums. Die Reformacte gibt das Wahlrecht allen freien Grundbesitzern (freeholders) mit einem Grundeinkommen von 40 Sh. oder $13^1/_3$ Thlr., den Besitzern von Grundstücken auf Erbpacht oder Lebenszins (copyholders) mit einem solchen von 10 Pfd. St. ($66\frac{2}{3}$ Thlr.), endlich auch den Zeitpächtern, wenn sie entweder auf 60 Jahre gepachtet haben und 10 Pfd. St. reines Einkommen von ihrem Pachtgut ziehen, oder, bei zwanzigjährigem Pacht, 50 Pfd. St. ($333\frac{1}{3}$ Thlr.), oder bei einer Pachtzeit auf unbestimmte Zeit, wenn sie 50 Pfd. St. Pachtzins zahlen.

In den Städten und Flecken war die Ausübung des Wahlrechts bis zum Jahre 1832 eine sehr verschiedenartige gewesen, je nach dem örtlichen Herkommen. Die Reformacte ließ einige dieser Wahlberechtigungen (z. B. gewisser Zunftgenossen sowie der Besitzer von Stadtgütern) fortbestehen, regelte aber im übrigen das städtische Wahlrecht nach einer allgemeinen und gleichen Norm, und zwar so, daß jeder Eigner oder Miether eines Hauses, Comptoirs, Waarenmagazins, offenen Ladens von einem reinen jährlichen Werthe von mindestens 10 Pfd. St. ($66\frac{2}{3}$ Thlr.) Wähler sein sollte, wofern er einen solchen Besitz schon zwölf Monate lang innehatte und mit keinem Termin der Armensteuer im Rückstande war.

Aehnliche Bestimmungen, zum Theil etwas modificirt nach den örtlichen Verhältnissen, traf die Reformacte für Schottland und Irland.

Die Wählbarkeit, oder das Recht, als Abgeordneter im Unterhause zu sitzen, war seit der Regierung der Königin Anna, also seit dem Ende des 17. Jahrhunderts, an ein bestimmtes Vermögen geknüpft gewesen. Diese Beschränkung, welche auch noch die Reformacte von 1832 bestehen ließ, ist seitdem durch eine Parlamentsacte vom Jahre 1858 aufgehoben worden. Eine andere Beschränkung, daß nämlich der zu Wählende dem Wahlkörper selbst angehören mußte, der ihn wählte, war schon früher in der Praxis außer Wirksamkeit gekommen und ward 1774 gänzlich beseitigt.

Die Zusammensetzung des Oberhauses hat durch die Reformacte von 1832 keinerlei Abänderung erfahren. Dasselbe besteht aus den geistlichen Lords (den hohen Würdenträgern der englischen Kirche, den sämmtlichen Erzbischöfen und Bischöfen Englands, sowie einem der Erzbischöfe und drei Bischöfen Irlands abwechselnd), aus den weltlichen Lords oder Peers von England, welche kraft persönlichen Rechts Mann für Mann Sitz und Stimme haben, und aus einer Anzahl schottischer und irischer Peers, die durch Wahl ihrer Standesgenossen als deren Vertreter darin Platz nehmen. Das Staatsoberhaupt hat das Recht, neue Peers zu ernennen; einmal verliehen, erbt die Peerswürde (soweit sie nicht, wie die der geistlichen Lords, blos das Zubehör eines Amts ist) nach der Erstgeburt fort. Die Gesammtzahl der Mitglieder des Oberhauses ist gegenwärtig etwa 460.

Dies ist die Geschichte des Repräsentativsystems in England. Sie ist einfach, aber lehrreich. Man ersieht daraus, daß der Gebrauch politischer Freiheit und parlamentarischer Einrichtungen in diesem Lande uralt ist, daß diese Einrichtungen nicht planmäßig, nach allgemeinen Theorien, auf dem Papier ausgearbeitet, sondern auf durchaus historischem Wege allmählich erwachsen, erweitert und befestigt worden sind. In der Geschichte des englischen Constitutionalismus ist nichts Ueberflüssiges, Vages, Ueberschwengliches, kein Recht wird gefordert, keine Freiheit erstrebt blos um des Princips, um der logischen Consequenz willen, aber es ist auch nichts versäumt, was zum vollen Gebrauch und zum sichern Rückhalt irgendeines werthvollen politischen Rechts nöthig erscheint. Der Doctrinär, welcher überall das System, den logischen Zusammenhang, die planmäßige Durchführung eines philosophischen Gedankens in allen seinen Consequenzen sucht, wird an dem englischen Staatswesen manches auszusetzen oder zu vermissen finden; allein der praktische Politiker, dem es um die reellen Erfolge, nicht um die philosophische oder abstracte Vollständigkeit und Symmetrie des Systems zu thun ist, wird eingestehen müssen, daß diese Erfolge da sind, daß sie wenig oder nichts zu wünschen übrig lassen, daß sie nicht blos vorübergehende, sondern dauerhafte und nachhaltige sind, daß, mit Einem Worte, die Maschine des englischen Parlamentarismus trefflich arbeitet — it works well — wie der Engländer mit berechtigtem Stolze sagt.

## Zweites Kapitel.

### Geschichte der repräsentativen Einrichtungen in Frankreich.

Die Geschichte Frankreichs bietet in Bezug auf die Schicksale und die Wirksamkeit der repräsentativen Einrichtungen in diesem Lande das gerade Gegentheil von der des britischen Inselreichs dar. Obschon die Anfänge derselben dort so alt sind wie hier, so gelingt es ihnen doch nicht, in gleicher Weise sich zu befestigen und auszubreiten; vielmehr erscheinen sie daselbst mehr nur sporadisch und ohne sichere Dauer; ja sie verschwinden auf eine lange Zeit fast gänzlich und machen einem schrankenlosen Absolutismus Platz. Als sie endlich wieder hervortreten, geschieht dies infolge gewaltsamer, krampfhafter Erschütterungen des gesammten Staats- und Gesellschaftskörpers. Alsdann plötzlich mit doctrinärer Consequenz ausgebildet, übertreffen sie die englischen ebenso sehr an systematischer und sozusagen logischer Vollständigkeit, als sie hinter denselben an praktischer Dauerhaftigkeit zurückbleiben, und stellen im weitern Verlauf ihrer Geschichte nur eine Reihe politischer Experimente dar, welche noch heute nicht zu einem gesicherten und befriedigenden Abschluß gediehen sind, vielmehr von einem solchen weiter als jemals entfernt scheinen.

Das alte Frankenreich in Gallien, dessen Erbe das heutige Frankreich ist, entstand anscheinend unter ganz ähnlichen Voraussetzungen wie das angelsächsische auf den britischen Inseln. Hier wie dort war es eine germanische Militärcolonie, die sich inmitten einer celtischen Bevölkerung festsetzte, diese unterjochte und sich des Landes bemächtigte. Genauer besehen, waren freilich die Verhältnisse wesentlich verschiedene. Als die Angelsachsen unter Hengist und Horsa in England landeten und aus Bundesgenossen der eingeborenen Bretonen, die sie gerufen, bald Unterdrücker dieser und Eroberer des Landes wurden, fanden sie, wie es scheint, keinen allzu starken Widerstand. Die Bretonen waren kein besonders tapferer und kriegerischer Stamm: wie sie den Picten und Scoten nicht zu widerstehen vermocht hatten, so ließen sie sich von den Sachsen, die zu den kräftigsten und kriegeübtesten der deutschen Stämme gehörten, leicht unterjochen, wichen vor ihnen in die entlegenern Küstenstriche und Gebirge zurück, oder blieben wol auch im Lande mit den Eroberern vermischt als dienstbare Bearbeiter desselben Bodens, dessen Eigenthümer sie bisher gewesen.

Anders in Gallien. Von Haus aus standen die Gallier den Germanen an Körperkraft und Tapferkeit näher. Sie selbst nannten die wilden Völkerschaften jenseit des Rhein ihre Stammverwandten und Brüder (daher der Name Germanen, den die Römer den Deutschen beilegten). Sie hatten schon in grauester Vorzeit, viel früher als die Cimbern und Teutonen, das mächtige Rom in Bestürzung versetzt und erobert, dann den Ruf ihrer kriegerischen Thaten bis in das ferne Asien getragen. Sie hatten gegen den größten römischen Feldherrn, Cäsar, blutige Kämpfe bestanden, waren dann, fast mehr noch durch römische Cultur als durch die Gewalt der römischen Waffen bezwungen, nicht sowol Knechte der Römer als selbst Römer geworden, und hatten von diesen, neben den Schattenseiten einer verfeinerten Civilisation, auch deren Vortheile, die Kenntniß und Uebung einer vervollkommneten Kriegskunst angenommen. Die Römer selbst hatten diese Provinz von jeher mit ihren besten Heeren besetzt und durch umfängliche Vertheidigungsanstalten gegen die bedrohliche Nachbarschaft der deutschen Barbaren zu schützen gesucht.

Als daher gegen das Ende des 5. Jahrhunderts n. Chr. (ungefähr 50 Jahre nach der Eroberung der britischen Inseln durch die Angelsachsen) eine andere deutsche Stammesgenossenschaft, die Franken, in dem römisch-gallischen Reich an der Seine eine Militärcolonie gründete und von da aus allmählich das ganze, ehemals von Rom beherrschte Land — bis gegen den Kanal, die Pyrenäen und das Mittelmeer hin, rückwärts bis zum Jura und zu den Vogesen — sich unterwarf, da hatte sie es mit einem Gegner zu thun, der zwar von seiner alten Macht und Größe weit herabgesunken, geschwächt, demoralisirt, entmuthigt war, aber doch immer noch zu seiner Besiegung und Niederhaltung des vollen Aufgebots und einer stets bereiten Anwendung aller Kräfte der Eroberer bedurfte. Die Franken, welche Gallien in Besitz nahmen, waren selbst schon zuvor mit derselben Römerherrschaft, die sie später vernichteten, in mannichfache Beziehungen getreten, bald als deren Bundesgenossen, bald als bloße Soldtruppen; sie hatten die römische Disciplin, sie hatten den kühnen, noch immer äußerlich prunkenden, wenn auch schon innerlich morschen Bau dieses einst so gewaltigen Reichs kennen und nicht ohne eine gewisse staunende Bewunderung betrachten gelernt.

Während also auf der einen Seite eine äußere Nothwendigkeit von selbst die Franken auf eine straffere Concentration ihrer Kräfte hindrängte, boten die Einrichtungen und Traditionen der römischen Herrschaft, welche die Sieger vorfanden und deren imponirenden Einfluß sie bereits empfunden hatten, den Inhabern der politischen Gewalt ein nur zu verführerisches Mittel dar, diese Gewalt immer mehr zu erweitern und zu befestigen. Die Führer der fränkischen Eindringlinge, die sich allmählich auf dem römischen Gebiet festsetzten, säumten nicht, von diesem Mittel zu ihren eigenen wie zu Gunsten des jungen Staats, den sie begründen wollten, Gebrauch zu machen. Aus dem freigewählten Herzog von nur vorübergehender Führerschaft ward ein bleibender, bald so gut wie erblicher König. Die Eigenthumsverhältnisse, in den Zeiten der Uncultur und primitiven Einfachheit fast bedeutungslos für die gesellschaftlichen und politischen Verhältnisse, erlangten in dem auf den Trümmern des römischen Reichs begründeten neuen Staatswesen einen ausschlaggebenden, der Freiheit und Gleichheit wenig günstigen Einfluß. Der Eroberer Galliens, Chlodwig, betrachtete sich als den natürlichen Erben und Eigenthümer des ganzen, sehr bedeutenden Staats- oder Kronguts, welches vorher daselbst die römischen Imperatoren besessen. Er vertheilte dieses Staatsgut unter seine Feldherren und sonstigen hervorragenden Krieger, oder ließ wol auch zum Theil die gallischen und römischen Großen, welche er als Inhaber solcher Staatsdomänen, als Statthalter einzelner Gebietstheile vorfand, in diesem Besitze, um sie an sich und die neue Ordnung der Dinge zu ketten.

Insoweit glich dieses neue fränkische Staatswesen mehr dem englischen nach der normännischen Eroberung als nach der Ansiedelung der Angelsachsen. Allein das Resultat war dennoch ein anderes. Sei es nun, daß der bei den Galliern schon früh, im Gegensatz zu den Germanen, stärker hervortretende und auch unter der Römerherrschaft überwiegend gebliebene aristokratische Zug sich den Siegern mittheilte, sei es, daß die Schwäche und Uneinigkeit der Nachfolger Chlodwig's das Entstehen einer übermächtigen und unbotmäßigen Vasallenschaft begünstigte, sei es endlich, daß — bei der großen Ausdehnung, welche allmählich dieses fränkische Reich erlangte, und infolge des Umstandes, daß unter den ihm Unterworfenen auch eine Anzahl deutscher Stämme war, die bis dahin selbständige Staatswesen dargestellt hatten (wie die Burgundier, die Gothen, selbst mehrere Völkerschaften im alten Germanien, wie die Thüringer) — die Königsgewalt nicht Kraft genug hatte, um allerwärts unmittelbar und allein die nöthige Herrschermacht auszuüben — genug, es geschah hier das Umgekehrte von dem, was wir in dem normännischen England unter Wilhelm dem Eroberer und seinen ersten Nachfolgern geschehen sahen. Während nämlich dort das Königthum zuerst mit Hülfe des im Volke noch lebendigen Sinnes und der ungeschwächten Traditionen altgermanischer Freiheit und Gleichheit die Aristokratie niederhielt, dann aber durch Uebertreibung seines eigenen Gewaltgebrauchs es dahin brachte, daß Adel und Volk gemeinsame Sache gegen seinen Despotismus machten, erlangte in dem Frankenreiche in Gallien das aristokratische oder feudale Element das Uebergewicht auf Kosten sowol des monarchischen als des demokratischen, schwächte das Königthum, unterdrückte und tyrannisirte das Volk.

Vergebens suchte die zweite Dynastie fränkischer Könige — bekannt unter dem Namen der Karolinger —, insbesondere deren gewaltigster Vertreter, Karl der Große, dieser verhängnißvollen Entwickelung des Staatswesens Einhalt zu thun und, nicht unähnlich darin den ersten Normannenkönigen, durch Kräftigung des volksthümlichen Elements zugleich das monarchische und einheitliche zu stärken; unter Karl's Nachfolgern gingen die Erfolge seiner Regierung alsbald wieder verloren, und nach wenig mehr denn einem Jahrhundert war es dahin gekommen, daß das unter ihm so mächtige und scheinbar so festgefügte Frankenreich in eine bunte Masse von nahezu sechzig, der Sache nach so gut wie unabhängigen Fürstenthümern von größerm oder geringerm Umfange zerfiel.

Einer dieser Fürsten, und zwar keiner der größten, der Graf von Paris und Herzog von Francien, Hugo Capet, unternahm das kühne Wagniß, das den Karolingern entsunkene Scepter nicht blos aufzunehmen, sondern auch wieder zu Kraft und Ansehen zu bringen und das ganze westliche Frankenreich von neuem darunter zu vereinigen. Und dieses anscheinend hoffnungslose Unternehmen glückte ihm und seinen Nachfolgern so über alles Erwarten, daß nach abermals einem Jahrhundert die oberstherrliche Gewalt, die eine Zeit lang fast nur noch ein Name gewesen war, wieder eine Realität ward und die capetingischen Könige nicht blos in ihrem eigenen Gebiet, sondern auch in den Ländern der Großen, die ihnen anfangs blos der Form nach gehuldigt hatten, allmählich als höchste Verwalter der Gerechtigkeit, als Schutzherren des Volks und als Repräsentanten nationaler Einheit eine wirklich oberstherrliche und gebietende Macht erlangten. Wenn in England der Adel sich zum Vorkämpfer des Rechts und der Freiheit aller Klassen gegen den Despotismus der Könige gemacht hatte, so war es in Frankreich seit dem Erstehen der Capetinger, also vom Ende des 10. Jahrhunderts an, das Königthum, welches im Namen des Gemeinwohls und der Gerechtigkeit gegen die Bedrückungen des Adels auftrat und die untern Klassen, namentlich das Bürgerthum in den Städten, dagegen in Schutz nahm. Dadurch erhob sich die königliche Gewalt zu immer größerer Kraft und Autorität, während die politische Bedeutung des Adels in dem gleichen Grade abnahm. Nur leider kam dieser Umschwung blos zum Theil der allgemeinen Freiheit, zum größern Theil dem persönlichen Absolutismus der Fürsten zugute. Die alten Traditionen römischen Imperatorenthums lebten wieder auf, begünstigt durch die rasch um sich greifende Herrschaft des Römischen Rechts. Auf den Trümmern des Feudalstaats erhob sich ein immer schärfer monarchisch zugespitztes Gemeinwesen, dessen Säulen eine nationale, von dem Staatsoberhaupt abhängige Kirche, ein vielgegliederter Verwaltungsapparat und eine von dem guten Willen der Vasallen unabhängige Heeresmacht waren.

Die volksthümlichen oder, wenn man so will, repräsentativen Einrichtungen des alten Germanien waren ebenso gut mit den Franken nach Gallien wie mit den Angelsachsen nach England gewandert. Aber sie hatten in dem Frankenreich an der Seine schneller und entschiedener als in dem angelsächsischen an der Themse Beschränkungen im aristokratischen Sinne erfahren — entsprechend dem allgemeinen Zuge des fränkischen Reichs nach dieser Seite hin, auf den wir schon oben hindeuteten. Die ursprünglichen Versammlungen aller freien, wehrhaften Männer, die unter Chlodwig und seinen ersten Nachfolgern noch ziemlich regelmäßig — unter dem Namen des Märzfeldes — stattfanden, wurden mehr und mehr nur von den Großen besucht, oder doch von diesen beherrscht, kamen bald auch wol ganz außer Gebrauch, indem die Könige es für ausreichend hielten, sich mit ihren nächsten Umgebungen über allgemeine Angelegenheiten zu berathen. Die Pipine und Karl der Große stellten dieselben zwar wieder her, verlegten sie auch, um die Theilnahme daran zu erleichtern, in die günstigere Jahreszeit, machten aus dem Märzfeld ein Maifeld, konnten aber doch nicht verhindern, daß wesentlich nur die geistlichen und weltlichen Großen, die Statthalter und sonstigen Beamten des Reichs und die Würdenträger der Kirche einen regelmäßigen und entscheidenden Antheil daran hatten, die gewöhnlichen Freien dagegen keine oder nur eine untergeordnete Rolle dabei spielten.

Auch die Capetinger empfanden das Bedürfniß, sich mit einer Repräsentation, zunächst ihrer Vasallen, zu umgeben. Es war dies für sie um so nothwendiger, als sie nur unter dieser Form die widerspenstigen Großen unter ihre Oberhoheit zu beugen und zur Unterordnung unter ein allgemeines nationales Recht zu bewegen vermochten. Was einer dieser Herren (die sich bis dahin als unabhängige, vom Hause aus souveräne Dynasten dem Könige gleich gedünkt) in der Versammlung dieser Großen oder Pairs des Reichs mit beschlossen und genehmigt hatte, dessen Gültigkeit konnte er auch für sich selbst und seine Besitzungen nicht wohl bestreiten. So entstand der Pairshof als repräsentative Körperschaft mit der doppelten Bestimmung, oberster Gerichtshof für das Reich, insbesondere in Rechtssachen seiner eigenen Mitglieder, der großen Vasallen, unter sich oder mit der Krone, und höchster Rath des Königs in allen Angelegenheiten des Gemeinwohls zu sein.

Die Politik der französischen Könige aus dem capetingischen Hause, die Macht des Adels zu brechen und ihm namentlich in den wohlhabenden Bürgerschaften der Städte ein Gegengewicht entgegenzustellen, führte eine wichtige Veränderung in den repräsentativen Einrichtungen des Landes herbei. Philipp der Schöne berief zuerst 1303 eine allgemeine Versammlung, die sogenannten États généraux, worin neben der hohen Geistlichkeit und dem Adel auch der dritte Stand, das Bürgerthum, vertreten war. Es war das nahezu um dieselbe Zeit, als in England ein Haus der Gemeinen neben das Haus der Lords trat und einen bestimmten Antheil an der gesetzlichen Mitwirkung bei den öffentlichen Angelegenheiten erhielt. Allein die Generalstände in Frankreich erlangten weder eine so feste Dauer, noch auch eine so sicher geregelte und so weitreichende Wirksamkeit wie das englische Unterhaus. Sie wurden von der königlichen Gewalt fast immer nur wie ein nothwendiges Uebel oder ein Auskunftsmittel betrachtet, zu dem man sich herbeiließ, wenn es nicht anders ging oder wenn man damit einem größern Uebel zu entgehen hoffte, dessen man sich aber zu entledigen suchte, sobald man konnte. Und der Gang der Ereignisse machte dies letztere den Beherrschern Frankreichs in demselben Maße leicht, wie er es den Beherrschern Englands erschwerte. Derselbe englisch-französische Krieg, welcher die englischen Könige aus dem Hause Anjou oder Plantagenet zwang, die Hülfe ihrer Barone, Ritter und Bürgerschaften anzurufen und diesen dafür bestimmte Freiheitsrechte einzuräumen, gab den französischen Königen aus dem Hause Valois Gelegenheit, sich auf den allgemeinen Volksgeist zu stützen, im Namen der gefährdeten Nationalität große Opfer an Gut und Blut von allen Ständen zu fordern und so das Königthum immer stärker und immer unabhängiger zu machen. Karl VII., der erst fast sein ganzes Reich an die Engländer verlor, dann durch den gewaltigen Rückschlag des Nationalgeistes gegen die drückende und entwürdigende Fremdherrschaft alles wiedergewann, durfte an die Generalstände die Forderung stellen, ihm ein für allemal eine allgemeine Abgabe zur Erhaltung eines stehenden Heeres zu bewilligen, und die Stände wagten nicht, ihm solche zu weigern. Von da an waren die Könige Frankreichs der harten Nothwendigkeit ledig, welche die Könige Englands fort und fort zwang, ihr Parlament regelmäßig einzuberufen und immer neue Zugeständnisse um den Preis neuer Geldbewilligungen zu machen. Auch war der Volksgeist in Frankreich schon so sehr an die königliche Alleinherrschaft gewöhnt, daß derselbe Karl VII., als das Verlangen nach Wiederberufung der Generalstände dennoch hier und da laut ward, sich getrost auf die allgemeine Zufriedenheit des Volks berufen konnte, zum Zeugniß, daß jenes Verlangen kein allgemeines und begründetes sei.

Die folgenden Könige nährten diesen Geist der Unterwürfigkeit und der Hingebung an die herrschende Gewalt in der Nation durch eine Politik der Eroberung nach außen, indem sie Volk und Adel durch den Schimmer nationaler Großthaten blendeten, und durch eine Politik höfischer Pracht im Innern, womit sie namentlich den letztern an die Person des Monarchen fesselten, ihn seine Unabhängigkeit als Stand über dem persönlichen Ehrgeiz im Dienste der Majestät vergessen lehrten. Franz I. hob die Generalstände auf und setzte die Versammlung der Notabeln — willkürlich vom Könige berufener und entlassener Vertrauensmänner — an deren Stelle. Durch solche Mittel ward zuletzt die königliche Macht so unumschränkt, daß Ludwig XIV. sein berüchtigtes L'état c'est moi! aussprechen, den obersten Gerichtshof oder das Parlament — das letzte Ueberbleibsel des einstigen königlichen Raths, der curia regis — vollends zu einem willenlosen Werkzeug, den Adel zu einem blinden Anbeter und einem demüthigen Sklaven seiner Allmacht herabwürdigen konnte.

So hatte sich der politische und gesellschaftliche Zustand Frankreichs mit einer beinahe fatalistischen Consequenz zu dem geraden Gegentheil von dem ausgebildet, was wir in dem Inselreich jenseit des Kanals ebenfalls mit einer gewissen Stetigkeit nach ganz anderer Richtung hin sich entwickeln sahen. In England war das anfangs übermächtige und tyrannische Königthum je mehr und mehr durch den gemeinsamen Widerstand des Adels und des Volks eingeschränkt und zu einer constitutionellen Regierungsweise genöthigt worden: in Frankreich hatte die vom Hause aus schwache Königsgewalt allmählich immer mehr Rechte gewonnen, indem sie die ihr gegenüberstehenden Factoren, den Adel und die Bürgerschaften, gegeneinander benutzte, sich bald auf die letztern stützte, um die Macht der Aristokratie zu brechen, bisweilen auch wol mit Hülfe des Adels die Bestrebungen des Bürgerthums nach größerer Selbständigkeit niederhielt. Eine Zeit lang war der Kampf des Königthums gegen den Adel in gewisser Hinsicht der allgemeinen Gleichheit und Gerechtigkeit zugute gekommen, allein der Sieg desselben hatte zuletzt doch nur dahin geführt, alle Klassen gleichermaßen unter die Füße eines fast schrankenlosen Despotismus zu werfen, während in England der gemeinsame Kampf, den Adel und Bürgerthum gegen die Tyrannei der Könige unternahmen, wirklich den Erfolg hatte, dauernde und für Alle gleiche Bürgschaften der Gerechtigkeit, der persönlichen Freiheit, der Sicherheit des Eigenthums, der geregelten Antheilnahme an den öffentlichen Angelegenheiten zu begründen. Der englische Adel fand sich befriedigt durch eine auszeichnende politische Stellung und durch die Theilnahme an den allgemeinen Freiheiten der Nation, und erkaufte jene Stellung und das Ansehen, dessen er beim Volke genoß, durch den aufrichtigen Verzicht, den er auf alle und jede privatrechtliche Vortheile leistete, und durch die bereitwillige Uebernahme der gleichen Staatslasten: in Frankreich dagegen verlor der Adel seine politische Macht oder gab sie selbst preis an die alles verschlingende Prärogative der Krone, aber er suchte sich dafür zu entschädigen durch um so starreres Festhalten an Feudalprivilegien, durch welche er auf die untern Klassen, namentlich die ländliche Bevölkerung, drückte. In England verschmolzen Adel und Bürgerthum gesellschaftlich und politisch zu einem einzigen großen und kräftigen Nationalkörper: in Frankreich traten sie als feindliche Gegensätze auseinander; der Adel, der seinerseits dem Königthum sklavisch schmeichelte, blickte vornehm brutal auf die andern Stände wie auf Sklaven oder Heloten herab; das Volk wiederum faßte in einen gemeinsamen Haß den Despotismus des Königthums und den Hochmuth des Adels zusammen. In England hatten politische Kämpfe, zum Theil von sehr heftiger Natur, hatten sogar zwei offene Bürgerkriege stattgefunden; aber der Preis für diese Uebel war wenigstens jedesmal die Befestigung und Erweiterung der gesetzlichen Freiheit gewesen: in Frankreich hatte zu verschiedenen Zeiten bald das gemeine Volk und bald der Adel sich empört; abwechselnd hatten die Jacquerie, die Ligue, die Fronde den Frieden des Reichs und die gesetzliche Ordnung gestört, aber der Ausgang war immer der gleiche gewesen: eine Steigerung des fürstlichen Absolutismus und eine erhöhte Feindseligkeit der Stände untereinander.

So erdrückend war zuletzt — unter Ludwig XIV. — die Tyrannei der Krone, der feudale Druck des Adels, die Beschwerung der Gewissen durch die Verfinsterungssucht der Kirche geworden, daß ein Rückschlag dagegen nicht ausbleiben konnte. Allein es gab keine gesetzliche Gewalt im Staate, welche dieser oppositionellen Bewegung zugleich zum Rückhalt und zum leitenden Mittelpunkt hätte dienen können. Es gab ebenso wenig ein bestimmtes Ziel, worauf sie sich mit einer gewissen natürlichen und nothwendigen Berechtigung hätte richten mögen. Die alten constitutionellen Freiheiten, wie sie vormals in den Generalständen repräsentirt gewesen, waren allzu lange schon außer Gebrauch gekommen und vergessen. Die Parlamente —

der letzte Rest einer Art von unabhängiger Gewalt gegenüber dem Königthum — waren machtlos. Was noch ein gewisses selbständiges Leben außerhalb und mehr oder weniger unabhängig von der alles verschlingenden Centralgewalt des Staats führte (wie der gewerbliche Zunftgeist, die feudalen und kirchlichen Corporationen, die Abschließung der Provinzen gegeneinander), das war veraltet, misbräuchlich, dem Gemeinwohl schädlich. Es galt nicht blos, wie in England, einzelne faule Flecke an dem Staatskörper auszuschneiden, um das gesunde Fleisch wieder in seiner Integrität herzustellen — hier war alles faul, hier war nur durch eine Radicalcur zu helfen, durch eine Erneuerung des Staats am Haupt und an den Gliedern. — Bei dem Mangel vorhandener geordneter Organe für eine solche Neubildung des Staats fiel dieselbe der allgemeinen Bewegung der Ideen, der Philosophie anheim. Die Philosophie hat ihrem Wesen nach eine natürliche Richtung auf Erörterung der obersten Principien: sie fragt nicht, was im gegebenen Falle das praktisch Richtigste, sondern was von dem Gesichtspunkte der logischen Idee aus das am meisten Consequente und Folgerechte sei, und sucht dieses um jeden Preis zu verwirklichen. Da man im eigenen Lande, in den Erinnerungen der eigenen Geschichte (soweit dieselben im Volke lebendig waren) keinerlei Vorbilder einer vernünftigen Freiheit und einer menschenwürdigen Gleichheit aller Stände fand, so mußte man solche Musterbilder von auswärts her entlehnen. Montesquieu studirte die Verfassungen und Gesetze aller Völker und blieb hauptsächlich bei der englischen Verfassung, als dem für Frankreich nachahmungswerthesten Muster, stehen. Lafayette u. a. brachten aus dem amerikanischen Freiheitskriege die gleichen Ideen von Freiheit und Gleichheit mit, aber erweitert und gleichsam neu geboren durch die Berührung mit dem frischen Boden der jungen Republik jenseit des Weltmeeres.

So vorbereitet durch eine Revolution in den Geistern, durch eine literarische Revolution, entstand die politische Revolution von 1789. Das Königthum, um sich zu erhalten und die Bewegung, die sich nicht mehr zurückhalten ließ, zu zügeln, griff jetzt zu denselben constitutionellen Mitteln, welche es auf der Höhe seiner Macht übermüthig verschmäht und von sich gestoßen hatte. Aber es war zu spät. Man berief die Notabeln: sie erklärten sich selbst für unzureichend und wiesen auf das alte Institut der Generalstände hin. Man ließ sich, wiewol widerstrebend, herbei, diese aus ihrem Schlummer aufzuwecken, und glaubte damit die kühnsten Wünsche des Volks erfüllt zu haben — und, siehe da! die erste That der Generalstände war, daß sie sich aus einer mittelalterlich feudalen, nach Ständen abgetheilten, die Vorschläge der Krone in Unterthänigkeit entgegennehmenden Versammlung in eine moderne, constitutionelle, einheitliche und beinahe souveräne Vertretung der Nation verwandelten. Als Mirabeau sein berühmtes Wort sprach: „Nous sommes ici par le mandat du peuple, et ne sortirons que par la force des baïonnettes“, als die Deputirten des dritten Standes sich für die eigentlichen Vertreter des Volks erklärten, und ein

Theil des Adels und der Geistlichkeit zu ihnen überging — da war die Revolution, der Sieg der Volkssouveränetät über das Königthum entschieden!

In dem ersten Stadium dieser Revolution von 1789 war die Bewegung der Ideen noch einigermaßen eine gemäßigte. Die monarchisch-constitutionelle Partei behauptete in der Versammlung das Uebergewicht. Die englische Verfassung diente im wesentlichen als Vorbild, nur daß man in Bezug auf die allgemeinen Freiheits- und Gleichheitsrechte principieller, logischer zu Werke ging, und daß man dem aristokratischen Element keinen Antheil an der Repräsentation einräumte. Die Verfassung von 1791 ist — wenn wir die Verfassungen der Nordamerikanischen Freistaaten ausnehmen — die erste, welche ein ganzes, vollständiges, logisch in sich gegliedertes System von Rechten und von Einrichtungen aufstellt. Sie beginnt mit einer Aufzählung und Erklärung der sogenannten Menschen- oder Bürgerrechte (bürgerliche Freiheit, Gleichheit vor dem Gesetz, Gleichheit der Staatslasten und des Anspruchs auf Staatsämter, Sicherheit der Person und des Eigenthums, Gedanken- und Gewissensfreiheit, Freiheit der persönlichen Thätigkeit, Abschaffung aller Privilegien und Monopole des Adels und seiner Vorrechte, der Innungen u. s. w.), geht dann zu den Grundeinrichtungen, welche die Ausübung dieser Rechte verbürgen, fort, setzt die Eintheilung des Königreichs und den Stand der Staatsbürger fest und handelt ausführlich von den verschiedenen Zweigen der öffentlichen Gewalt, der gesetzgebenden Nationalversammlung, der Basis der Repräsentation, den Wahlen und Wahlversammlungen, den Rechten des Repräsentativkörpers, von dem König und seinen Ministern, dem Verhältniß der Nationalversammlung zu beiden, dann von der richterlichen Gewalt, der Militärgewalt, der Verwaltung u. s. w.

Die gesetzgebende Gewalt ward einer Nationalversammlung anvertraut, welche aus Einer Kammer bestand. Ein Vorschlag, zwei Kammern nach englischem Muster zu errichten, blieb in der Minorität. Sie wird aller zwei Jahre neu gewählt. Sie kann vom Könige nicht aufgelöst werden. Behufs der Wahlen wird das ganze Königreich dreifach eingetheilt: 1) in die 83 Departements — jedes Departement wählt drei Deputirte, ausgenommen das Departement von Paris, welches nur Einen entsendet: — gibt 247 Deputirte; 2) in 249 Theile nach der Bevölkerung — jeder Theil wird durch Einen Deputirten vertreten — gibt 249 Deputirte; 3) in 249 Theile der Hauptsumme der directen Besteuerung — jedes Departement entsendet so viele Deputirte, als es Theile dieser Besteuerung zählt — gibt wieder 249: Summe der Deputirten 745. Alle active Bürger treten in Primärversammlung zusammen und wählen die Wähler, welche ihrerseits wieder sich vereinigen und so viele Deputirte wählen, als das betreffende Departement zu stellen hat. Activer Bürger, also Urwähler, ist jeder geborene oder naturalisirte Franzose von 25 Jahren, der seit einem Jahre seinen Wohnsitz in der Stadt oder dem Canton des Landes hat, wo er seine Function als

Wähler üben will, eine directe, wenigstens dem Werthe von drei Arbeitstagen entsprechende Steuer bezahlt und nicht als Dienstbote im Lohne eines andern steht. Um Wahlmann zu sein, mußte man dieselben Bedingungen erfüllen, aber eine etwas höhere Steuer zahlen; dagegen konnte jeder active Bürger auch zum Nationalrepräsentanten gewählt werden.

Der Nationalversammlung allein stand das Recht zu, Gesetze vorzuschlagen und zu decretiren (der König konnte nur dieselbe einladen, eine Sache in Berathung zu nehmen); die öffentlichen Ausgaben festzustellen, die Steuern anzusetzen, ihre Höhe und ihre Vertheilung zu normiren; die Errichtung und Aufhebung der öffentlichen Aemter zu decretiren; nach dem Vorschlag des Königs jährlich die Zahl der Mannschaft und der Schiffe für Landarmee und Flotte zu bestimmen; nach demselben Vorschlag des Königs Krieg zu beschließen; den König zu verpflichten, wegen des Friedens zu unterhandeln; die Friedens-, Allianz- und Handelsverträge zu ratificiren.

Der König konnte den Decreten der Nationalversammlung seine Sanction verweigern, jedoch nur zweimal; war in drei Jahressitzungen nacheinander derselbe Beschluß gefaßt worden, so erlangte er Gesetzeskraft auch ohne die Sanction des Königs.

Die Nationalversammlung sollte sich, ohne besondere königliche Berufung, am 1. Mai jedes Jahres versammeln. Der König sollte befugt sein, dieselbe auch in der Zwischenzeit zu einer außerordentlichen Sitzung zu berufen.

Die Verhandlungen der Versammlung sollten in der Regel öffentliche sein.

Die Richter, sowie die Administratoren der Departements und der kleinern Districte sollten vom Volke gewählt werden.

So demokratisch schon diese erste Verfassung von 1791 war, so ward sie doch sehr bald durch die Ereignisse überholt. Auf der einen Seite meinte es der König Ludwig XVI. nicht ehrlich mit der Aufrechthaltung der von ihm beschworenen Verfassung, auf der andern schweifte der so lange Zeit niedergehaltene, daher jetzt um so schrankenloser aufbrausende Freiheitstrieb des Volks bald über die Grenzen einer monarchisch-constitutionellen Staatsform weit hinaus. Nachdem der constituirenden Nationalversammlung eine gesetzgebende gefolgt war, ward diese wieder — nach der Gefangensetzung des Königs und seiner Familie — durch den Nationalconvent abgelöst, der, aus Urversammlungen hervorgegangen, Frankreich zur Republik erklärte, erst die Entthronung, dann die Hinrichtung des Königs beschloß und eine zweite, durch und durch demokratische Verfassung entwarf, die am 24. Juni 1793 proclamirt ward. Die allgemeinen Bürger- und Menschenrechte wurden darin im ganzen wenig anders normirt als in der Verfassung von 1791, nur zum Theil in pomphaftern Ausdrücken. Was das Repräsentativsystem betrifft, so behielt man natürlich das Princip einer einzigen Versammlung bei, als Basis der Wahlen nahm man aber lediglich die Bevölkerungszahl (auf 40000 Einwohner 1 Deputirter), als Wahlmodus die unmittelbare Wahl in Urversammlungen aller Bürger. Die Grenze des activen Bürgerrechts ward weiter ausgedehnt, das Alter von 25 Jahren auf das von 21 Jahren herabgesetzt, der Census gänzlich aufgehoben. Die Nationalrepräsentation oder der Gesetzgebende Körper schlägt Gesetze vor und fertigt Decrete aus. Die Decrete betreffen: die jährliche Aufstellung der Land- und Seemacht, überhaupt die Vertheidigungsmaßregeln, die Maßregeln zur allgemeinen Sicherheit und Ruhe, ferner administrative Maßregeln u. s. w. Die Gesetze beziehen sich auf das bürgerliche und peinliche Recht, die Einnahmen und Ausgaben des Staats, den öffentlichen Unterricht, Kriegserklärungen u. s. w. Die Gesetzesvorschläge müssen, um Gesetzeskraft zu erlangen, nachdem die Nationalrepräsentation sie votirt hat, auch von dem souveränen Volke unmittelbar in den Urversammlungen angenommen werden. Ein Vollziehungsrath von 24 Personen sollte von der Nationalrepräsentation auf Grund einer von den Wahlversammlungen der Departements entworfenen Liste ernannt werden.

Die Verfassung von 1793 erwähnt zuerst ausdrücklich die Gemeindeverwaltung: dieselbe sollte von den Gemeindeversammlungen gewählt werden, ebenso wie die Verwaltungen der Districte und der Departements von den Wahlversammlungen der Districte und der Departements. Der Gesetzgebende Körper sollte die Geschäfte der Municipalbeamten und der administrativen Behörden, die Regeln ihrer Subordination, die Strafen, in welche sie verfallen können, bestimmen. Man konnte auch in der Republik den Gedanken der administrativen Centralisation nicht aufgeben.

Diese Verfassung trat nie wirklich ins Leben. Am 24. Juni 1793 proclamirt, ward sie schon am 13. Aug. desselben Jahres wieder suspendirt und eine revolutionäre Dictatur, unter dem Namen des Wohlfahrtsausschusses, errichtet, um durch unbeschränkten Machtgebrauch nach innen alle Kräfte der Republik zur Abwehr der äußern Gefahren anzuspannen und wirksam zu verwenden. Letzteres gelang; die Republik, von einer Coalition bedroht, ging bald von der Abwehr zum Angriff über und zwang ihre Feinde zum Frieden. Durch die Verminderung der äußern Anspannung, sowie durch die Ausschweifungen und den blutigen Terrorismus der äußersten republikanischen Partei im Innern trat ein Umschlag der öffentlichen Stimmung ein; eine gemäßigtere Richtung gewann das Uebergewicht; ihr Ausdruck war die Verfassung vom 23. Sept. 1795. Dieselbe setzte eine zweigegliederte Vertretung des Volks ein, einen Rath der Alten und einen Rath der Fünfhundert, beide unmittelbar vom Volke und in denselben Versammlungen gewählt, allein nicht unter den gleichen persönlichen Bedingungen, indem die Mitglieder des Raths der Fünfhundert 30 Jahre alt und seit 10 Jahren in Frankreich wohnhaft, die des Raths der Alten 40 Jahre alt und seit 15 Jahren auf dem Gebiete der Republik heimisch sein mußten. Für die Wähler selbst führte sie wieder einen Census ein und setzte auch eine Partialerneuerung der beiden Räthe zu einem Drittel jährlich fest. Die vollziehende

Gewalt ward einem Directorium von fünf Mitgliedern anvertraut, dessen Mitglieder der Rath der Alten aus einer von dem Rath der Fünfhundert gebildeten Liste wählte.

Auch diese Verfassung war von kurzer Dauer. Uneinigkeit riß ein im Schoße des Directoriums sowie zwischen diesem und den beiden Räthen. Daher gelang es dem aus Aegypten zurückgekehrten ruhmgekrönten General Bonaparte leicht, durch den Staatsstreich vom 18. Brumaire (9. Nov.) 1799 das Directorium sammt den beiden Räthen zu stürzen. Es galt, eine neue Ordnung der Dinge einzurichten. Eine sehr complicirte, theoretisch ausgekünstelte Verfassung, welche Sieyès entwarf, fand Bonaparte's Beifall nicht. Dagegen brachte letzterer am 13. Dec. 1799 eine Verfassung zu Stande, die am 18. Febr. 1800 vom Volke in Urversammlungen angenommen wurde. Sie war darauf berechnet, unter Beibehaltung demokratisch-republikanischer Formen den Schwerpunkt des Staats in eine Regierungsgewalt von ziemlich monarchischem Charakter zu legen. Das Volk behielt das Recht, durch Wahlen in verschiedenen Abstufungen diejenigen gleichsam als seine Vertrauensmänner zu bezeichnen, aus welchen die Beamten der Bezirke, der Departements, endlich des ganzen Staats genommen wurden, aber es hatte keinen unmittelbaren Antheil mehr an deren Ernennung. Ebenso wenig wählte es unmittelbar die Mitglieder der Nationalvertretung; vielmehr ward diese — auf eine ziemlich künstliche Weise — nach einem eigenthümlichen System theils der Cooptation, theils der gegenseitigen Ernennung zusammengesetzt. Es bestanden nämlich drei Collegien, ein sogenannter Erhaltungssenat, ein Tribunat und ein Gesetzgebender Körper. Der Senat enthielt 80 Mitglieder, die auf Lebenszeit gewählt wurden und das vierzigste Lebensjahr erreicht haben mußten. Er ward das erste mal durch besondere Vollmachtgebung ernannt; später sollte er sich selbst ergänzen, und zwar jedesmal aus drei Candidaten, von denen je einer von den zwei Collegien der gesetzgebenden Gewalt, der dritte vom Ersten Consul vorgeschlagen würde. Der Senat wählte ferner aus den durch die Volkswahlen gebildeten Verzeichnissen die Mitglieder der beiden andern Collegien, des Tribunats und des Gesetzgebenden Körpers, ferner die Consuln, die Cassationsrichter und die Rechnungscommissarien. Außer dieser Function des Wählens hat der Senat nur noch die, darüber zu wachen (ähnlich dem Ephorat im alten Sparta), daß bei den Wahlen des Volks, bei den Verhandlungen des Gesetzgebenden Körpers und bei den Acten der Regierung nichts Verfassungswidriges vorkomme. Eine gesetzgebende Thätigkeit hat er nicht.

Alle Gesetzesvorschläge gehen von der Regierung aus. Sie gelangen zunächst an das Tribunat, welches aus 100 Mitgliedern besteht, die das fünfundzwanzigste Lebensjahr erreicht haben, und jährlich zu einem Fünftel erneuert wird. Das Tribunat verwirft oder genehmigt sie. Es läßt seine Beschlüsse und deren Beweggründe durch drei seiner Mitglieder vor dem Gesetzgebenden Körper entwickeln. Das Tribunat kann beim Senat verfassungswidrige Acte anzeigen. Es kann auch Wünsche wegen zu erlassender

Gesetze oder wegen abzustellender Misbräuche in der Verwaltung aussprechen; doch haben diese Wünsche für die Regierung keine verpflichtende Kraft.

Der Gesetzgebende Körper besteht aus 300 Mitgliedern, die wenigstens 30 Jahre alt sein müssen. Er wird ebenfalls jährlich zu einem Fünftel erneuert. Er votirt die Gesetze in geheimer Abstimmung, nach Anhörung der Sprecher des Tribunats und der Regierung, aber ohne eigene Verhandlungen. Zu den Gesetzen gehören auch die Finanzgesetze, welche die jährlichen Einnahmen und Ausgaben des Staats regeln, sowie die Decrete über Kriegserklärungen, Friedensschlüsse, Allianz- und Handelsverträge. Die von dem Gesetzgebenden Körper beschlossenen Gesetze müssen, wenn sie nicht als verfassungswidrig angefochten werden, vom Ersten Consul binnen zehn Tagen verkündet werden. Die Regierungsgewalt wird drei Consuln anvertraut. Dieselben werden vom Senat auf zehn Jahre gewählt und sind unbeschränkt wieder wählbar. Der Erste Consul (Bonaparte) genoß eines ganz entschiedenen Vorzugs an Macht und Ansehen vor seinen beiden Collegen; er war der eigentliche Regent des Staats, die beiden andern waren nur seine Gehülfen. Er allein verkündete die Gesetze, ernannte und entsetzte nach Willkür die Minister, die Gesandten, die Offiziere der Land- und Seemacht, die Mitglieder der örtlichen Verwaltungen, endlich die Mitglieder des Staatsraths — eines Collegiums zur Vorberathung der Gesetzentwürfe und zur Entscheidung von Verwaltungsstreitigkeiten. Er ernannte auch, doch ohne sie absetzen zu können, die Civil- und Criminalrichter. Bei sonstigen Regierungshandlungen haben der Zweite und Dritte Consul eine berathende Stimme, der Erste Consul allein jedoch eine entscheidende. Die Regierungsacte bedürfen zu ihrer Gültigkeit der Gegenzeichnung eines Ministers. Die Minister allein, nicht die Consuln, sind für die Handlungen der Regierung verantwortlich.

Wie große Gewalt auch diese Verfassung in die Hand des Ersten Consuls legte, so genügte dieselbe doch sehr bald dem Ehrgeize und dem unbeschränkten Herrschertriebe Bonaparte's nicht mehr. Schon im Jahre 1802 ließ er sich durch Abstimmung aller Bürger in Urversammlungen und darauffolgende Proclamation seitens des Senats zum lebenslänglichen Ersten Consul ernennen. Gleichzeitig ließ er durch den Senat durchgreifende Abänderungen der Verfassung beschließen, Abänderungen, welche durchweg darauf abzielten, die Gewalt des Ersten Consuls unbeschränkter zu machen, die Mitwirkung des Gesetzgebenden Körpers und des Tribunats bei wichtigen Regierungsacten, namentlich denen der auswärtigen Politik, möglichst zu beseitigen, und diese beiden Körperschaften in Abhängigkeit von dem Ersten Consul und von dem diesem dienstbaren Senat zu versetzen. Der Senat konnte nun — durch sogenannte Senatusconsulte, wozu die Anregung jedesmal von der Regierung ausgehen und deren Entwürfe in einem Geheimen Rathe vorberathen werden sollten, dessen Mitglieder der Erste Consul ernannte — die Verfassung auslegen, ergänzen, ganze Departements außerhalb der Verfassung erklären, die polizeiliche Gefangenhaltung von Personen, welche wegen angeblicher Verschwörungen verhaftet worden, über die in der Verfassung bestimmte Zeit hinaus ausdehnen, die Urtheile der Gerichtshöfe annulliren, die Geschworenengerichte in einzelnen Departements auf fünf Jahre suspendiren, den Gesetzgebenden Körper und das Tribunat auflösen. Der Erste Consul erhielt das Begnadigungsrecht, das Recht, Friedens- und Allianzverträge zu ratificiren lediglich nach dem Gutachten des Geheimen Raths, endlich die Maires und Adjuncten der Gemeindeverwaltungen zu ernennen. Im Jahre 1804 nahm Bonaparte, wiederum kraft eines sogenannten organischen Senatusconsults, den Titel eines Kaisers der Franzosen an; diese Würde ward für erblich in seinem Hause, nach dem Rechte der Erstgeburt, erklärt; zugleich ward abermals die Verfassung — zu Gunsten einer Steigerung der kaiserlichen Gewalt — verändert. Insbesondere erhielt der Kaiser das Recht, die Präsidenten des Senats und des Tribunats zu ernennen, auch die Mitglieder des Senats (außer den Inhabern der Erzämter, die darin nach eigenem Recht sitzen sollten) theils nach freiem Ermessen, theils aus den von den Departementscollegien aufgestellten Listen zu erlesen. Endlich ward auch der letzte Schatten von unabhängiger Vertretung beseitigt durch die Aufhebung des durch seine Opposition bisweilen noch unbequemen Tribunats, welche im Jahre 1807 erfolgte. Gleichzeitig ward das Alter der Mitglieder des Gesetzgebenden Körpers auf 40 Jahre erhöht.

Mit Hülfe dieser so zurechtgemachten Verfassungsmaschine und einer bis aufs äußerste centralisirten Verwaltung machte Napoleon Bonaparte die noch vor kaum mehr als einem Jahrzehnt so unbändige französische Nation zur willenlosen, stummen, auf seinen Wink gelehrig lauschenden Sklavin — solange er nach außen glücklich, siegreich und ruhmgekrönt war. Als er, von dem furchtbaren Winter von 1812 und von der hartnäckigen Tapferkeit der Russen besiegt, nach dem Verlust einer großen und schönen Armee allein nach Paris zurückkehrte, selbst da vermochte der Glanz seiner vorigen Thaten und die eiserne Kraft seines befehlshaberischen Willens noch einmal die im geheimen schon murrende Opposition zum Schweigen zu bringen und von den an blinden Gehorsam gewöhnten nationalen Gewalten abermals neue, ungeheuere Opfer für seinen nimmersatten Ehrgeiz zu erpressen. Allein wenig mehr als ein Jahr später, als ihn sein Glücksstern gänzlich verlassen hatte und die siegreichen Heere der verbündeten Preußen, Oesterreicher, Russen und Schweden auf Paris losrückten, mußte er es erleben, daß der Senat, wie er vorher oftmals mit serviler Dienstfertigkeit, um dem allmächtigen Gebieter gefällig zu sein, die Verfassung verletzt hatte, jetzt das Gleiche gegen ihn that, indem er eigenmächtig den gestürzten Kaiser entsetzte und die Franzosen von der Treue gegen ihn lossprach! Es war freilich der einzige Weg für Frankreich, um mit den Siegern zu einer Verständigung zu gelangen. Eine provisorische Regierung ward gebildet, die, unter Mitwirkung des Kaisers Alexander von Rußland, in wenig Tagen eine Verfassung entwarf. Der Senat genehmigte dieselbe und rief kraft ihrer im Namen des französischen Volks den Bruder des hingerichteten Königs Ludwig XVI., Ludwig Stanislaus Xaver, auf den Thron. Diese Verfassung — vom 6. April 1814 — theilte die gesetzgebende Gewalt zwischen dem König, dem Senat und dem Gesetzgebenden Körper. Gesetzentwürfe sollten diesen beiden Körperschaften gleichmäßig vorgelegt werden können, Vorschläge wegen der Steuern nur der letztern. Die Senatoren sollten durch den König ernannt werden, ihre Würde aber sodann erblich sein. Für den Gesetzgebenden Körper ward die directe Ernennung durch die Wahlcollegien, wie in den ersten Verfassungen, wiederhergestellt, desgleichen die Freiheit der Discussion und das Recht, seine Präsidenten, gleichwie auch der Senat den seinigen, selbst zu wählen. Die Ausnahmegerichte wurden abgeschafft, die Unabhängigkeit der Justiz garantirt, die Preßfreiheit hergestellt.

Der neue König Ludwig XVIII. nahm diese Verfassung nicht an, ließ vielmehr eine andere ausarbeiten und am 4. Juni 1814 in einer Sitzung des Senats und des Gesetzgebenden Körpers verkündigen.

Diese „Charte“ Ludwig's XVIII. bestätigte die Grundsätze der Revolution in Bezug auf individuelle Freiheit, Gleichheit vor dem Gesetze, gleiche Besteuerung und gleiche Fähigkeit aller Franzosen zu Staatsämtern, persönliche Sicherheit, gleichen Schutz aller Religionen, wobei jedoch die römisch-katholische Religion zur Staatsreligion erklärt ward, Freiheit der Presse, jedoch unter Vorbehalt von Gesetzen wider ihren Misbrauch u. s. w. Sie übergab die vollziehende Gewalt unbeschränkt dem Könige, insbesondere den Befehl über die Land- und Seemacht, das Recht, Krieg zu erklären, Frieden zu schließen, Verträge einzugehen, die öffentlichen Beamten zu ernennen u. s. w. Die gesetzgebende Gewalt theilte sie zwischen dem Könige, einer Kammer der Pairs und einer Kammer der Deputirten. Der König allein sollte Gesetze vorschlagen können, die Kammern konnten ihn nur um einen solchen Gesetzesvorschlag bitten. Natürlich erhielt der König auch die unbedingte Freiheit, ein von den Kammern durchberathenes Gesetz zu bestätigen oder zu verwerfen. Die Ernennung der Pairs stand dem Könige zu, ihre Anzahl war unbeschränkt, der König konnte sie auf Lebenszeit ernennen, oder mit dem Rechte der Erblichkeit. Erst mit 30 Jahren konnte ein Pair in der Kammer mit berathen und stimmen. Die Prinzen des Hauses nahmen in der Pairskammer Sitz auf besondere Einladung des Königs, sonst nicht. Die Berathungen der Pairskammer waren nicht öffentlich. Die Kammer der Deputirten sollte jedes Jahr zu einem Fünftel erneuert werden. Niemand konnte Deputirter werden, der nicht 40 Jahre alt war und 1000 Frs. directe Steuern zahlte. Niemand konnte Wähler sein, der nicht 300 Frs. zahlte und 30 Jahre alt war. Wenigstens die Hälfte der Deputirten eines Departements mußten ihren Wohnsitz im Departement selbst haben. Der Präsident der Deputirtenkammer ward vom Könige aus fünf von der Kammer ihm präsentirten Candidaten auserlesen. Keine Abänderung zu einem Gesetzvorschlage war zulässig, wenn nicht der König zuvor seine Zustimmung dazu gegeben hatte. Die Minister konnten von der Kammer der Deputirten vor der Pairskammer wegen Verrätherei oder Veruntreuung angeklagt werden. Die Geschworenengerichte wurden beibehalten; niemand sollte seinem natürlichen Richter entzogen werden, doch behielt sich der König die Errichtung von Prévotalgerichten vor. Dem alten Adel, der durch die Revolution aufgehoben worden war, wurden seine Titel zurückgegeben, dem neuen, von Napoleon geschaffenen, die seinigen gelassen; doch sollte der Adelstitel keinerlei Privilegien mehr gewähren.

Nach der Rückkehr Napoleon's von Elba im März 1815 trat, mit dem königlichen Regiment selbst, auch die Charte von 1814 außer Wirksamkeit. Napoleon setzte an ihre Stelle eine sogenannte Zusatzacte zu der Verfassung von 1799, welche der Charte Ludwig's XVIII. in ihren Grundzügen sehr ähnlich war. Er sah ein, daß er ungefähr ebenso viel Freiheit bieten müsse als das alte Königthum, welches er wieder verdrängen wollte.

Die Herrschaft dieses sozusagen constitutionellen Kaiserthums war nur kurz. Ludwig XVIII. kehrte zurück, mit ihm die Charte von 1814. Sie blieb das Grundgesetz Frankreichs 15 Jahre lang. Obgleich unter ihrer Firma ein weltlicher und geistlicher Despotismus — durch die herrschsüchtigen Tendenzen des zurückgekehrten Adels und Klerus — aufs neue um sich griff, besonders unter der Regierung Karl's X. seit 1825, bildete sich doch durch die Uebung des parlamentarischen Lebens in der, erst durch die Ausschweifungen der Revolution, dann durch den langen Militärdespotismus des Kaiserreichs politisch theils verwilderten, theils verdumpften Nation wieder ein Geist praktischer und gemäßigter constitutioneller Freiheit aus. Besonders war es die Partei der sogenannten Doctrinärs — Royer-Collard, Guizot, der Herzog von Broglie u. a. —, welche die gesunden Grundlagen und die sichere Gewohnheit des englischen Staatslebens nach Frankreich zu verpflanzen sich bemühte. Der Starrsinn und die Unklugheit Karl's X. und des Ministeriums Polignac verhinderte jedoch eine solche ruhige Ausbildung und Befestigung des Constitutionalismus: die Unterdrückung der Preßfreiheit und die Abänderung des Wahlgesetzes — beides durch einfache königliche Ordonnanzen, also gegen die Vorschriften der Verfassung — führten im Juli 1830 zu einer Revolution, welche das Haus Bourbon vertrieb und den Herzog von Orleans, das Haupt der jüngern Linie, erst zur Regentschaft, dann auf den Thron berief.

Der gereiftere politische Sinn der Franzosen zeigte sich darin, daß sie auch nach einer so großen Staatsumwälzung, wie ein Dynastiewechsel ist, dennoch die Grundlagen ihrer monarchisch-constitutionellen Verfassung beibehielten, indem sie nur einige Mängel der Charte von 1814, die sich durch eine funfzehnjährige Praxis kundgegeben hatten, abstellten und einige neue Garantien gegen solche Rechtsverletzungen, unter denen sie am meisten gelitten hatten, hinzufügten. Von der letztern Art war die Bestimmung, daß die Censur niemals wieder eingeführt werden dürfe, und die Beseitigung der bevorzugenden Bezeichnung der katholischen Religion als Staatsreligion. Eben dahin gehörte ferner die Vorschrift, daß fremde Truppen nur kraft eines Gesetzes angenommen werden dürften: man hatte nur zu sehr die schweizer Söldlinge als gefährliche Vorkämpfer des Despotismus kennen gelernt.

Das Recht des Vorschlags zu Gesetzen ward diesmal zwischen dem Könige und beiden Kammern getheilt. Bei der Pairskammer kam die Erblichkeit in Wegfall; der König behielt das Recht der Ernennung auf Lebenszeit, in unbeschränkter Zahl, aber nur aus gewissen, genau festgestellten Kategorien von Notabeln. Die Sitzungen der Pairskammer sollten fortan öffentliche sein wie die der Deputirtenkammer. Die Bedingungen des Alters und des Census in Bezug auf das Wahlrecht wurden gemildert, sodaß die Zahl der Wähler, die unter der vorigen Dynastie noch nicht 100000 erreicht hatte, sofort auf das Doppelte stieg.

Mit dieser Verfassung regierte Ludwig Philipp nahezu 18 Jahre, also etwas länger als die Bourbons mit der von 1814. Diese letztern waren gefallen, weil sie die in der Verfassung von 1814 verbürgten Freiheiten willkürlich antasteten; Ludwig Philipp fiel, weil er sich nicht entschließen konnte, die in der Verfassung von 1830 der Freiheit gesteckten Grenzen zu erweitern. Es ist bisweilen ebenso gefährlich, der fortgeschrittenen politischen Bildung des Volks das ihr entsprechende Maß freier Bewegung vorzuenthalten, als schon in Kraft bestehende Rechte zu verletzen.

Sonderbarerweise war es dieselbe Schule der Doctrinärs, welche unter Karl X. für die Freiheit gegen die Reaction gekämpft hatte, jetzt aber für die Stabilität gegen den Fortschritt kämpfte. Es war der Gegensatz des sogenannten pays légal, oder der kleinen Minderheit der Höchstbesteuerten, als der durch das Gesetz privilegirten Wähler, zu der vom Wahlrecht ausgeschlossenen ungeheuern Mehrheit des Volks (etwa 250000 bei einer Bevölkerung von 35½ Millionen!), den das Ministerium Guizot nicht aufgeben wollte, und der die Revolution von 1848, den Sturz nicht blos einer Dynastie, sondern des Königthums selbst veranlaßte.

So war Frankreich durch einen mehr als funfzigjährigen Kreislauf und durch eine Reihe von Verfassungen — gleichsam ebenso vielen politischen Experimenten — nahezu wieder zu demselben Ausgangspunkte zurückgekehrt, von dem es 1793 ausgegangen; es war von der Republik durch das Consulat und das Kaiserreich zu dem restaurirten Königthum von Gottes Gnaden, dann zu einem Königthum durch den Willen des Volks hindurchgegangen, um schließlich abermals bei der Republik anzulangen. Aber die Physiognomie dieser zweiten Republik von 1848 war eine wesentlich andere als die der ersten von 1793. Die Republik von 1793 war das Product einer furchtbaren, jedoch natürlichen Explosion der ursprünglichen Volkskraft in ihrer ganzen Wildheit, aber auch ihrer ganzen Energie, nach jahrhundertelanger beispielloser Knechtung;

sie war der Triumph einer leidenschaftlichen Liebe zur Freiheit, die in ihrer ersten Aufwallung — wie sie sich zum Beispiel in den Girondisten verkörpert zeigte — etwas Großartiges, Begeistertes und Begeisterndes hatte, wennschon sie freilich nur zu bald in wüste Zerstörungswuth und sinnlose Gleichmacherei ausartete. Die Republik von 1848 hatte von diesem poetischen Rausche der Republik von 1793 wenig oder nichts. Sie entstand gewissermaßen durch Zufall, oder, wenn man lieber will, durch eine halb bewußte, halb unwillkürliche Escamotage unter den Händen einzelner leitender Persönlichkeiten; sie kam der großen Mehrzahl der Franzosen ebenso überraschend wie ihren eigenen Anstiftern; sie ward acceptirt von den Einen aus Furcht, von Andern aus Berechnung, von den Meisten in der ziemlich sichern Erwartung, daß sie nicht lange dauern werde, nur von den Wenigsten mit wirklicher Hingebung und Begeisterung. Die Revolution von 1789 hatte den dritten Stand, das Bürgerthum, in den Kampf geführt gegen die privilegirten Stände, Adel und Geistlichkeit, und gegen das von beiden gestützte und sie stützende Königthum; die Revolution von 1830 hatte den gleichen Kampf, nur in mäßigern Dimensionen, wiederholt; bei der von 1848 trat ein neues Element auf den Kampfplatz, der vierte Stand oder das Proletariat. In demselben Moment, wo die durch allgemeinste Wahlen zusammengesetzte constituirende Nationalversammlung an der Verfassung für den neuen Freistaat arbeitete, mußte Cavaignac an der Spitze großer Truppenmassen in der dreitägigen Junischlacht das empörte Proletariat niederschmettern, um der Ordnungspartei den Sieg zu verschaffen.

Die Verfassung, welche am 4. Nov. 1848 von der Nationalversammlung angenommen ward, geht in vielen Stücken, namentlich in Betreff der allgemeinen Bestimmungen in ihrem Eingange auf die von 1791 und 1793 oder die sogenannte Verkündigung der Menschenrechte zurück. Diese abstracten, theoretischen Sätze, zur Zeit der ersten Revolution etwas Neues und wirklich Grundlegendes, waren jetzt, nach fast zwei Menschenaltern, theils in die Praxis des öffentlichen Lebens übergegangen und daher kaum mehr nothwendig, theils durch die Erfahrung als vieldeutig und darum bedenklich erkannt. Auch erklärten sich gewiegte Politiker, wie Thiers, gegen eine solche Aufstellung allgemeiner Theorien; allein die Mehrheit der Versammlung glaubte sich nicht entbrechen zu können, ihre Anhänglichkeit an diese republikanischen Grundsätze dadurch zu documentiren, daß sie dieselben von neuem formulirte.

In Bezug auf das Einzelne dieser Formulirung erkennt man fast in jedem Paragraphen den Kampf und die nothdürftige Verständigung zweier verschiedener Richtungen: der Furcht, die Masse des Volks oder das Proletariat zu erbittern, indem man ihm zu wenig, und der nicht geringern Furcht, demselben eine zu große und dem Staate gefährliche Macht zu verleihen, wenn man ihm zu viel einräume. So ward das berufene „Recht auf Arbeit" in dieser directen Form — nach einer glänzenden Rede von Thiers — beseitigt, aber indirect wenigstens in gewissen

Grenzen wieder aufgenommen in dem Satze: „Die Republik muß durch einen brüderlichen Beistand den Unterhalt ihrer bedürftigen Bürger sicherstellen, sei es, indem sie ihnen Arbeit in den Grenzen ihrer Hülfsmittel verschafft, sei es, indem sie denen, welche nicht im Stande sind zu arbeiten und keine dazu fähige Familie haben, unmittelbare Hülfe gewährt"; und mehr noch in der sehr umständlichen Vorschrift des Art. 13: „Die Gesellschaft begünstigt und ermuthigt die Entwickelung der Arbeit durch den unentgeltlichen Elementarunterricht, durch die Erziehung zu bestimmten Handwerken, durch die Ausgleichung der Verhältnisse zwischen dem Arbeitgeber und dem Arbeiter, durch Spar- und Creditanstalten, durch Ackerbauanstalten, durch freiwillige Associationen und durch die Veranstaltung öffentlicher Arbeiten zur Verwendung unbeschäftigter Hände durch den Staat, die Departements nnd die Communen."

Was den eigentlich organisatorischen Theil der Verfassung von 1848 betrifft, so überträgt dieselbe die gesetzgebende Gewalt einer einzigen Versammlung, die vollziehende einem, jedesmal auf vier Jahre von der Gesammtheit aller Wähler zu erwählenden, nach Ablauf dieser Zeit nicht wieder sofort wählbaren Präsidenten. Das Stimmrecht, bisher so beschränkt, ward zu einem fast unbeschränkten erweitert. Alle Franzosen, welche das einundzwanzigste Jahr zurückgelegt hatten und im Vollgenuß ihrer bürgerlichen und politischen Rechte waren, wurden zu Wählern, alle, die das fünfundzwanzigste Jahr erreicht, für wählbar erklärt. Die Abstimmung sollte direct und geheim sein; die Nationalversammlung sollte sowol auf Berufung durch den Präsidenten der Republik als kraft eigenen Rechts, beziehentlich auf Berufung durch eine während ihrer Vertagung jedesmal zurückbleibende Commission, zusammentreten. Gesetzentwürfe sollten sowol vom Präsidenten an die Versammlung gelangen, als aus der Initiative dieser letztern hervorgehen können. Gegen die von der Versammlung beschlossenen Gesetze stand dem Präsidenten nur ein aufschiebendes Veto zu; eine zweite Beschlußfassung der Nationalversammlung im gleichen Sinne hatte definitive Gültigkeit. Der Präsident sollte die Nationalversammlung weder vertagen noch auflösen können. Er sollte über die bewaffnete Macht verfügen, jedoch ohne in Person den Oberbefehl über dieselbe führen zu können. Er sollte Verträge unterhandeln und die von der Nationalversammlung beschlossenen bestätigen. Er konnte keinen Krieg unternehmen ohne Zustimmung der Nationalversammlung. Der Präsident ward ebenso wie seine Minister und alle Agenten der öffentlichen Gewalt für verantwortlich erklärt, jeder im Bereiche seiner Functionen. Ganz besondere Vorkehrungen waren in der Verfassung getroffen für den Fall eines Attentats des Präsidenten auf die Nationalversammlung. Eine Abänderung oder Revision der Verfassung sollte nur mit drei Viertel der Stimmen der Nationalversammlung beschlossen werden können; zur Ausführung der so beschlossenen war dann eine neue Nationalversammlung zu wählen.

Es war eine sonderbare Erscheinung, daß schon die nächste Geburt des allgemeinen Stimmrechts, die Gesetzgebende Versammlung, ihre eigene Mutter verleugnete und in Bezug auf die active Wahlberechtigung Beschränkungen einführte (hinsichtlich der Dauer des vorangegangenen Aufenthalts am Wahlorte und rücksichtlich der Zahlung einer Steuer), welche, wie die Anhänger des ganz allgemeinen Wahlrechts ihr nachrechneten, drei Millionen Wähler von der Uebung dieses Rechts ausschlossen.

Die Verfassung von 1848 konnte nicht bestehen. Man hatte eine Republik improvisirt, aber es fehlten die Republikaner. Die sogenannten honneten Republikaner, d. h. die es zugleich mit der Republik und mit einer geregelten Staatsordnung ehrlich meinten, und als deren Typus General Cavaignac gelten kann, bildeten nur eine schwache Minderheit. Sie wurden öffentlich überstimmt von den extremen Demokraten, den Aposteln der Massenherrschaft, und den Socialdemokraten, den Schmeichlern des Proletariats, heimlich angefeindet von den alten royalistischen Parteien, die unter der Maske conservativer Principien ihre gegen die Republik selbst gerichteten Ziele verfolgten, und endlich unterlagen alle diese unter sich gespaltenen und entzweiten Parteien der List und Gewaltthätigkeit eines Einzelnen, der sich auf die große Masse der um jeden Preis Ruhe Suchenden, auf die täuschende Kraft eines politischen Stichworts, des allgemeinen Stimmrechts, endlich auf die imperatorischen und antiparlamentarischen Neigungen der Armee stützte.

Die Republik verschwand ebenso über Nacht, wie sie über Nacht entstanden war — ein Beweis, daß sie nie tiefe Wurzeln in den Sitten und Anschauungen des Volks geschlagen hatte. Die Gewohnheit des Gehorchens, des Commandirt=, Bevormundet= und Beglücktwerdens von Einem Punkte aus — eine Gewohnheit, welche die Franzosen jahrhundertelang unter ihren Königen gelernt, die sie in der ersten Republik, nur unter andern Formen, beibehalten, der sie unter dem ersten Napoleon in gesteigertem Maße gehuldigt und auch unter der constitutionellen Monarchie niemals ganz entsagt hatten — diese Gewohnheit trug auch jetzt nicht blos über die republikanischen, sondern über jede Art von freiheitlichen Einrichtungen den Sieg davon. Um den Preis einer Komödie, des allgemeinen Stimmrechts, ließ das französische Volk sich einen neuen Herrn gefallen, dessen Gewalt zehnmal unbeschränkter und dessen Regierungsweise zehnmal unverträglicher mit irgendwelchen verfassungsmäßigen Freiheiten war, als der ärgste jener Misbräuche monarchischer Gerechtsame, um derentwillen man seinerzeit die Bourbons und die Orleans entthront hatte.

Ludwig Napoleon fand für gut, auch nach dem Staatsstreich sich mit gewissen constitutionellen Formen zu umgeben. Sofort am 2. Dec. 1851 erließ er eine Proclamation an das Volk, worin er dasselbe aufforderte, durch allgemeine Abstimmung sich über folgende Grundlagen einer Verfassung auszusprechen, welche „die Kammern" (die durch sie selbst zu schaffenden repräsentativen Körperschaften) später ausführen würden: 1) ein verantwortliches Staatsoberhaupt, auf zehn Jahre ernannt; 2) Minister, die von der Executivgewalt allein abhängen; 3) ein aus den ausgezeichnetsten Männern gebildeter Staatsrath, der die Gesetze entwirft und sie vor dem Gesetzgebenden Körper discutirt; 4) ein Gesetzgebender Körper, der die Gesetze discutirt und votirt, durch allgemeines Stimmrecht ernannt; 5) ein Senat, aus allen Notabilitäten des Landes gebildet, als schiedsrichterliche Gewalt, welche die Verfassung und die öffentlichen Freiheiten schützt. Auf diese Grundlagen hin erklärte Ludwig Napoleon, die Regierung über Frankreich führen zu wollen. Sollte die Abstimmung abfällig sein, so würde er seine Gewalt in die Hände einer zu dem Zwecke zu berufenden neuen Nationalversammlung niederlegen.

Die Abstimmung über diese, wie man sieht der Consularverfassung des ersten Napoleon vom Jahre 1799 nachgebildeten Verfassungsgrundlagen ergab 7,500000 Stimmen dafür, 650000 dagegen. Darauf erließ der dadurch zum Präsidenten auf zehn Jahre ernannte Ludwig Napoleon unterm 14. Jan. 1852 eine Verfassung, von der er selbst ausdrücklich erklärte, er habe dabei „die Einrichtungen zum Muster genommen, die, statt beim ersten Hauche der Volksbewegungen zu verschwinden, nur durch das gesammte gegen Frankreich verbündete Europa umgestürzt wurden“ — die Einrichtungen des Consulats und des Kaiserreichs. — Diese Verfassung gewährleistete „die großen im Jahre 1789 proclamirten Principien, die Grundlage des öffentlichen Rechts der Franzosen“. Sie übertrug die Staatsgewalt auf zehn Jahre dem Prinzen Ludwig Napoleon Bonaparte. Derselbe sollte „vor dem französischen Volke verantwortlich sein, an das immer zu appelliren er das Recht habe". Er befehligt die Land- und Seemacht, erklärt Krieg, schließt Friedensverträge, Bündnisse, Handelsverträge; er allein hat die Initiative zu Gesetzen; die Minister hängen nur von ihm ab; jeder derselben ist nur für die Regierungshandlungen, die ihn betreffen, verantwortlich; das Anklagerecht hat der Senat. Der Senat besteht aus sämmtlichen Cardinälen, Marschällen und Admiralen Frankreichs, sowie aus vom Präsidenten ernannten Mitgliedern. Die Senatoren sind unabsetzbar und lebenslänglich. Der Präsident kann ihnen eine persönliche Dotation verleihen. Die Senatssitzungen sind nicht öffentlich. Der Präsident der Republik ernennt den Präsidenten und die Vicepräsidenten des Senats. Kein Gesetz kann verkündigt werden, bevor es dem Senat vorgelegt worden ist. Der Senat widersetzt sich der Verkündigung von Gesetzen, die der Verfassung, der Religion, der Sittlichkeit, der Cultusfreiheit, der persönlichen Freiheit, der Gleichheit der Bürger vor dem Gesetz, der Unverletzlichkeit des Eigenthums und dem Princip der Unabsetzbarkeit der Richter zuwider sind, oder welche die Vertheidigung des Gebiets gefährden könnten. Er regelt alles, was durch die Verfassung nicht vorgesehen ist; er interpretirt die Artikel der Verfassung, die zu verschiedenen Auslegungen Anlaß geben. Die Senatusconsulte unterliegen der Bestätigung des Präsidenten der Republik. Der Senat erhält aufrecht oder annullirt alle Acte, die ihm durch die Regierung als verfassungswidrig bezeichnet oder in Petitionen der Bürger als solche angegeben werden. Der Senat kann in einem Bericht an den Präsidenten die Grundlagen zu Gesetzentwürfen von großem Nationalinteresse aufstellen. Er kann Abänderungen der Verfassung vorschlagen. Wird der Vorschlag von dem Präsidenten der Republik angenommen, so entscheidet ein Senatusconsult darüber. Abänderungen in den Grundlagen der Verfassung, wie sie in der Proclamation vom 2. Dec. 1851 aufgestellt und vom französischen Volk angenommen sind, müssen wiederum dem allgemeinen Stimmrecht unterbreitet werden. Der Gesetzgebende Körper besteht aus Deputirten, die, auf je 35000 Wähler einer, durch das allgemeine Stimmrecht auf sechs Jahre gewählt werden. Sie empfangen keinen Gehalt. Der Gesetzgebende Körper discutirt und votirt die Gesetzentwürfe und die Steuern; Abänderungsvorschläge zu Gesetzentwürfen gelangen nur dann zur Berathung, wenn sie vom Staatsrath angenommen worden sind. Die Sitzungen des Gesetzgebenden Körpers sind öffentlich, doch reicht der Antrag von fünf Mitgliedern hin, eine Sitzung in eine geheime zu verwandeln. Die Veröffentlichung durch die Journale ist auf die Protokolle beschränkt, welche auf Veranstaltung des Präsidenten der Versammlung verfaßt werden. Präsident und Vicepräsident des Gesetzgebenden Körpers werden vom Präsidenten der Republik ernannt. Petitionen können nur an den Senat, nicht an den Gesetzgebenden Körper gerichtet werden. Der Präsident der Republik beruft und vertagt den Gesetzgebenden Körper wie den Senat. Es besteht ein Staatsrath von 40—50 Mitgliedern; diese Mitglieder werden vom Präsidenten ernannt und können von ihm abgesetzt werden; sie beziehen einen Gehalt. Die Minister sind Mitglieder des Staatsraths; den Vorsitz führt der Präsident der Republik und in seiner Abwesenheit ein von ihm ernannter Vicepräsident. Der Staatsrath verfaßt die Gesetzentwürfe und Verwaltungsvorschriften und löst die in der Verwaltung entstehenden Schwierigkeiten. Er vertritt im Namen der Regierung die Gesetzentwürfe vor dem Senat und dem Gesetzgebenden Körper. Der Präsident der Republik ernennt die Staatsräthe, die im Namen der Regierung das Wort führen sollen. Ein hoher Gerichtshof ohne Appell oder Cassationsrecurs urtheilt alle die ab, welche unter der Anklage von Verbrechen, Attentaten und Comploten gegen den Präsidenten der Republik, gegen die innere und äußere Sicherheit des Staats vor ihn gestellt werden. Er tritt nur kraft eines Decrets des Präsidenten der Republik in Thätigkeit; seine Organisation wird durch ein Senatusconsult bestimmt.

Im Jahre darauf ließ Ludwig Napoleon erst durch den Senat sich bitten, den Kaisertitel anzunehmen (um, wie es in dem betreffenden Senatusconsult hieß, der bestehenden Staatsordnung größere Bürgschaften ihrer Dauer zu geben), darauf durch eine neue allgemeine Abstimmung dieses Begehren des Senats — vielmehr seinen eigenen Wunsch nach der erblichen Kaisergewalt — vom Volke bestätigen. Das Resultat war ein noch glänzenderes als im Jahre zuvor. Die Grundlagen der Verfassung waren bereits so durch und durch monarchisch, ja dictatorisch, daß eine Steigerung der Gewalten des Staatsoberhaupts kaum noch möglich oder nöthig erschien. Dennoch erfolgte eine solche auf dem bequemen Wege eines „organischen Senatusconsults“. Abgesehen von den Bestimmungen, welche durch die Verwandlung der persönlichen Präsidentschaft in ein erbliches Kaiserthum nothwendig wurden, enthielt diese Verfassungsrevision hauptsächlich folgende Punkte, in denen sie die schon vorher fast unbeschränkte Macht des Staatsoberhaupts noch unbeschränkter machte. Dem Kaiser ward anheimgegeben, durch die bloße Publication der von ihm kraft der Verfassung abgeschlossenen Handelsverträge ohne Befragung des Gesetzgebenden Körpers Tarifänderungen einzuführen. Dem Kaiser ward das Recht verliehen, öffentliche Unternehmungen (Bauten u. dgl.) durch einfachen Cabinetsbefehl zu autorisiren und die dazu erforderlichen Staatsmittel unter gewissen Voraussetzungen anzuweisen, vorbehaltlich einer blos nachträglichen Bewilligungseinholung seitens des Gesetzgebenden Körpers. Die Votirung des Budgets im Gesetzgebenden Körper erfuhr eine wesentliche Beschränkung. Es ward bestimmt, daß dieselbe nach Ministerien stattfinden solle, sodaß zwar dem Gesetzgebenden Körper die einzelnen Abtheilungsposten zur Kenntnißnahme vorgelegt, jedoch die geforderten Summen selbst nur in Bausch und Bogen für je ein ganzes Departement bewilligt würden. Es ward sogar die Uebertragung von Erübrigungen von dem einen Ministerium auf das andere durch einfachen Befehl des Kaisers vorbehalten. Gegenüber diesen Abänderungen erschienen die weitern, welche dem

Kaiser das Recht der Begnadigung und der Ertheilung von Amnestien, ferner den Vorsitz auch im Senat einräumten und die beschränkende Form der Veröffentlichung in Betreff der Verhandlungen des Gesetzgebenden Körpers näher bestimmten, noch von geringerm Belang.

Die französische Verfassung von 1852, und vollends nach ihrer Revision im Jahre 1853, ist nichts als der volle und ganze Autokratismus, dem die constitutionellen Formen, welche beizubehalten ihm beliebt hat, nicht sowol zur Schranke, als vielmehr nur zur bequemen Handhabe bei Ausführung seines persönlichen Gutbefindens dienen. Was unter dieser Verfassung möglich sei, zeigten die Decrete wegen Confiscation der Güter der Familie Orleans und das Sicherheitsgesetz, grelle Illustrationen jenes Artikels, welcher den Senat zum gesetzlichen Wächter der persönlichen Freiheit und der Unverletzlichkeit des Eigenthums hinstellte, zeigte das furchtbare Wachsthum des Deficits, welches zuletzt so groß ward, daß der Finanzminister Fould selbst dem Kaiser anrieth, und der Kaiser genehmigte, daß dem Gesetzgebenden Körper eine wirksamere Controle über das Budget eingeräumt und damit die Verwaltung gleichsam vor ihren eigenen Ausschreitungen in dieser Hinsicht bewahrt werde.

Zehn Jahre lang bestand dieses System unveränderlich, starr — nach seinen Formen wie nach dem Gebrauch, den man von diesen Formen machte. Was Ludwig Napoleon im Eingange der Verfassung ausgesprochen hatte: daß er dem französischen Volke verantwortlich und an dieses zu appelliren befugt sei, diese anscheinend zum Schutze der Verfassung gegebene Bestimmung ward der Tod jeder Entwickelung derselben. Jeder, auch der leiseste Versuch einer selbstthätigen Lebensregung im Volke ward als Auflehnung gegen den „mit acht Millionen Stimmen vom Volke Gewählten", also als ein Attentat gegen die Volkssouveränetät angesehen, zurückgewiesen, wol gar bestraft. Die Aufstellung eines unabhängigen Candidaten bei den Wahlen für den Gesetzgebenden Körper galt für ein Verbrechen und bildete mehrmals den Gegenstand einer förmlichen gerichtlichen oder administrativen Verfolgung. Selbst ein Schatten von Opposition im Gesetzgebenden Körper ward von der Regierung streng verurtheilt und von der servilen Mehrheit alsbald niedergeschrien. Die unvollkommenste, dem Irrthum, der Bestechung, überhaupt dem Misbrauch am meisten ausgesetzte Art von Kundgebung des Volkswillens, die massenweise geheime Abstimmung — ohne einen freien und öffentlichen Meinungsaustausch der Stimmenden über ihr Votum, außerdem nicht für einen bestimmten Fall oder über eine bestimmte Einzelfrage, sondern über eine ganze Verfassung auf einmal und unter Umständen, welche kaum eine Alternative zuließen — diese ward benutzt, um jene andere, vernünftige, erleuchtete, vervollkommnungsfähige Form der Selbstthätigkeit des Volks — die freien Wahlen in regelmäßig wiederkehrenden Zwischenräumen, die freie parlamentarische Debatte in einer repräsentativen Versammlung — so gut wie außer Curs zu setzen und zu unterdrücken.

Dennoch vermochte selbst dieses System nicht gänzlich, nicht für immer zu triumphiren, weder über den Geist der Franzosen, wie auch immer erschöpft oder eingeschüchtert dieser Geist war durch die Aufregungen und Abspannungen, die Täuschungen und Enttäuschungen der Jahre 1848 u. s. f., noch weniger über die Natur der Dinge, wie sehr man auch sich anstrengte, diesen Dingen Gewalt anzuthun. Zehn Jahre nach dem Staatsstreich (so lange hatte die durch den Rückschlag gegen 1848 hervorgebrachte Apathie der Geister angehalten!) fand der Kaiser gerathen, dem langangewöhnten Sinne der Franzosen für parlamentarische Discussion ein erstes, an sich allerdings unbedeutendes Zugeständniß zu machen, das aber doch, als Keim weiterer Entwickelungen, nicht ohne Belang ist, zumal wenn, wie eben jetzt, die alten Parteien und die alten parlamentarischen Berühmtheiten, die sich mehr als ein Jahrzehnt lang gänzlich vom öffentlichen Schauplatz zurückgezogen hielten, wieder auf denselben heraustreten und ihre Talente und ihre Traditionen mittels der, wie auch immer beschränkten, Discussionsfreiheit verwerthen. Das angedeutete Zugeständniß bestand in Folgendem: Dem Gesetzgebenden Körper ward erlaubt, eine Adresse auf die Thronrede zu discutiren und zu votiren. Besondere Vertreter der Regierung, sogenannte Sprechminister oder Minister ohne Portefeuille, wurden deputirt, um die Ansichten und die Vorschläge der Regierung im Schoße dieser Versammlung zu vertheidigen — eine Einrichtung, welche zwar noch lange keine politische Verantwortlichkeit der Regierung vor der Kammer in sich schloß, aber doch eine moralische, insofern die Vertreter der Regierung öffentlich zur Rede gestellt werden konnten. Die Oeffentlichkeit der Sitzungen ward hergestellt, eine Bekanntmachung der Verhandlungen in ausgedehnterer Weise ward nach stenographischen Niederschriften im „Moniteur" veranstaltet, außerdem aber den Journalen ein unter Aufsicht des Präsidenten der Versammlung entworfener Sitzungsbericht zur Veröffentlichung überlassen. Dies geschah im Anfang des Jahres 1862. Gegen Ende desselben Jahres folgte ein zweites, einigermaßen reelleres Zugeständniß, das Decret vom 24. Nov., durch welches, infolge des schon erwähnten Berichts von Fould, dem Gesetzgebenden Körper das Recht eingeräumt ward, das Budget nicht mehr blos nach ganzen Ministerien, sondern nach Abtheilungen zu votiren, auch über die Ergänzungscredite (welche freilich nach wie vor in Kraft blieben) sofort in der nächsten Sitzung, nicht erst bei der Rechnungsablegung, eine Controle zu üben.

Auf diesem Standpunkte befindet sich heute das Repräsentativsystem in Frankreich. Was einer gesunden Entwickelung und einer nachhaltigen Befestigung desselben in diesem Lande am meisten im Wege steht, das ist die ungeheuere, bis ins Maßlose ausgedehnte Centralisation des französischen Staats — dieses System, das nicht blos in einer vielverzweigten und eng unter sich verketteten Reihe von Einrichtungen, sondern — was schlimmer — in den Sitten, den Traditionen, dem ganzen Geiste der Nation selbst tiefe und schwer auszurottende Wurzeln geschlagen hat. In England beruht die Lebenskraft und unwiderstehliche Wirksamkeit des Parlamentarismus zu einem sehr großen, vielleicht zum größten Theile auf der fast gänzlichen Abwesenheit eben dieses bureaukratisch-administrativen Mechanismus, der in Frankreich sich bis zum Uebermaß ausgebildet findet. Gestützt auf ein zahlreiches und wohldisciplinirtes, durch die Gesetzgebung und noch mehr durch die Natur der Verhältnisse gänzlich an sie gekettetes Beamtenthum, besitzt die Regierung in Frankreich eine Allmacht, welche eine freie Entwickelung und eine kraftvolle Thätigkeit constitutioneller Factoren neben ihr nicht gestattet und daher solche entweder durch Gewalt zu unterdrücken oder durch Corruption zu schwächen immerfort beflissen ist. Zu dem Einen wie zu dem Andern bietet das Centralisationssystem ihr die mannichfachsten Wege. Wo das ganze Land mit einer ungeheuern Menge von der Regierung ernannter und durch sie absetzbarer Beamten übersäet ist, da wird es leicht, die Wahlen zu beeinflussen. Und wo beinahe jede Verbesserung der öffentlichen Anstalten, selbst bis in die kleinste Gemeinde hinab, wo die Verwendung der öffentlichen Gelder für locale Zwecke, wo die Ertheilung von Concessionen und andern Begünstigungen an Einzelne beinahe unbeschränkt von der Regierung abhängt, da werden dies leicht für letztere ebenso viele Bestechungsmittel, um die Ueberzeugungen und die Gewissen der Deputirten zu fälschen. Alle Regierungen Frankreichs haben von diesen Mitteln — der Gewalt oder der List — einen ausgedehnten Gebrauch gemacht — die ältern Bourbons wie das Julikönigthum, ja auch die Republik. Was das Kaiserthum betrifft, so hat es in seiner ältern Gestalt, unter dem ersten Napoleon, vorzugsweise die Hebel militärischer Disciplin angesetzt, die keinen Widerstand duldeten und ganz Frankreich gleichsam in ein großes Heerlager verwandelten, in welchem nur noch die Commandostimme des obersten Feldherrn vernommen ward; unter Napoleon III. sind zu den Mitteln der Gewalt die der Schlauheit hinzugetreten. Man hat speculirt bald auf die Furcht der Besitzenden vor neuen Umwälzungen, wenn das parlamentarische System wieder zur Macht gelange, bald auf die Unzufriedenheit des Proletariats, welches man lehrte, im Kaiser den alleinigen Beschützer und Begünstiger der Interessen des eigentlichen Volks zu erblicken, von denen (wie man ihm, und zum Theil freilich nicht ganz ohne einiges Recht, sagte) die „Bourgeoisie", die Herrin der Geschicke Frankreichs unter der Herrschaft des parlamentarischen Systems, niemals etwas habe wissen wollen. Man hat abwechselnd die nationale Eitelkeit und die Sucht nach Bereicherung, die Leidenschaften des Feldlagers und die der Börse, die Abhängigkeit der großen Geldmänner wie die der kleinen Rentiers von der Regierung für die Zwecke des Autokratismus ausgebeutet, hat dem Klerus bald geschmeichelt und bald gedroht, und durch das Eine und das Andere sich seines gewichtigen Einflusses auf die Massen, besonders die Landbevölkerung, zu versichern gewußt.

So ist in Frankreich die Verfassung, das Repräsentativsystem, der Parlamentarismus, unter keiner Regierung eine „Wahrheit" geworden. Ja, was das Merkwürdigste, diejenigen selbst, welche am lautesten danach riefen, daß „die Verfassung eine Wahrheit werde" (bekanntlich das Stichwort der Opposition gegen die Bourbons und das Programm, womit das Julikönigthum sich einführte), haben am meisten mit dazu beigetragen, dies unmöglich zu machen, indem sie für die Erhaltung und Befestigung eben der Einrichtungen thätig waren, welche der vollen Entwickelung des parlamentarisch-constitutionellen Lebens in Frankreich hinderlich sind. Sowol Thiers als Guizot, die Führer der zwei Hauptparteien, welche sich unter Ludwig Philipp die Herrschaft streitig machten, waren erklärte Anhänger jener Staats- und Regierungsallmacht und jener in alle Verhältnisse eingreifenden Vielregiererei, welche die Frucht des Systems administrativer Centralisation ist und deren Verderblichkeit für die Freiheit sie zu spät — erst nachdem sie vom Schauplatz ihrer praktischen staatsmännischen Thätigkeit längst abgetreten — einzusehen angefangen haben. Weder Thiers noch Guizot haben verschmäht, als Minister von den Mitteln der Centralisation einen umfänglichen Gebrauch zu machen, und kaum hat es einen feurigern Lobredner dieses Systems gegeben als den berühmten Verfasser der „Geschichte des Consulats und des Kaiserreichs".

Erst in neuester Zeit hat sich in Frankreich eine Schule von Politikern und Schriftstellern zu bilden angefangen, welche dieses Grundübel des französischen Staatslebens mit richtigem Blick erkannt und dagegen entschieden anzukämpfen den Muth gehabt hat. Das würdige Haupt dieser Schule, einer der hellsten und edelsten Geister Frankreichs, Alexis de Tocqueville, ist zwar gestorben — viel zu früh für sein Vaterland und für die hohe Aufgabe, der er sich im Dienste desselben gewidmet hatte —, allein die so klaren, so gründlichen und so überzeugenden Anschauungen und Beobachtungen, die er in Schriften von unvergänglichem Werthe, wie „Die Demokratie in Amerika“ und „Das alte System und die Revolution in Frankreich“ niedergelegt hat, leben fort, schlagen Wurzeln, breiten sich aus und werden sicherlich früher oder später — wofern überhaupt der französische Geist einer kräftigen Verjüngung fähig ist — für die Zukunft Frankreichs fruchtbar werden.

Diese Schule verlangt, als erste Bedingung einer gedeihlichen Entwickelung des Repräsentativsystems in Frankreich und überhaupt der Begründung eines auf Freiheit und Ordnung gleichermaßen ruhenden Staatswesens, die Decentralisation, d. h. die Uebertragung einer großen Anzahl von Functionen und Attributen, welche jetzt in der Centralregierung zu Paris vereinigt sind, von dieser theils auf die provinzialen, cantonalen und localen Staatsbehörden, theils auf unabhängige Organe der Provinzial-, Cantonal- und Communalbevölkerung, vor allem das letztere, also dasjenige, was man (nach dem Beispiele Englands) die Selbstverwaltung des Volks nennt. Der französische Constitutionalismus, wie er zuerst theoretisch von Montesquieu gelehrt, praktisch von der liberalen Partei in der Nationalversammlung von 1789 — Mirabeau an der Spitze —

versucht ward, war dem englischen Staatswesen nachgebildet, aber nur in der Spitze, in den Formen der Repräsentation, womit man die Centralregierung umgab. Die Basis ließ man unverändert, so wie man sie vorfand; diese Basis aber war: die Abhängigkeit der Provinzen und der Oertlichkeiten von Paris, die fast gänzliche Entwöhnung der Bevölkerung von jeder communalen Selbstthätigkeit, der unbedingte Gehorsam gegen die Anordnungen einer zahlreichen und vielverzweigten Bureaukratie. Ja die Revolution von 1789 steigerte diese Mängel, indem sie sogar die wenigstens theilweise noch bestehende Selbständigkeit und Eigenthümlichkeit der einzelnen Provinzen aufhob und an ihre Stelle die abstracte Eintheilung des ganzen Staatsgebiets in Departements setzte, indem sie ferner in ihren vorgerücktern Stadien einen Despotismus und Terrorismus der centralen Gewalten — des Convents, der Clubs, endlich der Commune von Paris — einführte, welcher sogar den der alten Monarchie, selbst unter Ludwig XIV., überbot.

Wenn es gelingt, das französische Staatswesen ebenso in den Grundlagen nach dem englischen Muster (natürlich mit Vorbehalt der durch die Verhältnisse gebotenen Abweichungen) zu reformiren, wie man es schon wiederholt in der Spitze danach reformirt hat, so läßt sich noch eine ersprießliche Zukunft für Frankreich prophezeien. Wo nicht, so wird das französische Volk auch fernerhin, wie bisher, zwischen dem Despotismus und der Anarchie unstet und ruhelos hin- und hergeworfen werden; es wird von Zeit zu Zeit Revolutionen haben, aber keine dauernden, keine befriedigenden Reformen; es wird die eine Regierung umstürzen, um sich bald darauf unter das vielleicht weit härtere Joch einer andern zu beugen. Die Aufgabe ist schwer, aber der Anstrengungen eines großen Geistes oder einer tapfern und patriotischen Partei würdig. Sie erfordert eine starke und seltene Selbstverleugnung, denn sie kann nur von denen durchgesetzt werden, welche im Besitz der Gewalt sind, und sie kann nicht durchgesetzt werden, ohne von dieser Gewalt selbst einen großen Theil aufzugeben. Allein sie trägt ihren Lohn in sich. Eine Regierung, die dauernd über Frankreich herrschen will, kann dies nur dadurch, daß sie der unnatürlichen Ansammlung aller Kräfte, aber auch aller Leidenschaften in dem Centrum Paris eine heilsame Ableitung verschafft, daß sie das französische Volk gewöhnt, die Freiheit nicht sowol in der Theilnahme an der Herrschaft und der Unterdrückung anderer, als vielmehr in der möglichst großen Unabhängigkeit von fremder Herrschaft und Bevormundung, in der möglichst ausgedehnten Selbstbestimmung der Privaten, der Oertlichkeiten, der Gemeinden zu suchen. Dann erst wird das französische Volk lernen zufrieden sein in eigener selbständiger Thätigkeit, dann erst wird es die Antheilnahme an der Repräsentation, den Parlamentarismus, nicht mehr als ein glänzendes Schauspiel zur Erregung und Befriedigung der politischen Leidenschaften, oder als ein Mittel zur Erlangung von Auszeichnungen und Ehrenstellen, auch nicht als den Weg betrachten, um in den Besitz der Gewalt und ihrer zahlreichen Vortheile zu gelangen, sondern als das, was allein es sein soll, als eine nützliche, aber mit Weisheit und Mäßigung zu gebrauchende Bürgschaft der Sicherung eben jener individuellen Freiheit und Selbstregierung, der Abwehr von Eingriffen in dieselbe und der wirksamen Controle derjenigen Angelegenheiten, welche der Staat nothwendigerweise in seine eigene Hand nehmen muß.

Bonapartistische Publicisten haben wiederholt von einer „Krönung des Gebäudes der Verfassung" gesprochen, welche der Kaiser durch seine freie Initiative vollbringen werde. Bisjetzt hat dieselbe vergeblich auf sich warten lassen. Aber selbst die volle Zurückgabe aller constitutionellen Freiheiten, welche Frankreich schon besessen (auch wenn Kaiser Napoleon III. sich dazu entschließen könnte), würde keine nachhaltige Garantie, weder der Freiheit noch der Ordnung, für das Land sein, wenn nicht zugleich damit eine Veränderung der Grundlagen des ganzen französischen Staatswesens vorgenommen würde, eine planmäßige und gründliche Decentralisation.

---

## Drittes Kapitel.

**Deutschland: Die alten Reichs- und Landstände; die neuern Verfassungen seit dem Befreiungskriege; die Constitutionalisirung Oesterreichs und Preußens.**

„In den deutschen Wäldern ist die Freiheit geboren", hat ein römischer Schriftsteller gesagt, und er hat die Wahrheit gesagt. Nur leider müssen wir hinzusetzen: es ist den Deutschen mit der Freiheit gegangen wie mit so mancher andern werthvollen Erfindung; ihnen selbst, den Urhebern, hat sie am wenigsten Frucht getragen.

In der That zeigt uns das älteste Deutschland einen Zustand der Freiheit und Gleichheit, wie wir ihn kaum anderswo finden. Die Gemeinde, der Gau, endlich der ganze Stamm — jeder dieser Kreise regiert sich selbst und ordnet die gemeinsamen Angelegenheiten seiner Mitglieder. In den Versammlungen, worin dies geschieht, hat jeder volljährige wehrhafte Mann — zugleich Krieger und Grundbesitzer — eine Stimme, der Eine so gut wie der Andere. Die Obrigkeiten, welche Recht sprechen (oder vielmehr nur die Berathungen der Recht sprechenden Gemeinde- oder Gaugenossen leiten), werden von der Gesammtheit gewählt; der Herzog selbst, der den Stamm ins Feld führt und befehligt, verdankt diesen Vorzug fast immer blos der Wahl, dem Vertrauen seiner Kriegsgenossen, und entsagt der ihm übertragenen Macht, sobald sein Auftrag erledigt, der Kriegszug beendet ist. Der Herzog und die andern Häuptlinge haben bei den Berathungen über allgemeine Angelegenheiten des Stammes, über Krieg und Frieden, keine entscheidende, höchstens eine vorberathende Stimme: nur die Gesammtheit der Freien, der Krieger, gibt den Ausschlag. Eine durch Geburtsansprüche von den andern unterschiedene besondere Gesellschaftsklasse, einen Erbadel, gibt es nicht; höchstens einen Adel der persönlichen Auszeichnung, der sich durch eine gewisse Tradition der öffentlichen Meinung in den Familien fortpflanzt, aber auch immer aufs neue durch persönliche Verdienste verjüngt und bekräftigt werden muß. Kein Unterschied des Besitzes oder Ranges drückt den einen Theil des Volks zur Unterthänigkeit oder Dienstbarkeit unter den andern herab; alle Volksgenossen sind untereinander gleich, frei, ebenbürtig — nur die Angehörigen der im Kriege überwundenen fremden Stämme werden von den Siegern zu Sklaven gemacht und zu allerhand Diensten, doch ohne Grausamkeit, gebraucht.

So fand die Germanen Cäsar; so beschreibt sie Tacitus; so mögen sie bis zur Völkerwanderung, zum Theil auch, soweit sie sich unvermischt und von fremder Cultur unberührt erhielten, noch länger geblieben sein. Welche Wandlungen dieses altgermanische Staaten- und Gesellschaftswesen in den neuen Wohnsitzen erfuhr, welche die Angelsachsen und die Franken auf den britischen Inseln und in Gallien gründeten, haben wir in den beiden vorhergehenden Kapiteln gesehen. Inwieweit der in den alten Grenzen zurückgebliebene Theil des Volks den Einrichtungen, den Sitten, den Gesetzen des letztgenannten Reichs, mit dem er in unmittelbarer örtlicher Berührung, zum größern Theil auch in nähern politischen Beziehungen stand, sich angepaßt, oder aber bei den ursprünglichen Zuständen beharrt habe, dürfte mit völliger Gewißheit kaum zu ermitteln sein. Doch hat man Grund anzunehmen, daß die Einflüsse, welche in dem ehemals römischen Gallien so rasche und tiefgreifende Veränderungen in der Denk- und Lebensweise der fränkischen Einwanderer hervorbrachten, auf dem eigentlichen Mutterboden des deutschen Stammes, in dem alten Germanien, nicht die gleichen Wirkungen geäußert haben. Gewiß ist, daß nach der definitiven Trennung des östlichen oder deutschen Theils des großen Frankenreichs von dem westlichen, und seiner Constituirung unter eigenen, nationalen Königen (im 10. Jahrhundert), der Entwickelungsgang des Staatswesens hier ein wesentlich anderer ward als drüben. Während in Frankreich — nach einer vorübergehenden Herrschaft des aristokratischen und particularistischen Elements — das centralisirende, monarchische allmählich ein unbestrittenes und in rascher Proportion steigendes Uebergewicht erlangte, trug in Deutschland das centrifugale und individualistische den Sieg davon. Drei Dynastien, alle drei reich an tüchtigen Persönlichkeiten und stark durch den Rückhalt großer Stämme, die sie vertraten — die sächsische, die fränkische und die schwäbische oder hohenstaufische — mühten sich vergeblich ab, eine feste und dauernde Königsgewalt zu gründen und entweder die widerspenstigen Großen durch freiwilligen Gehorsam um den Thron zu scharen, oder ihnen in der Schaffung und Organisirung eines volksthümlichen Elements ein starkes Gegengewicht zu geben. Nach dem Sturze der Hohenstaufen und dem großen Zwischenreich (im 13. Jahrhundert) war es so gut wie entschieden, daß Deutschland nicht ein Reich im eigentlichen Sinne des Worts, sondern nur ein Complex von Staaten, oder, wie es später treffend der große Friedrich von Preußen nannte, eine „Republik von Fürsten mit einem gewählten Oberhaupt" sein sollte. Die Selbstherrlichkeit der einzelnen Territorien, die sich aus ursprünglichen Statthaltereien des Reichs zu förmlichen Staaten herausbildeten, entwickelte sich allmählich bis zu einer fast vollständigen Souveränetät, während die Reichsgewalt selbst, das Kaiserthum, nur noch eine Art von Zubehör, Schmuck oder Verstärkung der Hausmacht ihres jeweiligen Inhabers ward, ein Mittel nicht zur Steigerung und einheitlichen Verwendung der Kräfte Gesammtdeutschlands, sondern zur Verwerthung dieser Kräfte für nicht minder particularistische Zwecke als die der andern Territorialfürsten.

Wir werden daher auch in Bezug auf die Geschichte der Reichsstände in Deutschland sehr kurz sein können. Dieselben haben nur in wenigen Momenten die Kraft und Lebensfähigkeit einer großen politischen, in noch wenigern die einer volksthümlichen und nationalen Institution bewährt. Sie waren vom Anfang an mit einem verhängnißvollen Zuge der Absonderung behaftet, und an der immer wachsenden Ausbildung dieser Richtung ging das Reich zu Grunde. Wenn in Frankreich die allgemeinen Stände und die Parlamente verfielen, so kam ihre Schwächung wenigstens der Stärkung des Königthums und mittelbar einer Steigerung der Macht und Einheit des Staats nach außen zugute: in Deutschland ging die Ohnmacht der Reichstage mit der Ohnmacht des Reichs selbst Hand in Hand und war ebenso wol eine Ursache wie eine Wirkung dieser letztern. Wie das Deutsche Reich durch seine Schwäche und Uneinigkeit ein Gegenstand des Spottes und der Misachtung für das Ausland, so ward es der Reichstag — das getreue Abbild eben dieser Uneinigkeit und Schwäche — für die eigene Nation, die er vertreten und leiten sollte!

Die deutschen Reichstage erscheinen von der Zeit an, wo sie überhaupt in bestimmter Form und regelmäßiger Thätigkeit auftreten, in drei Collegien getheilt: ein Collegium der Kurfürsten (drei geistliche, die Erzbischöfe von Mainz, Köln und Trier, und vier weltliche, der Herzog von Sachsen, der Pfalzgraf bei Rhein, der Markgraf von Brandenburg und der König von Böhmen), eins der Fürsten und eins der Reichsstädte. In dem Collegium der Fürsten stimmten sämmtliche Fürsten, die nicht zu den Kurfürsten gehörten, und die Bischöfe mit Fürstenrang Mann für Mann, die Grafen und Reichsprälaten bank- oder curienweise. Zu einem gültigen Reichstagsbeschluß gehörte verfassungsmäßig die Uebereinstimmung aller drei Collegien und die Sanction des Kaisers; doch wagte, wenn die beiden obern Collegien einig waren, das der Städte nicht leicht zu widersprechen.

Bald nach dem Ende des Dreißigjährigen Kriegs (im Jahre 1665) wurde der deutsche Reichstag permanent: damit hörte aber die persönliche Antheilnahme der Fürsten an demselben auf, welche in frühern Zeiten öfters dieser Versammlung einen höhern Glanz und nicht selten durch das Gewicht des Ansehens und des lebendigen Eingreifens hervorragender Fürstlichkeiten eine wirkliche, nationale Bedeutung verliehen hatte. Zu einer bloßen Gesandtenconferenz herabgesunken, sah sich der Reichstag je länger je mehr zur Nichtigkeit verurtheilt und in einen Wust von Formalitäten verstrickt, welche vollends seine Wirksamkeit lähmten und seinen Einfluß schmälerten. Von früh an hatte der deutsche Reichstag viel weniger mit Uebergriffen der kaiserlichen Gewalt als mit der Unbotmäßigkeit und Absonderungssucht seiner eigenen Glieder, der Beherrscher der einzelnen Territorien, zu kämpfen gehabt. Je länger je mehr ward er der Tummelplatz der sich gegenseitig bekämpfenden eigensüchtigen Tendenzen der Landesherren, der geistlichen Körperschaften, der städtischen Magistrate, von denen ein jeder seine Rechte und seine Vorrechte auf Kosten der Andern und des Ganzen fortwährend zu erweitern strebte. Die Gewalt des Kaisers, der Umfang seiner sogenannten Reservatrechte, ward fort und fort kleiner, aber, was ihm entging, fiel nicht dem Reichstag als einer Gesammtvertretung der Nation, sondern den einzelnen Ständen als Territorialherren zu. Wenn in

England jedes der großen constitutionellen Grundgesetze — von der Magna-Charta an bis zu der Erklärung der Rechte von 1689 — darauf abzielt, die allgemeinen Freiheiten zu sichern und dadurch zugleich die Kraft und Einheit des Reichs zu befestigen, so sehen wir in Deutschland fast alle die großen politischen Acte, welche entweder die Reichsstände den Kaisern abdringen oder diese letztern aus eigenem Antriebe erlassen — die Goldene Bulle von 1356, die verschiedenen Wahlcapitulationen, den Westfälischen Frieden von 1648 u. a. m. — von dem ganz entgegengesetzten Geiste eines engherzigen Particularismus und Separatismus dictirt, ja sehen die Spuren dieses Geistes alsbald auch solchen Einrichtungen aufgedrückt, welche, wie z. B. das 1495 errichtete allgemeine Reichsgericht, ihren Ursprung einem höhern und freiern Impulse verdankten.

Der Deutsche Bund, welcher 1815 an die Stelle des 1806 aufgelösten Deutschen Reichs trat, ist lediglich ein föderativer Verein souveräner Staaten und entbehrte daher vom Hause aus jener Einheit und Selbständigkeit der obersten Regierungsgewalt, welche die nothwendige Voraussetzung einer wirksamen ständischen Controle ist. Aus diesem Grunde sind alle Projecte einer sogenannten „Volksvertretung am Bunde", welche theils aus der Mitte der Nation oder einzelner politischer Parteien, theils aus den Cabineten der Regierungen hervorgingen (einschließlich des neuesten, im Jahre 1863 von dem Kaiser von Oesterreich persönlich betriebenen Planes einer sogenannten Delegirtenversammlung, d. h. eines Ausschusses aus den einzelnen Landesvertretungen), über den Bereich bloßer Wünsche oder papierener Entwürfe nicht hinausgekommen. Die im Jahre 1848 nach Frankfurt a. M. berufene deutsche Nationalversammlung hatte lediglich einen constituirenden Charakter: sie sollte eine Verfassung für Deutschland feststellen. Diese Verfassung kam im Schose der Versammlung nach langen und heftigen Kämpfen zu Stande, allein sie ward von den größern und mächtigern Regierungen zurückgewiesen. Ebenso wenig glückte es mit einem zweiten, im wesentlichen jener Reichsverfassung vom 28. März 1849 nachgebildeten Versuch, welcher bald darauf von der preußischen Regierung aufs Tapet gebracht ward. Der gemeinsame Grundgedanke beider Verfassungsentwürfe war der: eine monarchische Bundesregierung über den einzelnen Souveränetäten zu errichten, neben ihr eine mit starken Rechten ausgerüstete Nationalvertretung, bestehend aus einem Staatenhause, welches die Regierungen und Vertretungen der einzelnen Länder beschicken sollten, und einem durch allgemeine Wahlen zu bildenden Volkshause.

Diese Idee eines monarchisch-constitutionellen deutschen Bundesstaats hat in Deutschland noch immer viele und gewichtige Anhänger und gewinnt deren täglich mehr. Da sie indeß die Probe der Erfahrung noch nicht bestanden hat, so kann ihr in dieser geschichtlichen Uebersicht nur die obige flüchtige und beiläufige Erwähnung gewidmet werden.

In den einzelnen deutschen Territorien sehen wir ein Abbild im kleinen von den repräsentativen Formen des Reichs sich entwickeln. Wie dem Kaiser die großen Vafallen und die Reichsstädte, so treten dem einzelnen Landesherrn die Ritterschaft und die städtischen Corporationen seines Landes als eine geschlossene Macht gegenüber. In der Regel vertreten diese sogenannten „Landstände“ die allgemeinen Interessen des Landes ebenso wenig, wie die Reichsstände die des Reichs. Hier wie dort spielen die Sonder- und Standesinteressen die erste Rolle. Von diesen alten feudalen Territorialständen besteht in Deutschland nur noch ein einziges Exemplar, gleichsam ein Cabinetsstück oder eine Reliquie aus einer vorsündflutlichen Zeit: das ist die „Ritter- und Landschaft“ der beiden Großherzogthümer Mecklenburg, deren Rechte und Privilegien erst vor etwa 100 Jahren (1755) durch einen sogenannten Erbvergleich mit den Landesherren aufs neue bestätigt und zugleich — in nicht weniger als 530 Artikeln — bis ins kleinste verclausulirt worden sind. Man kann daran die Natur und die Consequenzen dieses Systems studiren. Auf den mecklenburgischen Landtagen haben Sitz und Stimme: erstens alle Besitzer ritterschaftlicher Güter (früher blos die adelichen — jetzt läßt man auch bürgerliche zu), und zwar persönlich, kraft eigenen Rechts; zweitens die mit dem Rechte der Landstandschaft ausgestatteten Städte, vertreten durch ihre Magistrate. Von Wahlen ist also nicht die Rede. Die nichtritterschaftliche ländliche Bevölkerung bleibt völlig unvertreten. Die Ritter- und Landschaft theilt sich mit dem Landesherrn in die Gesetzgebung dergestalt, daß der letztere auf seinen oder den sogenannten Staatsgütern, Domänen, die gesetzgebende Gewalt allein und unbeschränkt ausübt;

was aber die auf das ganze Land bezüglichen Gesetzgebungsacte betrifft, so wird unterschieden zwischen sogenannten „gleichgültigen (d. h. die Privilegien der Stände nicht antastenden), jedoch zur Wohlfahrt des ganzen Landes dienenden“, und solchen, „welche die wohlerworbenen Rechte der Ritter- und Landschaft im ganzen oder im einzelnen berühren“. Bei jenen genügt es, die Ritter- und Landschaft mit ihren „Bedenken“ zu hören; zu diesen ist deren ausdrückliche Bewilligung erforderlich. Aehnlich verhält es sich mit der Aufbringung und Verwendung der Steuern. Einen Theil davon setzt die Ritter- und Landschaft nach ihrem Gutdünken fest, vertheilt sie auf die von ihnen abhängige Bevölkerung (die Einwohnerschaft der Städte und die Hintersassen der ritterschaftlichen Güter) und verwendet sie völlig selbständig, ohne auch nur der Regierung Rechnung darüber abzulegen. Einen andern Theil schreibt die Regierung mit Bewilligung der Stände aus, und haben dazu ebenso die ritterschaftlichen Güter und die Städte, als die landesherrlichen Domänen beizutragen. Noch eine andere Art von Ausgaben endlich betrifft dasjenige, was ein einzelner Stand — die Ritterschaft oder die Städte — zu seinem besondern Nutzen und aus seinen alleinigen Mitteln aufbringt.

Dies ist ein Bild der Zusammensetzung und Wirksamkeit jener alten Feudalstände, wie sie ehemals in den meisten deutschen Ländern, mit geringen Abweichungen im einzelnen, bestanden.

Um gerecht zu sein, müssen wir sagen, daß in der

Praxis dieses Institut hier und da besser war als im Princip. In den ältern Zeiten namentlich, aber auch in einzelnen spätern Perioden, nahmen sich diese Stände wirklich bisweilen der allgemeinen Landeswohlfahrt an, wennschon es nicht immer ganz leicht ist, zu unterscheiden, ob sie dies aus einem höhern politischen Gesichtspunkte thaten, oder nur weil die allgemeinen Interessen in dem gegebenen Falle mit ihren eigenen zusammentrafen. Wir sehen manche dieser ständischen Körperschaften der Verschwendungssucht und dem Leichtsinn der Fürsten sehr entschieden entgegentreten und mannhafte Worte patriotischer Mahnung an dieselben richten; wir sehen während der großen Kirchenreformation des 16. Jahrhunderts die Stände mancher Länder, ganz besonders die von Böhmen und Oesterreich, sich zu Vorkämpfern und Vertheidigern der Gewissensfreiheit gegen die unduldsame und verfolgungssüchtige Politik der Regierungen aufwerfen; aber freilich sehen wir wieder ein anderes mal eben diese Stände auf seiten engherziger, beschränkter Particular- und Corporationsinteressen und im Kampfe mit Regierungen, welche gegen sie das Princip zeitgemäßen Fortschritts und allgemeiner Gerechtigkeit vertreten.

An der vorwiegenden Richtung auf corporative, ausschließende Interessen und Rechte ging das Institut der alten feudalen Stände zu Grunde. Ohne Rückhalt in der öffentlichen Meinung, ja nicht selten vom Volke als Feinde des Gemeinwohls angesehen, vermochten sie dem Drucke oder den Verführungen der fürstlichen Gewalt auf die

Länge nicht zu widerstehen. Wie groß auch vom Hause aus ihr Bewilligungsrecht war (da vertragsmäßig von ihnen und ihren Unterthanen fast keine Leistung gefordert werden durfte, zu der sie nicht zugestimmt hatten), so gaben sie doch in der Wirklichkeit immer mehr von diesem Rechte auf. Sie wagten es nicht, Bewilligungen zu verweigern, die im Namen der Religion, oder der Landeswohlfahrt, oder der Sicherheit des Staats von ihnen gefordert wurden. Die meisten dieser Stände hatten früher das Recht besessen und geübt, sich auf eigene Hand, auch ohne Berufung des Landesherrn, zu versammeln. Jetzt ließen sie geschehen, daß eine kleine Zahl aus ihrer Mitte, der sogenannte Ausschuß, in ihrem Namen mit den fürstlichen Beamten unterhandelte und die Zustimmung zu den landesherrlichen Forderungen ertheilte, während man sie selbst erst immer seltener, zuletzt gar nicht mehr einberief.

Seit dem Dreißigjährigen Kriege, wo nicht schon früher, sank solchergestalt der Einfluß der Landstände fast allerwärts in Deutschland nahezu auf Nichts herab. In manchen Ländern, z. B. in Baiern, ließ man sie zwar dem Namen nach fortbestehen, berief sie aber nicht mehr ein, sondern bediente sich lediglich jenes erwähnten ständischen Ausschusses, den man besoldete und der dafür bewilligte, was man verlangte. Anderwärts hob man sie gänzlich auf — so in Preußen. Wieder anderswo ließ man sie nicht blos bestehen, sondern auch sich versammeln, schlug aber jeden Versuch einer ständischen Opposition mit den Machtmitteln eines schrankenlosen Despotismus nieder.

In Sachsen durften ein August der Starke und ein Graf Brühl es wagen, ihrer Verschwendungssucht ungestört — trotz der ständischen Controle — zu fröhnen, und als nach dem Siebenjährigen Kriege die Stände sich ermannten und gegen neue Forderungen zu militärischen Zwecken im Interesse des ausgesogenen Landes Einsprache erhoben, ließ der Administrator Prinz Xaver das Ständehaus mit Soldaten besetzen und die versammelten Mitglieder des Landtags so lange gefangen halten, bis sie sich seinem Verlangen gefügt hatten.

Zwei Länder machten von dem ständelosen Zustande, der im vorigen Jahrhundert fast durch ganz Deutschland herrschte, eine erfreuliche Ausnahme, Kurhessen und Würtemberg. Beide Länder waren von früh an berühmt durch den kräftigen Rechtssinn ihrer Bevölkerungen. Dieser Rechtssinn war wach erhalten und immer von neuem angespornt worden durch zahlreiche Handlungen der Eigenmächtigkeit, der Verschwendungssucht und anderer Leidenschaften der Landesherren, besonders aber durch die Angriffe, welche sich diese auf die Gewissensfreiheit erlaubt hatten. So hatte, unter langen und wiederholten Kämpfen um die theuersten Güter des Menschen und des Bürgers, das Ständewesen in diesen beiden Ländern seine Lebenskraft und Zähigkeit sich fast unversehrt erhalten, während es anderwärts in Ohnmacht verfiel. In Würtemberg kam noch ein besonderer Umstand hinzu. In jenem südwestlichsten Winkel des Deutschen Reichs hatte der Adel schon früh sich der Territorialhoheit der Fürsten zu entziehen, eine reichsunmittelbare Stellung zu erringen gewußt. Zum Theil hatten auch die würtembergischen Landesherren selbst mit Hülfe ihrer wohlhabenden Städte die ritterschaftlichen Güter an sich gekauft und in Domänen verwandelt. Genug, es gab dort seit lange keinen Stand des privilegirten Grundbesitzes, keine Ritterschaft; das bürgerliche Element herrschte ausschließlich im Landtage. Es war daher kein ganz unverdientes Lob, welches der berühmte englische Parlamentsredner Fox der würtembergischen Verfassung spendete, wenn er dieselbe die einzige auf dem Festlande nannte, die sich in Bezug auf die Festigkeit ihrer geschichtlichen Grundlagen und auf ihre praktische Wirksamkeit einigermaßen der englischen vergleichen könnte.

Aber auch diese beiden Verfassungen, die würtembergische und die kurhessische, vermochten dem allgemeinen Umschwung der Verhältnisse nicht zu widerstehen, welcher die Auflösung des Deutschen Reichs und die Bildung des Rheinbundes begleitete. Kurhessen verschwand, und mit ihm seine Verfassung, in dem von Napoleon willkürlich gebildeten westfälischen Reiche; in Würtemberg aber, wie in fast sämmtlichen Rheinbundsstaaten, wurden die Schranken ständischer Vertretung, als unverträglich mit der neuangenommenen Würde europäischer Souveräne, vollends über den Haufen geworfen. Nur in Sachsen behielt man auch jetzt noch die alten Stände mit ihrem Schattendasein bei.

Durch die Befreiungskriege (1813—15) kam das Volk, das man lange nur als eine blind gehorchende Masse zu betrachten gewohnt war, wieder etwas mehr zu

Ansehen und Geltung. Die Fürsten fühlten die Verpflichtung, oder doch die Nothwendigkeit, dem Geiste der Nation, der ihre wankenden Throne wieder aufgerichtet und Deutschland von der Fremdherrschaft befreit hatte, mit Zugeständnissen entgegenzukommen. Eine Verfassung für ganz Deutschland, auf volksthümlichen und nationalen Grundlagen, ward von den verbündeten Monarchen Rußlands und Preußens in jenem berühmten Aufrufe von Kalisch verheißen. Kaiser Alexander, damals in der vollen Strömung seiner liberalen Ideen und unter dem wohlthätigen Einflusse des Freiherrn vom Stein, verwandte sich auch noch später zu Gunsten eines größern Grades von Freiheit für die deutsche Nation, gegenüber dem Widerstande, den mehrere deutsche Regierungen dagegen erhoben.

Da es unmöglich erschien, eine kräftige Gesammtverfassung für das ganze Deutschland herzustellen, so drangen die freisinnigern deutschen Regierungen (wozu von den größern damals Preußen und Hannover gehörten) um so entschiedener auf die Errichtung zeitgemäßer ständischer Verfassungen in den Einzelstaaten. Für Preußen war eine solche längst durch die großen Reformen Stein's und Hardenberg's angebahnt und im Jahre 1815 von König Friedrich Wilhelm III. förmlich verheißen worden. Preußen und Hannover verlangten, daß eine gleiche Verpflichtung für alle deutsche Regierungen in den Bundesvertrag förmlich aufgenommen würde. Dem widersetzten sich die neuen Könige von Napoleon's Gnaden, vor allem die von Baiern und Würtemberg. Man mußte sich zuletzt begnügen, einen ziemlich inhaltlosen Paragraphen an die Stelle der zuerst beabsichtigten stricten Verpflichtung zu setzen.

Gleichwol traten bald nach dem Wiener Congreß, zum Theil schon während desselben, in mehrern deutschen Ländern Verfassungen ins Leben; wo dies aber damals unterblieb, da ward es um so rascher nachgeholt, als die pariser Revolution von 1830 den Geistern auch in Deutschland einen neuen Anstoß gab.. Genug, in den nächsten 25—30 Jahren nach dem Befreiungskriege erhielten fast sämmtliche deutsche Staaten Verfassungen und Vertretungen nach neuem Zuschnitt, mit Ausnahme der beiden größten — Oesterreich und Preußen — und einiger der kleinsten.

Als Muster für diese Verfassungen diente fast durchweg die französische Charte. Daneben behielt man auch wol so manche Elemente aus den alten feudalständischen Verfassungen bei. Gemeinsam war den meisten dieser Verfassungen die den Landesvertretungen eingeräumte Befugniß, bei der Gesetzgebung, der Besteuerung, der Festsetzung der Ausgaben des Staats eine gewisse Mitwirkung zu üben, dem Landesherrn Bitten und Beschwerden — im eigenen Namen oder im Namen der Landesangehörigen — vorzutragen, Anträge auf Verbesserungen in der Gesetzgebung und Verwaltung zu stellen, auch wol bei Verfassungsverletzungen die Minister anzuklagen. Die Grenzen dieser Rechte waren in den verschiedenen Ländern mehr oder weniger ausgedehnt, mehr oder weniger fest normirt. Was die Vertretungsart oder den Wahlmodus betrifft, so herrschte darin die bunteste Mannichfaltigkeit. Die größern deutschen Staaten erhielten sämmtlich, und sogar einige von den kleinern, zwei Kammern. Die erste Kammer bestand aus sogenannten Standesherren oder ehemals Reichsunmittelbaren, aus andern Vertretern des ritterschaftlichen Grundbesitzes, daneben etwa noch aus Würdenträgern der Kirche, Abgeordneten der Universitäten, hier und da auch Vertretern der größern Städte. Die zweiten Kammern wurden durch Wahlen gebildet. Die freisinnigsten Verfassungen, z. B. die von Baden, nahmen die Wähler ohne Unterschied aus der ganzen Bevölkerung, lediglich unter Zugrundelegung eines gewissen Census. Andere, und zwar die meisten, theilten dieselben ein nach Ständen oder Berufsarten — in ritterschaftliche, bürgerliche, bäuerliche — bisweilen auch noch mit dem Zusatz einer besondern Vertretung der sogenannten Intelligenz, oder der Kirche, oder des Handels und der Gewerbe. Es war das eine Anknüpfung an die alten Feudalstände, nur mit dem Unterschied, daß die Rittergutsbesitzer nicht mehr Mann für Mann kraft eigenen Rechts, sondern durch Wahl auf dem Landtage erschienen; daß die Städte nicht mehr durch ihre selbstherrlichen Magistrate, sondern durch Abgeordnete, welche die Bürgerschaft frei wählte, vertreten wurden; endlich daß die Bauern, die vordem ganz unvertreten gewesen waren, das gleiche Recht mit den andern beiden Ständen erlangten. Die Bedingungen, unter denen jemand innerhalb des einzelnen Standes wählen und gewählt werden konnte, waren wiederum sehr verschiedene: in dem einen Lande war dies Recht an einen bestimmten Grundbesitz (auch in den Städten), in andern blos an einen höhern oder geringern Census gebunden: in manchen durfte niemand für einen Bezirk gewählt werden, der nicht in dem Bezirke seinen regelmäßigen Wohnsitz hatte, und was dergleichen Beschränkungen mehr waren. Uebereinstimmend in allen deutschen Verfassungen aus jener Zeit ist das Eine, daß alle Wahlen (ausgenommen im ritterschaftlichen Stande) nicht direct durch die Urwähler, sondern indirect durch Mittelspersonen oder sogenannte Wahlmänner vollzogen werden.

Was die praktischen Erfolge dieser zwischen 1815 und 1848 in den mittlern und kleinern Staaten Deutschlands entstandenen Verfassungen anbelangt, so darf man dieselben weder zu hoch noch zu gering anschlagen. Es wäre thöricht, von Landtagen, welche nur kleine und noch in den Anfängen der politischen Bildung begriffene Bevölkerungen vertraten, welche zu einem großen Theil aus Elementen bestanden, die ihr Standesinteresse dem Fortschritt abgeneigt machte, welche endlich sich einer compacten, nach französischem Muster organisirten Bureaukratie gegenüberfanden — von solchen Landtagen eine Wirksamkeit zu verlangen, ähnlich etwa derjenigen des englischen Parlaments oder auch nur der französischen Kammern. Einen wirklichen, bestimmenden Einfluß auf den Gang der Regierung zu gewinnen, wollte diesen kleinen deutschen Kammern fast nirgends gelingen, außer etwa vorübergehend unter dem Druck besonderer Ereignisse (z. B. nach der Julirevolution in Frankreich).

Selbst um ministeriellen Eigenmächtigkeiten oder auch förmlichen Uebergriffen der Staatsgewalt in die ständischen und die Volksrechte wirksam entgegenzutreten, waren sie selten stark oder standhaft genug, und wenn einmal die eine oder andere zu dem letzten constitutionellen Mittel der Ministeranklage schritt, so scheiterte sie regelmäßig entweder an der Unklarheit der betreffenden Gesetzesbestimmungen oder an dem Mangel politischer Unabhängigkeit der Gerichte.

Dennoch war ihre Thätigkeit in mehrfacher Hinsicht nichts weniger als fruchtlos. Durch die öffentliche Controle, welche sie über die Handlungen der Regierungen und ihrer Beamten übten, entwöhnten sie die Bureaukratie einigermaßen des Dünkels der Unfehlbarkeit und Unantastbarkeit, in dem sie so lange Zeit geschwelgt hatte, das Volk der blinden Unterwürfigkeit unter die Befehle dieser Bureaukratie und der trägen Gleichgültigkeit in Bezug auf die öffentlichen Angelegenheiten. Mancher Misbrauch untergeordneter Beamten, der vorher jahrzehntelang unentdeckt oder ungerügt geblieben, ward jetzt in öffentlicher Kammersitzung ans Licht gezogen und der Regierung oder der öffentlichen Meinung denuncirt. Manche Beschwerde der Unterthanen, die sonst nicht leicht den Weg zum Throne gefunden hätte, konnte jetzt, von den Ständen befürwortet, einer genauen Prüfung und in den meisten Fällen einer sorglichen Beachtung seitens der Staatsgewalt gewiß sein. Vor allem war es das Finanzwesen, welches in der Regel den günstigen Einfluß der neuen Einrichtung empfand. Die Nothwendigkeit einer regelmäßigen öffentlichen Rechnungsablegung und einer durchsichtigen Darlegung aller Einzelheiten des Staatshaushalts vor den Ständen war allein schon für die Regierung ein starker Sporn der Sparsamkeit, der Ordnung und Pünktlichkeit in diesem wichtigen Theile der Verwaltung, eine schwer zu beseitigende Schranke des willkürlichen, leichtsinnigen, verschwenderischen Gebarens mit den Einkünften und dem Credit des Staats und mit der Steuerkraft der Unterthanen, welchem in den frühern Zeiten gerade von den Fürsten dieser kleinern deutschen Länder so viele sich hingegeben hatten. Und man muß sagen, daß in diesem Punkte — einem Hauptpunkte des constitutionellen Lebens! — die meisten deutschen Stände eine größere Energie und Standhaftigkeit bewiesen als in andern Dingen. Selbst die Adelskammern machten sich hier bisweilen zu Vorkämpfern der ständischen Gerechtsame, und dem vereinten Widerstande beider Kammern mußten zuletzt fast immer die Regierungen nachgeben.

Genug, wenn der positive Einfluß dieser Stände nur ein geringer und zweifelhafter war, so war der negative immerhin nicht zu verachten; wenn sie selten vermochten, die Regierungen zu Fortschritten in der Gesetzgebung und in den organischen Einrichtungen des Staats zu bewegen, auch wo solche Fortschritte nöthig und dringlich erschienen, so vermochten sie doch eher, Rückschritte zu verhindern und das einmal gewährte Maß von Rechten für sie selbst und für die, welche sie vertraten, in den meisten Fällen unversehrt und unverringert zu erhalten.

Das Jahr 1848 führte eine neue Phase in der Geschichte der deutschen Verfassungen herbei. Der Drang nach einer Erweiterung der parlamentarischen Rechte, mehr noch nach einer freiern Form der Volksvertretung, schon lange in den Bevölkerungen rege, aber von den Regierungen meist zurückgedrängt und unbefriedigt gelassen, brach sich, infolge des Rückschlags der französischen Februarrevolution, gewaltsam Bahn. Es entstanden Wahlgesetze „auf breitester demokratischer Grundlage", wie man es ausdrückte; das allgemeine Stimmrecht nach der Kopfzahl (ohne Census, ohne Beschränkung auf Stand oder Grundbesitz) und der directe Wahlmodus wurden das Losungswort des Tages. Mit den Adelskammern machte man meist reine Tafel.

Die wenigsten dieser neuen Vertretungen hatten Gelegenheit, ihre Wirksamkeit und den Werth der Grundsätze, auf die sie gegründet waren, praktisch zu erproben. In Thätigkeit gesetzt unter dem Drucke einer Bewegung, die jetzt um so schrankenloser war, je länger man sie durch alle Mittel des Zwangs und der Beschränkung zurückgehalten hatte, konnten dieselben von der noch ungewohnten Freiheit kaum einen andern als einen stürmischen und nur zu häufig unbesonnenen Gebrauch machen; bevor sie aber durch längere Uebung und bei ruhigern Zeiten zu einer abgeklärten und fruchtbaren Thätigkeit zu gelangen vermochten, war fast allerwärts die Reaction wieder siegreich und eifrig bemüht, alle Erzeugnisse des Jahres 1848 — gleichviel ob nützliche oder schädliche, gesunde oder misrathene — von Grund aus wieder zu beseitigen, und zwar meist auf dem Wege der Octroyirung, der Ordonnanzen.

Nur im Königreich Baiern und in einigen kleinern Staaten — den beiden Großherzogthümern Sachsen-Weimar und Oldenburg, sowie dem Herzogthum Sachsen-Koburg-Gotha — behielt man die Wahlgesetze aus dem Jahre 1848 ziemlich unverändert bei.

Das wichtigste Ereigniß des Jahres 1848 für das Verfassungsleben Deutschlands bestand aber darin, daß die beiden größten deutschen Staaten, Oesterreich und Preußen, aus dem Zustande des Absolutismus in den des Constitutionalismus übergingen.

Oesterreich hatte bis 1848, abgesehen von Ungarn, wo von alters her eine zwar wesentlich aristokratisch zusammengesetzte, aber mit starken Befugnissen ausgestattete Landesvertretung bestand, nur in einigen seiner deutschen Provinzen schwache Ueberreste frühern Ständewesens. In den letzten Jahren hatten diese Stände — in Böhmen, in Niederösterreich — nach langem Schlummer sich einigermaßen wieder zu regen begonnen. Die Revolution des März 1848, welche das alte Metternich'sche Regiment zerbrach, war eingeleitet durch eine energische Vorstellung der niederösterreichischen Stände. Um das alte Oesterreich zu regeneriren, ward ein Reichstag nach freiestem Wahlsystem berufen und ihm eine Verfassung nach modernem Zuschnitt vorgelegt. Die Ereignisse ließen jedoch dieselbe nicht zu Stande kommen. Nachdem infolge der stürmischen Vorgänge in Wien im October 1848 der Reichstag zuerst von da nach Kremsier verlegt, sodann aufgelöst worden war, ward unterm 4. März 1849 eine Verfassung im Wege der Octroyirung proclamirt, welche sämmtliche Länder Oesterreichs, auch Ungarn, umfassen sollte. Allein auch sie trat niemals ins Leben. Ein strenges bureaukratisch-absolutistisches Regiment griff abermals platz und dauerte volle zehn Jahre. Nur auf den nicht unmittelbar politischen Gebieten, namentlich auf dem der agrarischen Gesetzgebung, später auch der Gewerbegesetzgebung, fanden zum Theil ziemlich weitgehende Reformen statt.

Der verhängnißvolle italienische Krieg im Jahre 1859, der die Finanzen des Reichs vollends zerrüttete und die Unzufriedenheit der Bevölkerungen aufs höchste steigerte, brachte die Staatslenker Oesterreichs zu dem Entschlusse, abermals in die Bahnen des Constitutionalismus einzulenken. Ein erster Anlauf dazu, das Diplom vom 20. Oct. 1860, befriedigte nicht, sondern rief nur stärkere Opposition hervor, sodaß die Regierung sich veranlaßt fand, einen Schritt weiter zu gehen. Das Patent vom 26. Febr. 1861 regelte die Vertretung des Reichs wie der einzelnen Kronländer in einer den Forderungen der Zeit mehr entsprechenden Weise. Es wurden darin den einzelnen Provinzen oder „Kronländern" besondere Vertretungen verliehen, aus diesen Vertretungen aber eine Gesammtvertretung für das ganze Reich unter dem Namen Reichsrath gebildet. Die Einzellandtage sind zusammengesetzt aus den hohen Würdenträgern der katholischen Kirche, dem Rector der Universität, wo eine solche besteht, und einer Anzahl gewählter Abgeordneter des großen Grundbesitzes, der Städte und Märkte, sowie der Handels- und Gewerbekammern, endlich der Landgemeinden. Die Abgeordneten des großen Grundbesitzes werden direct (ohne Wahlmänner) von allen denjenigen großjährigen Besitzern landtäflicher (ritterschaftlicher) Güter gewählt, welche eine jährliche Grundsteuer von 100, 200—250 Fl. (die Höhe des Census wechselt nach den Provinzen) von einem oder mehrern solchen Gütern entrichten. Die Abgeordneten der Städte und Märkte werden direct gewählt von dem höchstbesteuerten Theil der nach dem Gemeindegesetz von 1849 zur Wahl der Gemeindevertretung berechtigten Gemeindeglieder, die der Handels- und Gewerbekammern von diesen Körperschaften. Die Wahl der Abgeordneten der Landgemeinden geschieht durch Wahlmänner, welche, je auf 500 Einwohner einer, von den höchstbesteuerten Gemeindewählern gewählt werden. Wählbar als Landtagsabgeordneter ist jeder österreichische Staatsbürger, der 30 Jahre alt, im Vollgenuß der bürgerlichen Rechte und in einer der drei angeführten Wählerklassen des Landes wahlberechtigt ist.

Der Landtag hat das Recht der Mitwirkung bei der Gesetzgebung: er beschließt über die Gesetzesvorlagen, welche die Regierung ihm in Landesangelegenheiten vorlegt, und kann auch seinerseits Gesetzesvorschläge an die Regierung bringen. Ohne seine Zustimmung ist kein Landesgesetz gültig. Auch in Bezug auf allgemeine, das ganze Reich betreffende Gesetze und Einrichtungen kann jeder Landtag Anträge stellen, oder auf Erfordern der Regierung Gutachten abgeben. Er sorgt für die Erhaltung des Landesvermögens, für Regelung des Landesschulden- und -Creditwesens, für

Aufbringung der Mittel zu den Landesanstalten (zu welchem Zwecke er Zuschläge zu den Landessteuern, bis zu einer gewissen Höhe selbständig, darüber hinaus mit Genehmigung des Kaisers, ausschreiben kann), für Umlegung und Einhebung der Landessteuern; auch in Betreff des Gemeindewesens übt er bestimmte Aufsichtsbefugnisse. Für die laufende Verwaltung des Landesvermögens und der Landesanstalten, sowie für die Ausführung der Landtagsbeschlüsse und Stellung von Anträgen in Landesangelegenheiten in seinem Auftrag und Namen, bestellt jeder Landtag einen Landesausschuß. Die Sitzungen der Landtage sind öffentlich, doch kann der Landtag im einzelnen Falle eine vertrauliche Sitzung beschließen. Der Kaiser ernennt den Landtagsmarschall oder Vorsitzenden und dessen Stellvertreter. Der Statthalter des betreffenden Kronlandes oder von ihm abgeordnete Commissarien haben das Recht, im Landtage zu erscheinen und das Wort zu nehmen; behufs Ertheilung von Auskünften kann der Landtag die Anwesenheit von Mitgliedern der Regierungsbehörden verlangen.

Der Reichsrath oder die Vertretung des Reichs besteht aus einem Herrenhause und einem Hause der Abgeordneten. In dem Herrenhause haben Sitz und Stimme die großjährigen Prinzen des kaiserlichen Hauses und die großjährigen Häupter derjenigen durch ausgedehnten Gutsbesitz hervorragenden Adelsgeschlechter, denen der Kaiser die erbliche Reichsrathswürde verliehen, sämmtliche Erzbischöfe und Fürstbischöfe des Reichs, endlich solche um Staat oder Kirche, Kunst oder Wissenschaft verdiente Männer, welche der Kaiser zu lebenslänglichen Mitgliedern des Hauses beruft.

Das Haus der Abgeordneten zählt 343 Mitglieder, welche von den einzelnen Landtagen durch unmittelbare Wahlen aus ihrer Mitte entsendet werden, und zwar so, daß die nach den einzelnen Landesordnungen auf bestimmte Gebiete, Städte, Körperschaften entfallende Zahl von Mitgliedern des Abgeordnetenhauses aus den Landtagsmitgliedern derselben Gebiete, Städte, Körperschaften hervorgeht. Von jenen 343 fallen auf Ungarn 85, auf Böhmen 54, auf Galizien 38, auf Siebenbürgen 26, auf Mähren 22, auf das Lombardisch-Venetianische Königreich 20, auf Oesterreich unter und ob der Enns 18 und 10, auf Steiermark 13, auf Tirol und Vorarlberg 12, auf Kroatien und Slawonien 9, auf Krain, Schlesien, Istrien (nebst Görz, Gradiska und Triest) je 6, auf Kärnten, Dalmatien, die Bukowina je 5, auf Salzburg 3. Der Kaiser ernennt die Präsidenten und Vicepräsidenten beider Häuser. Er beruft den Reichsrath alljährlich ein. Der Wirkungskreis des Reichsraths umfaßt alle Gegenstände der Gesetzgebung, welche sich auf Rechte, Pflichten und Interessen beziehen, die allen Königreichen und Ländern des Kaiserstaats gemeinsam sind, insbesondere die Ordnung der Militärpflicht, die Regelung des Geld-, Credit-, Münz- und Zettelbankwesens, die Zoll- und Handelssachen, die Grundsätze des Post-, Eisenbahn- und Telegraphenwesens, die Reichsfinanzen, überhaupt also die Voranschläge des Staatshaushalts, Prüfung der Staatsrechnungsabschlüsse, Aufnahme neuer Anleihen,

Convertirung bestehender Staatsschulden, Veräußerung, Umwandlung oder Belastung des unbeweglichen Staatsvermögens, die Erhöhung bestehender und die Einführung neuer Steuern, Abgaben und Gefälle. Die Steuern, Abgaben und Gefälle werden nach den bestehenden Gesetzen erhoben, solange diese nicht verfassungsmäßig geändert sind. Die Staatsschuld ist unter Controle des Reichsraths gestellt.

Wenn es die Berathung solcher Angelegenheiten gilt, welche nur den nichtungarischen Gebietstheilen des Reichs gemeinsam sind, so treten die nichtungarischen Mitglieder der Versammlung zu einem „engern Reichsrathe" zusammen. Gesetzesvorschläge können sowol von der Krone als vom Reichsrath ausgehen. Zur Rechtsgültigkeit eines Reichsgesetzes gehört die Uebereinstimmung beider Häuser und die Sanction des Kaisers. Die Regierung kann in Abwesenheit des Reichsraths dringende Maßregeln, zu denen eigentlich dessen Mitwirkung erforderlich wäre, in Vollzug setzen; doch ist das Ministerium verpflichtet, dem nächsten Reichstag die Gründe und die Erfolge einer solchen Verfügung darzulegen. Der Kaiser hat das Recht, den Reichstag zu vertagen oder aufzulösen. Im Fall der Auflösung finden für das Abgeordnetenhaus Neuwahlen in der oben bezeichneten Weise statt. Die Sitzungen beider Häuser des Reichsraths sind öffentlich; doch kann jedes Haus durch Beschluß eine öffentliche Sitzung in eine geheime verwandeln.

Die österreichische Verfassung ist noch zu neu, als daß es gestattet wäre, über ihre Wirksamkeit und ihren Werth ein abschließendes Urtheil zu fällen. Doch machen sich ihre

Erfolge bereits in zweifacher Richtung auf erfreuliche Weise bemerkbar. Sie hat offenbar die politische Bildung des Volks gereift, und sie hat die Geld- und Creditverhältnisse des Reichs, die in hohem Grade zerrüttet waren, verbessert; letzteres theils durch die strengere Sparsamkeit, welche die Controle des Reichsraths der Regierung auferlegt, theils durch das größere Vertrauen auf den Bestand des Reichs und auf die fortschreitende Entwickelung seiner natürlichen Hülfsquellen, welches der Uebergang zu constitutionellen Formen im In- und Auslande erzeugt hat.

Die anderwärts so bedeutsamen und oft so verhängnißvollen Gegensätze extremer politischer Parteien sind im Schose des österreichischen Reichsraths wie der einzelnen Landtage weniger hervorgetreten. Selbst die ihrer Zusammensetzung nach streng aristokratische Körperschaft des Herrenhauses — man muß ihr dies zum Ruhme nachsagen — hat meist einen höhern und freiern Standpunkt eingenommen, als sonst wol solche Körperschaften, wenigstens auf dem Festlande, zu thun pflegen. Was dagegen einer fruchtbaren Wirksamkeit constitutioneller Einrichtungen im österreichischen Kaiserstaate ernsthafte Schwierigkeiten entgegensetzt, das ist die außerordentliche Mannichfaltigkeit und Ungleichartigkeit der darin unter Einem Scepter vereinigten Völkerschaften und Nationalitäten. Schon während der kurzen Zeit seit Einführung der Februarverfassung haben heftige Kämpfe stattgefunden — sowol im Reichsrath als in den Landtagen — zwischen der Partei der „Autonomisten“, welche für die Einzelländer und die daselbst zum Theil überwiegenden nichtdeutschen Nationalitäten eine größere Selbständigkeit beanspruchen, und der Partei der „Centralisten", welche die Reichseinheit und die Gemeinsamkeit der allgemeinen Interessen in erste Linie stellen. Doch scheinen die Elemente der Freiheit und der Oeffentlichkeit, welche das Verfassungsleben zur Entwickelung bringt, allmählich die Kraft jener Absonderungsgelüste abzuschwächen. Die Idee der Reichseinheit unter freisinnigen constitutionellen Formen und mit einer entsprechenden Selbständigkeit der Einzelländer in den zulässigen Grenzen (wie sie die Februarverfassung anerkennt) hat offenbar Boden gewonnen selbst in solchen Ländern, wo der nationale Gegensatz bis dahin am stärksten war, z. B. in Böhmen. Nur Ungarn oder vielmehr der Magyarismus sträubt sich beharrlich gegen die Einordnung in einen constitutionellen österreichischen Gesammtstaat. Dieser hartnäckige Widerstand hat seinen Grund nicht blos in der warmen Anhänglichkeit der Ungarn an ihre altherkömmliche Verfassung, sondern ebenso sehr, wo nicht noch mehr in der allerdings wol sehr richtigen Erwägung, daß es bedenklich sei, geschichtlich begründete und verbürgte Rechte — dergleichen jene Verfassung den Ungarn in reichem Maße gewährte — gegen solche aufzugeben, die vielleicht ihrem Inhalte nach nicht minder werthvoll, ja dem Geiste der Gegenwart entsprechender, allein ihrem Rechtstitel nach — weil blos einseitig im Gnadenwege verliehen — bei weitem nicht so sicher und verbürgt erscheinen wie jene. Selbst die gemäßigte Partei in Ungarn, an deren Spitze Deák steht und welche anscheinend in der Bevölkerung das Uebergewicht besitzt, will nur auf Grund eines zweiseitigen Compromisses die Hand zu einer Ausgleichung zwischen der alten Verfassung Ungarns und einer constitutionellen Reichseinheit bieten.

Der preußische Constitutionalismus ist von etwas älterm Datum als der österreichische. Seit 1823 besaß Preußen in allen seinen acht Provinzen Provinzialstände nach gleichem Schema, bestehend aus Vertretern des großen Grundbesitzes (Standesherren und Rittergutsbesitzern), welche in den meisten dieser Landtage ein bedeutendes numerisches Uebergewicht hatten, aus städtischen Abgeordneten, deren Zahl nicht im Verhältniß zu der Bedeutung und den Staatsleistungen der Städte stand, die sie repräsentirten, endlich aus ganz wenig Vertretern des Bauernstandes.

Seit der Thronbesteigung Friedrich Wilhelm's IV. (1840) war das Institut der Provinzialstände einigermaßen neubelebt und erweitert worden, zuerst durch Gestattung wenigstens eines Anfangs von Oeffentlichkeit, nämlich einer auszugsweisen Veröffentlichung der Verhandlungen unter Controle der Landtagsmarschälle, jedoch ohne Nennung der Redner, sodann durch Berufung von Ausschüssen dieser Stände nach Berlin zu gemeinschaftlichen Berathungen über gewisse von der Regierung ihnen vorgelegte Angelegenheiten. Einer Erfüllung des schon 1815 von Friedrich Wilhelm III. ertheilten, 1820 wiederholten Versprechens der Einführung von „Reichsständen", welches seit 1840 von der öffentlichen Meinung immer dringender in Erinnerung gebracht ward, zeigte der neue König sich nicht geneigt. Dagegen geschah allerdings in Bezug auf die Entwickelung des Instituts der Provinzialstände ein neuer Schritt im Jahre 1847 durch Einberufung sämmtlicher Landtage, Mann für Mann, zu einem sogenannten „Vereinigten Landtage". Die standesherrlichen Elemente und noch einige andere aus den Reihen des grundbesitzenden Adels fanden ihren Platz in einer besondern „Herrencurie"; die Masse der Abgeordneten saß gesondert nach Provinzen und innerhalb dieser wieder nach den drei Ständen beisammen in der „Curie der Stände". Die Competenz dieses Vereinigten Landtags war etwas weiter gesteckt als die der einzelnen Provinziallandtage, aber sie erschien doch viel zu eng für eine Körperschaft, welche bestimmt war, die Gesammtvertretung einer Bevölkerung von 17 Millionen und eines Staats von europäischer Geltung darzustellen. Im Schose des Vereinigten Landtags selbst regte sich das Verlangen nach einer Erweiterung der demselben vorgezeichneten Grenzen, nach einer Umwandlung dieses bloßen Conglomerats provinzieller Vertretungen in eine wirkliche Reichsvertretung. Man forderte vor allem Bürgschaften für eine regelmäßige Wiederkehr solcher Versammlungen; man forderte eine bestimmte Antheilnahme derselben an der Regelung des Schuldenwesens und überhaupt der Finanzen des Staats; man forderte endlich eine Uebertragung des bisher den Provinzialständen und den Ausschüssen eingeräumten Rechts des Beiraths auch zu allgemeinen Landesgesetzen auf diese Gesammtvertretung des ganzen Königreichs. Ein Theil der

Opposition ging so weit, die Mitwirkung zu der Wahl der neuen Ausschüsse, welche provinzenweise vorgenommen ward, zu verweigern, nachdem der König weder die Periodicität des Vereinigten Landtags, noch dessen ausschließliche Befugniß zur Regelung solcher Angelegenheiten, welche bisher mit den ständischen Ausschüssen verhandelt worden waren, noch eine entscheidende Controle der Stände über das Budget und das Staatsschuldenwesen zugestanden hatte.

Nur zu bald sollte sich zeigen, daß es keine weise Politik gewesen war, Forderungen, welche ihre Berechtigung in dem Geiste der Zeit und in den Verhältnissen des Staats fanden, und welche von besonnenen, erfahrenen und aufrichtig patriotischen Männern gestellt wurden, so schroff entgegenzutreten. Hätte die Bewegung des Jahres 1848 Preußen im Besitze einer mit entsprechenden Rechten ausgestatteten und durch eine kraftvolle Uebung solcher Rechte populären Reichsvertretung gefunden, so würden nicht nur diesem Staate selbst, sondern vielleicht auch dem übrigen Deutschland viele und schwere Erschütterungen erspart und die Wege zu einer zeitgemäßen Regeneration geebnet gewesen sein.

Statt dessen traf der Rückschlag der französischen Februarrevolution Preußen ohne die Grundlagen einer zeitgemäßen Verfassung, das Volk erbittert, die gebildeten Klassen verstimmt über das Scheitern der durch den Vereinigten Landtag erweckten Hoffnungen, über die Hartnäckigkeit des Königs, die Unklugheit seiner Rathgeber, den verderblichen Einfluß einer reactionären Hofpartei. Als die revolutionäre Bewegung, die bereits ganz Deutschland überflutet und selbst das alte Reich der Habsburger nicht verschont hatte, auch nach Preußen hinüberzuschlagen begann, versuchte man, dieselbe noch im letzten Augenblick durch Zugeständnisse abzulenken. Ein Patent, die Grundzüge einer neuen Verfassung enthaltend, sollte die Unzufriedenheit des Volks beschwichtigen. Allein dasselbe ward erst bekannt, als bereits — ob durch einen unglücklichen Zufall, ob durch einen planmäßigen Anstoß von der einen oder der andern Seite, ist noch unermittelt — zwischen der Bevölkerung Berlins und den Truppen sich ein Kampf entsponnen hatte, der mit dem vom König befohlenen Rückzug der letztern endete. Nunmehr ward der Vereinigte Landtag wieder einberufen, um ein Wahlgesetz für eine „Versammlung zur Vereinbarung einer Staatsverfassung" zu votiren. Man glaubte jetzt nicht freisinnig genug sein zu können und ließ die Versammlung aus allgemeinen Wahlen hervorgehen. Der Verfassungsentwurf, den man ihr vorlegte, war ungefähr dem belgischen nachgebildet. Aber es kam hier so wenig als in Wien zu einer Verständigung. Die Regierung, durch Ausschreitungen einer äußersten Partei, welche Pöbelexcesse in Berlin herbeiführte, wieder gestärkt, löste die Nationalversammlung mit Gewalt auf und octroyirte eine Verfassung, wobei sie jedoch im wesentlichen die Grundzüge des frühern Entwurfs und sogar manche von den Verbesserungen, welche die Commission der Nationalversammlung darin angebracht hatte, beibehielt. Allein auch diese Verfassung hatte keinen Bestand. Die Kammern, welche dem von der Regierung selbst erlassenen Wahlgesetze ihr Dasein verdankten, erschienen noch zu oppositionell; eine neue Octroyirung erfolgte (am 30. Mai 1849), und mit den aus diesem zweiten, beschränktern Wahlgesetz hervorgegangenen Kammern kam endlich nach langen Kämpfen ein endgültiges Verfassungsgesetz zu Stande, welches am 31. Jan. 1850 publicirt ward. Damit war indeß das preußische Verfassungswerk noch immer nicht abgeschlossen. Gefügige Kammern setzten das Ministerium Manteuffel in den Stand, die Verfassung im Wege sogenannter Revisionen mehr und mehr der freisinnigen Elemente, welche sie anfangs noch in sich barg, zu entkleiden, die Machtbefugnisse der Regierung auszudehnen, die Vorrechte der Aristokratie wenigstens zum Theil wiederherzustellen.

Die preußische Verfassung, wie sie aus diesen wiederholten Umgestaltungen hervorgegangen ist und jetzt in praktischer Uebung besteht, ist noch immer, sowol was die Rechte der Volksvertretung als die der einzelnen Staatsangehörigen betrifft, um vieles freisinniger als z. B. die Verfassung des imperialistischen Frankreich und selbst auch als so manche der Verfassungen in den kleinern deutschen Staaten. Allein sie entbehrt mehrerer sehr wesentlichen Bürgschaften für eine kräftige und gesicherte Handhabung der parlamentarischen Rechte gegenüber der vereinten Macht der Bureaukratie, der Militärpartei und einer sehr einflußreichen Aristokratie, und sie enthält in den Bestimmungen über die Zusammensetzung der beiden Kammern bedenkliche Beschränkungen der Wahlfreiheit und ebenso bedenkliche Bevorrechtungen einzelner Klassen der Gesellschaft vor der Gesammtheit der Staatsbürger.

Die Rechte, welche die preußische Verfassung dem Könige zuspricht, sind im ganzen keine andern, als welche in allen monarchischen Staaten dem Staatsoberhaupt zustehen, nämlich der Oberbefehl über das Heer, die Ernennung und Entlassung der Minister, das Begnadigungsrecht, das Recht Krieg zu erklären und Frieden zu schließen, auch andere Verträge mit fremden Regierungen zu errichten. Doch bedürfen solche Verträge zu ihrer Gültigkeit der Zustimmung der Kammern, insofern es Handelsverträge sind, oder insofern dadurch dem Staate Lasten oder einzelnen Staatsbürgern Verpflichtungen auferlegt werden. Die Minister sind verantwortlich; sie können wegen Verfassungsverletzung, Bestechung oder Verraths durch Beschluß einer der Kammern vor dem obersten Gerichtshof der Monarchie angeklagt werden. Nur leider fehlt es noch an dem von der Verfassung in Aussicht gestellten Gesetze, welches die Fälle der Verantwortlichkeit, das Verfahren und die Strafen näher präcisiren soll — und bis dahin ist jene Verfassungsbestimmung ohne praktischen Werth.

Die gesetzgebende Gewalt ist zwischen dem Könige und beiden Kammern getheilt; zu jedem Gesetze ist die Uebereinstimmung dieser drei Factoren erforderlich; Gesetzesvorschläge können sowol vom König als von jeder der beiden Kammern ausgehen. Ein bedenkliches Vorrecht der Krone besteht darin, in außerordentlichen Fällen auch ohne Zustimmung der Kammern Verordnungen, welche der Verfassung nicht zuwiderlaufen, mit Gesetzeskraft erlassen zu können. Solche Verordnungen sind zwar beim nächsten Landtage den Kammern zur Genehmigung vorzulegen, und sie erlöschen, wenn diese auch nur von einer der Kammern versagt wird; allein die Wirkungen, die sie inzwischen geübt, sind nicht immer wieder rückgängig zu machen. Im Jahre 1863 wurde durch eine Verordnung dieser Art die unabhängige Presse in Preußen ein volles halbes Jahr lang beinahe völlig mundtodt gemacht.

Die schwächste Partie der preußischen Verfassung ist diejenige, welche die Befugnisse der Volksvertretung hinsichtlich der Steuern und Abgaben regelt. Zwar soll der Staatshaushalt nach Einnahme und Ausgabe alljährlich durch ein Gesetz, also durch Uebereinstimmung der drei Gesetzgebungsfactoren festgestellt, es sollen auch keine andern Steuern und Abgaben als solche, welche in den Staatshaushalt aufgenommen oder durch besondere Gesetze angeordnet sind, erhoben werden. Allein durch eine wohlberechnete List des Ministeriums Manteuffel und durch eine merkwürdige Sorglosigkeit oder Schwäche der damaligen Majorität in den Kammern erhielt ein Paragraph der Verfassung, der eigentlich nur die Bedeutung einer vorübergehenden Bestimmung haben konnte, nämlich: daß die beim Erlaß der Verfassung bestehenden Steuern und Abgaben forterhoben werden sollten, bis sie durch ein Gesetz abgeändert würden, eine so ungebührliche Ausdehnung, daß noch jetzt fortwährend alle die einmal eingeführten Steuern und Abgaben ohne eine neue Bewilligung seitens der Kammern fort und fort von der Regierung kraft eigenen Rechts ausgeschrieben und erhoben werden können, wodurch natürlich das Steuerbewilligungsrecht der Kammern thatsächlich auf so lange außer Wirksamkeit gesetzt ist, bis einmal eine neue Steuer eingeführt oder eine schon bestehende erhöht werden muß. Da nun überdies das Ministerium Bismarck die Theorie aufgestellt hat, daß, wenn wegen des Widerspruchs der einen Kammer gegen das von der Regierung vorgelegte Jahresbudget dasselbe nicht zu Stande kommt, das frühere Budget von selbst in Kraft verbleibt, und da nach dieser Theorie bereits zwei Jahre lang wirklich regiert worden ist, so ist in der That das ganze Mitwirkungsrecht der preußischen Volksvertretung bei Regelung des Staatshaushalts illusorisch gemacht, indem es kein gesetzliches Mittel gibt, die Regierung zur Beachtung der von der Volksvertretung in Betreff der Staatsausgaben gefaßten Beschlüsse zu zwingen.

Dies ist jedenfalls der Hauptmangel der preußischen Verfassung. Die Volksvertretung, der Möglichkeit eines gesetzlichen Widerstandes gegen ein Ministerium beraubt, welches ihre Rechte nicht freiwillig respectirt, ist außer Stande, jenes richtige Verhältniß zwischen der Regierung und dem Volke zu erhalten, welches die glückliche Wirkung kraftvoller Verfassungen und das beste Sicherungsmittel ebenso wol gegen Revolutionen wie gegen tyrannische Unterdrückung des Volks ist.

Die Zusammensetzung der repräsentativen Körperschaften in Preußen läßt ebenfalls viel zu wünschen übrig. Das

Wahlgesetz für die Zweite Kammer oder das Haus der Abgeordneten beruht auf einem so verwickelten und künstlich ausgedachten System, wie es in keinem andern Lande sein Seitenstück findet. Dasselbe erklärt für stimmberechtigt jeden selbständigen, 24 Jahre alten, nicht durch ein richterliches Erkenntniß seiner bürgerlichen Rechte beraubten und nicht aus öffentlichen Mitteln wegen seiner Armuth unterstützten Preußen, der seit sechs Monaten seinen Wohnsitz oder Aufenthalt in der Gemeinde hat, worin er wählen will. Diese höchst demokratische Grundlage des Gesetzes wird aber in der Ausführung wesentlich verengt und fast illusorisch gemacht. Die ganze Masse der Wähler (zu denen auch die Militärpersonen des stehenden Heeres gehören, bei denen obenein die Bedingung des sechsmonatlichen Aufenthalts wegfällt und die überall da wählen, wo sie eben garnisoniren) wird nach Maßgabe der von ihnen entrichteten directen Staatssteuern in drei Klassen getheilt. Die erste Klasse bilden diejenigen, welche die höchsten Steuerbeträge zahlen, sodaß ihre Steuerquoten zusammen ein Drittel der Gesammtsumme der Steuern aller Wähler des betreffenden Bezirks ausmachen; die zweite Klasse diejenigen, deren Steuerbeträge das zweite Drittheil ergeben; die dritte die am niedrigsten Besteuerten und solche, welche gar keine Steuer zahlen. Wenn beispielsweise in einem Bezirk die Gesammtsumme sämmtlicher directer Staatssteuern 3000 Thlr. beträgt, so werden zunächst von den am höchsten Besteuerten so viele ausgesondert, daß ihre Steuern zusammen 1000 Thlr. ausmachen. Angenommen also, es wären zwei, welche je

100 Thlr., fünf, welche je 80 Thlr., zehn, welche je 40 Thlr. zahlten, so würden diese siebzehn, welche zusammen 1000 Thlr., also ein Drittel der 3000 Thlr. zahlten, die erste Wählerklasse bilden. Alsdann geht man herunter zu denen, welche 30, 25, 20, 15, 10 Thlr. u. s. w. zahlen, deren zusammen bis zur Erfüllung von abermals 1000 Thlr. vielleicht 120—150 sind, und endlich kommt man zu der großen Masse derer, welche 3, 2, 1, ½ Thlr. oder auch gar keine Steuer entrichten, und die natürlich nach Hunderten, wo nicht nach Tausenden zählen. Jene bilden die zweite, diese die dritte Wählerklasse. Jede dieser Klassen wählt nun, für sich gesondert, ein Drittheil der zu wählenden Wahlmänner. Sie sind dabei zwar an die Angehörigen ihres Wahlbezirks, nicht aber ihrer Klasse gebunden. Nach diesem Wahlsystem haben also 17 Wähler der ersten Klasse so viel Rechte und einen ebenso großen Einfluß auf das Wahlergebniß als 120—150 der zweiten und vielleicht 800—1000 der dritten Klasse. Das Misverhältniß ist in der Wirklichkeit bisweilen noch größer. Es gibt Bezirke, wo in der ersten Klasse nur drei Wähler sind, die vielleicht 100 Wählern der zweiten und 1000 Wählern der dritten Klasse gegenüberstehen.

Die von den drei Klassen der Urwähler abgesondert gewählten Wahlmänner treten sodann zusammen und wählen den Abgeordneten. Wählbar ist jeder Preuße, der das dreißigste Lebensjahr vollendet hat, im Vollbesitz seiner bürgerlichen Rechte sich befindet und bereits ein Jahr lang dem preußischen Staatsverbande angehört.

Die Wahlen sowol der Wahlmänner als der Abgeordneten finden öffentlich, durch Abgabe der Stimme zu Protokoll, statt.

An keinem Wahlgesetze vielleicht mehr als an diesem hat sich gezeigt, wie nicht so sehr die Formen und Bedingungen des Wählens, als vielmehr der Geist des Volks und die Macht der Zeitverhältnisse es ist, was die Wahlen lenkt und ihren Ausfall bestimmt. Es ist keinem Zweifel unterworfen, daß das Ministerium Manteuffel das Wahlgesetz vom 30. Mai 1849 mit seinem Klassensystem in der Absicht erließ, sich einen weitreichenden Einfluß auf die Wahlen zu sichern, die freisinnigen Elemente aber möglichst von dem Abgeordnetenhause fern zu halten. Indem es das allgemeine Wahlrecht dem Namen nach beibehielt, machte es dasselbe in der Ausführung zu einer Täuschung und legte das Schwergewicht bei den Wahlen offenbar in die ersten beiden Wählerklassen, die der Besitzenden überhaupt und insbesondere die der Höherbegüterten, Reichen, der großen Grundbesitzer, Kapitalisten, Bankiers, Kaufleute, höhern Beamten u. s. w. — kurz solcher Leute, die fast zu jeder Zeit überwiegend conservativ sind, nach einer Revolution aber in verdoppeltem Maße. Auf der andern Seite hoffte man auch, die große Masse der minder bemittelten und zum Theil ganz mittellosen Wähler, die in so vielen Beziehungen von den wohlhabendern Klassen oder von der Regierung abhängen, zu beeinflussen durch die öffentliche Abstimmung, welche jeden Einzelnen der Controle des Wahlcommissars rücksichtlich seines Votums unterwarf.

Diese Berechnungen erreichten ihren Zweck, solange der Geist des preußischen Volks theils durch den Rückschlag der Bewegung von 1848 entmuthigt und in Abspannung versetzt, theils durch die Maßregeln einer rücksichtslosen, siegreichen Reaction niedergedrückt und eingeschüchtert war, solange ferner ein großer Theil der Bevölkerung, die demokratische Partei, sich grundsätzlich von den Wahlen fern hielt, um nicht durch die Theilnahme daran die Gültigkeit des octroyirten Wahlgesetzes anzuerkennen. Als jedoch jene Abspannung allmählich wieder einer aufstrebenden Richtung der Geister Platz machte, als das freisinnigere System, welches, wenn auch nur vorübergehend, seit der Regentschaft des Prinzen von Preußen (gegen das Ende des Jahres 1858) das Manteuffel'sche Regiment ablöste, diese neue Bewegung ermuthigte und förderte, als endlich die Demokratie sich wieder mit vollem Eifer zum Wahltisch drängte, da ward das Ergebniß der Wahlen bald ein entgegengesetztes, und dieser Umschwung, weit entfernt, mit dem bald wieder verschwundenen liberalen Geist in den maßgebenden Regionen auch zu verschwinden, nahm vielmehr im gleichen Verhältniß mit der von neuem hervortretenden Reaction nur immer mehr zu, sodaß zuletzt nur die Männer des entschiedenen Fortschritts als Sieger aus den Wahlen hervorgingen. Was aber das Bemerkenswertheste, gerade die beiden ersten Wählerklassen, also die Besitzenden und selbst die Reichen waren es, welche an vielen Orten für die liberalen Candidaten den Ausschlag gaben!

Mit der Ersten Kammer, dem sogenannten Herrenhause, hat man in Preußen viel experimentirt. Eine Zeit lang bestand dieselbe aus Vertretern der Höchstbesteuerten, sogenannten Achttausendthalermännern, d. h. solchen, die ein jährliches Einkommen von 8000 Thlrn. hatten. Die Verfassung von 1850 substituirte dafür eine eigenthümliche Mischung von Erblichkeit, Ernennung durch den König, Wahl durch die Höchstbesteuerten und durch die größern Städte. Aber auch dabei blieb man nicht stehen. Durch ein organisches Gesetz vom 7. Mai 1853 ward die Bildung der Ersten Kammer völlig in die Hände des Königs gelegt, welcher dieselbe theils aus erblichen, theils aus lebenslänglichen Mitgliedern zusammensetzen sollte. Die Verordnung, wodurch dies geschah, erschien am 12. Oct. 1854. Nach derselben besteht die Erste Kammer aus den volljährigen Prinzen des königlichen Hauses, welche der König dazu beruft; ferner aus den Häuptern der fürstlichen Häuser von Hohenzollern-Hechingen und Hohenzollern-Sigmaringen (welche bekanntlich ihre Souveränetät über die hohenzollernschen Lande an die Krone Preußens abgetreten haben), aus den Häuptern der ehemals reichsunmittelbaren Familien, sowie aus den übrigen vom König 1847 in die Herrencurie des Vereinigten Landtags berufenen Fürsten, Grafen und Herren, — als erblichen Mitgliedern, und aus einer Zahl von lebenslänglichen Mitgliedern, welche der König beruft, und zwar aus folgenden Kategorien: den Inhabern der vier großen Landesämter im Königreich, einer Anzahl namhafter Juristen, welche als „Kronsyndici“ bei

Begutachtung wichtiger Rechtsfragen zu fungiren haben; endlich solchen, welche dem König von gewissen Stiftern, von der Corporation der mit Rittergütern angesessenen Grafen, aus der Mitte gewisser anderer besonders begüterter Familien, die der König bestimmt, von den Inhabern des „alten und befestigten Grundbesitzes", von den Landesuniversitäten, endlich von den vom König dazu bezeichneten Städten (durch deren Magistrate) präsentirt werden.

Man hat gegen die Verordnung von 1854 den rechtlichen Einwand erhoben, daß dadurch das Ernennungsrecht des Königs zur Ersten Kammer, welches das Gesetz von 1853 unbedingt und allgemein hingestellt, beschränkt worden sei, und zwar beschränkt in einer für die Bildung dieses constitutionellen Factors keineswegs günstigen Weise. Gewiß ist, daß die durch die Verordnung von 1854 vorgezeichnete Zusammensetzung sich in der Praxis keineswegs vortheilhaft erwiesen hat. Insbesondere ist es der durch das Präsentationsrecht gewisser ritterschaftlicher Verbände oder Corporationen in die Kammer berufene Grundbesitzadel zweiten und dritten Ranges gewesen, welcher der Versammlung eine feudalaristokratische, junkerhafte, reactionäre Färbung verliehen hat, während die Vertreter des wirklich großen Grundbesitzes, die Häupter der standesherrlichen und der andern ihnen an Reichthum und Glanz ebenbürtigen oder doch nahestehenden fürstlichen und gräflichen Familien wenigstens bisweilen sich auf einen etwas höhern politischen Standpunkt gestellt haben. Aber auch die sonstigen Berufungen fielen — unter dem Einflusse der entschieden rückläufigen Strömung, die damals noch immer, und nicht blos in den höhern Regionen, sondern auch in manchen Kreisen der Gesellschaft fortdauerte — überwiegend reactionär oder doch ultraconservativ aus.

So kam es, daß das preußische Herrenhaus vom Anbeginn an von der öffentlichen Meinung mit Mistrauen aufgenommen ward und daß es dieses Mistrauen in seiner nunmehr etwa neunjährigen Wirksamkeit, statt es abzuschwächen oder zu widerlegen, vielmehr bis zu dem Grade gerechtfertigt und gesteigert hat, daß unter den mancherlei unpopulären Schöpfungen der Jahre 1852—58 in Preußen es kaum etwas Unpopuläreres, ja Verhaßteres gibt als diese Körperschaft, welche eine der großen constitutionellen Gewalten im Staate darstellt und als solche bestimmt ist, einen so wichtigen Einfluß auf die Geschicke Preußens zu üben. In der That hat die Mehrheit des Herrenhauses zur Zeit der triumphirenden Reaction das Ministerium Manteuffel in seiner unfreisinnigen, unduldsamen, engherzigen Politik nicht blos rückhaltslos unterstützt, sondern zu immer hastigern Rückschritten vorwärts getrieben, angefeuert, beinahe gezwungen — immer unter dem Vorgeben, dies alles für das Ansehen und die Macht des Königthums zu thun; als aber 1858 der neue Beherrscher Preußens, der Prinz-Regent, eine Zeit lang liberalen Ansichten huldigte und sich mit liberalen Ministern umgab, da machte diese selbe Partei, die sich die allein königstreue, monarchische nennt, der Regierung des neuen Regenten — auch nachdem dieser wirklich regierender König geworden war — die allerheftigste, ja gehässigste Opposition, verunglimpfte in ihren Preßorganen und selbst in öffentlicher Sitzung des Hauses die im Namen und Auftrag des Monarchen, mit dessen Unterschrift, von dem Ministerium vorgeschlagenen Gesetzgebungsmaßregeln und die von demselben getroffenen Verwaltungsverfügungen als ungerechte, wo nicht geradezu revolutionäre, und ruhte nicht, bis sie den König wieder mit Männern ihrer Partei umgeben und die Regierung an sich gerissen hatte. Sie war es, welche den vom Ministerium Bismarck begangenen offenkundigen Verfassungsbruch — das Fortregieren ohne ein von der Volksvertretung bewilligtes Budget — durch ihre Beschlüsse und ihre sonstigen Kundgebungen zu ermuntern, zu unterstützen und, soviel an ihr lag, gleichsam zu sanctioniren unternahm. Ihre Wortführer haben bei dieser und andern Gelegenheiten kein Hehl daraus gemacht, daß die Wiederaufhebung der ganzen Verfassung von 1850 und die Herstellung eines absoluten, oder noch lieber eines durch feudalständische Einrichtungen im mittelalterlichen Geiste den Interessen einer kleinen Minderheit im Staate dienstbar gemachten Königthums ihr höchstes Ideal und das letzte praktische Ziel aller ihrer Parteibestrebungen sei.

So erweitert sich in Preußen täglich mehr die Kluft zwischen der immer entschlossener auf ihrem Rechte beharrenden, obgleich zur Zeit noch in ihren Forderungen gemäßigten und streng auf dem Boden der Verfassung von 1850 sich bewegenden ungeheuern Mehrheit der eigentlichen

Volksvertretung, des Abgeordnetenhauses, und dem diesen Forderungen stark entgegentretenden und die Verfassung selbst misachtenden Herrenhause. Die Regierung aber, statt sich über diesen Gegensatz zweier Parteien zu halten und eine Ausgleichung desselben durch constitutionelle, in der Verfassung selbst liegende Mittel zu versuchen, stellt sich leider entschieden, ja mit einer gewissen fanatischen Parteinahme, auf die Seite des einen Theils der feudalen und anticonstitutionellen Mehrheit des Herrenhauses, sucht sogar die geheiligte Person des Staatsoberhaupts selbst in diese Parteinahme und diesen erbitterten Kampf gegen alle liberalen Bestrebungen zu verstricken — sicherlich nicht zum Heile weder des Landes, noch der Dynastie, noch des monarchischen Princips im allgemeinen!

## Viertes Kapitel.

### Die andern constitutionellen Monarchien Europas: Belgien, Holland, Spanien, Portugal, die skandinavischen Reiche u. a.

England, Frankreich und Deutschland nehmen in der Geschichte der modernen Verfassungsstaaten eine hervorragende Stelle ein. Sie sind Hauptsitze der allgemeinen Civilisation. Sie repräsentiren die beiden großen Rassen, welche bisher bald abwechselnd, bald vereint an der Spitze des modernen Culturfortschritts gestanden, in ihren mächtigsten und angesehensten Zweigen. Sie stellen, und zwar jedes auf seine besondere Weise, die Gegensätze und Kämpfe, theilweise auch die Vereinigung und Mischung der drei wichtigsten Elemente des Staatslebens, des monarchischen oder centralen, des aristokratischen und des demokratischen in den ausgedehntesten Verhältnissen und in den mannichfaltigsten Abwandlungen dar.

England ist das Mutterland des Constitutionalismus in seiner praktischen Durchführung und sozusagen Verkörperung. Frankreich kann denselben Vorrang ansprechen in Bezug auf planmäßigen Ausbau und logische Generalisirung der constitutionellen Einrichtungen und Freiheiten. Deutschland endlich zeigt in seiner Verfassungsgeschichte wieder andere Eigenthümlichkeiten. Einerseits sehen wir hier eine Nebeneinanderstellung mittelalterlicher und moderner, feudalständischer und parlamentarischer Elemente, bald im schroffen Kampfe miteinander, bald in mannichfachen Abstufungen entweder der Verschmelzung miteinander oder des allmählichen Uebergangs des einen in das andere. Andererseits sind die meisten der bestehenden deutschen Verfassungen nicht im Wege einer gewaltsamen Auflehnung der Völker gegen ihre Regierungen, eines direct auf letztere geübten Drucks, noch weniger durch einen totalen Umsturz aller Verhältnisse, eine siegreiche Revolution, sondern im Wege der Verleihung von oben (wennschon nicht ohne einen in den Verhältnissen liegenden indirecten Zwang), der Octroyirung, sei es nach vorheriger Verständigung mit irgend einer Vertretung des Volks, sei es ohne eine solche, entstanden, sodaß auch in dieser Hinsicht die Verfassungsgeschichte Deutschlands manche interessante und lehrreiche Vergleichungspunkte gerade zu derjenigen Englands und Frankreichs darbietet.

Aus allen diesen Gründen haben wir bei der Besprechung des Ursprungs, der Entwickelung, der Veränderungen und der Wirksamkeit des Verfassungswesens in diesen drei großen Ländern etwas länger verweilt. Rücksichtlich der übrigen Verfassungsstaaten werden wir kürzer sein können. Sie haben theils nach ihrer äußern Größe und Machtstellung, theils nach ihrem Einfluß auf den allgemeinen Gang der Cultur nicht die gleiche Bedeutung wie jene, wozu kommt, daß wenigstens bei vielen derselben ihre Verfassungsgeschichte selbst entweder noch allzu jung oder allzu fragmentarisch und zu wenig stetig erscheint, um daraus allgemeine Schlußfolgerungen und Belehrungen über den Werth und die Wirksamkeit solcher Einrichtungen schöpfen zu können.

Einen Staat müssen wir jedoch von diesem Urtheile ausnehmen — Belgien. Obschon nicht blos einer der kleinern, sondern auch in seiner gegenwärtigen politischen Gestaltung einer der jüngern unter den europäischen Verfassungsstaaten, gilt Belgien doch schon seit lange als der constitutionelle Musterstaat des europäischen Festlandes, und das mit Recht. Diesen Vorzug verdankt es zum Theil der ausgezeichneten Persönlichkeit seines Beherrschers, des Königs Leopold I., zum Theil dem Umstande, daß es als selbständiger Staat niemals eine andere als eine constitutionelle Verfassung besaß, zum größten Theil endlich gewissen tiefgewurzelten Eigenschaften des belgischen Nationalcharakters, Eigenschaften, die ihrerseits wieder ihren Grund in der Geschichte dieses durch seine Schicksale und seinen Entwickelungsgang merkwürdigen Volks haben.

Der Theil des großen burgundischen Reichs, der das heutige Belgien bildet, entstand aus der Verschmelzung einer Menge kleiner Grafschaften, Fürstenthümer und Herzogthümer, von denen jedes einzelne seine eigene, selbständige Verfassung hatte. Diese Verfassungen waren insgesammt in hohem Grade freisinnig. Von früh an waren jene von der Natur gesegneten und durch den Gewerbfleiß ihrer Einwohner blühenden Länder zwischen der Nordsee, dem Rhein und der Maas Pflanzstätten eines kräftigen Volksgeistes gewesen. Die reichen Handelsstädte Brügge, Gent, Antwerpen hatten einen starken, selbstbewußten Bürgerstand großgezogen, welcher nicht blos dem grundbesitzenden Adel ringsumher, sondern nöthigenfalls auch den Fürsten, die über ihn herrschten, Achtung einzuflößen wußte. Die Lage dieser Landschaften auf der Grenzscheide zwischen Deutschland und Frankreich diente gleichfalls dazu, den Unabhängigkeitssinn und die politische Thatkraft der Bevölkerungen zu schärfen, indem sie ihnen häufige Veranlassung bot, ihre Liebe zur Freiheit und ihren Muth ebenso wol nach außen als nach innen zu erproben. Die berühmte Sporenschlacht von 1302 ward von den Bürgerschaften Flanderns zugleich gegen den König von Frankreich und gegen den mit diesem verbündeten einheimischen Adel gewonnen.

Als unter Philipp II., dem Sohne Kaiser Karl's V. (an den das burgundische Erbe gefallen war), die nördlichen Provinzen (das heutige Holland) sich von der spanischen Herrschaft freimachten, blieben die südlichen zwar dieser Herrschaft unterworfen, allein sie behielten ihre alte Verfassung und ihre alten Freiheitsrechte. Daran änderte sich auch nichts, als infolge des spanischen Erbfolgekriegs Belgien an den deutschen Zweig des Hauses Habsburg überging. „Der König von Spanien oder der Kaiser von Oesterreich“, sagt der geistvolle Verfasser der Schrift „Die Gründung der constitutionellen Monarchie in Belgien“, Th. Juste, „führte in Belgien nur den Titel eines Herzogs von Brabant, Grafen von Flandern u. s. w., und schwor als solcher bei seiner Thronbesteigung, die constitutionellen Rechte dieses Theils seiner Staaten zu achten. Hielt er seinen Eid nicht, so war das Volk, wie die brabanter Constitution es ausdrücklich bestimmte, alles Gehorsams gegen ihn ledig. Diese alten Institutionen verdankten ihre Entstehung jener tiefen, hartnäckigen Liebe zur Freiheit, die im Mittelalter die Communen von Flandern, Brabant, Lüttich zu Nebenbuhlerinnen der berühmten italienischen Republiken gemacht hatte."

„Unsere Grundgesetze", fährt derselbe belgische Geschichtschreiber fort, „hielten die persönliche Freiheit und die Unverletzbarkeit der Wohnung heilig, ebenso das Abmahnungs- und Petitionsrecht, das von einzelnen Bürgern sowol als von constituirten Körperschaften ausgeübt werden konnte; sie sicherten die Unabsetzbarkeit der Magistrate und Richter; sie erkannten die Grundfreiheiten an; sie machten endlich die Erhebung der Abgaben von der Einwilligung der Stände abhängig und gaben diesen das Recht, von dem Souverän verlangte Subsidien zu verweigern."

Wie man sieht, sind die Grundlagen der belgischen Freiheit denen der englischen sehr ähnlich; auch stehen sie ihnen in Bezug auf ihr Alter kaum nach.

Karl VI. und Maria Theresia achteten diese alten Rechte und diese constitutionellen Einrichtungen der neuerworbenen Lande, und als Joseph II. in seinem wohlmeinenden, aber übel berathenen Eifer es unternahm, das in Oesterreich eingeführte System bureaukratischer Centralisation auch dorthin zu verpflanzen, hatte dies (1790) eine Revolution zur Folge.

Die Vereinigung Belgiens mit Frankreich unter der Republik und dem Kaiserreich verschaffte den Ideen allgemeiner bürgerlicher Freiheit und Gleichheit, welche die Französische Revolution hervorgerufen und großgezogen hatte, auch in Belgien Eingang. Der politische Geist des Volks wurde dadurch von so manchen mittelalterlichen Ueberbleibseln gereinigt, welche ihm bis dahin noch angehaftet hatten, ohne doch seine angestammte Eigenthümlichkeit, insbesondere die langgewohnte Vorliebe für ausgedehnte Selbstregierung in Gemeinde und Provinz einzubüßen.

Der Wiener Congreß verband Belgien, gegen den Wunsch der Bevölkerung, mit Holland zu Einem Staate. Beide Länder erhielten eine gemeinsame Verfassung, gemeinsame parlamentarische Einrichtungen. Aber die Belgier fühlten sich als die Unterdrückten — sowol nach ihrer Nationalität und Sprache (welche damals in Belgien noch fast ausschließend die französische war), wie nach ihrer Religion als strenge Katholiken gegenüber den ebenso streng calvinistischen Holländern. Funfzehn Jahre lang übten sich die besten Talente und die stärksten Charaktere Belgiens in fast ununterbrochenen Kämpfen parlamentarischer Opposition gegen die holländische Regierung und die holländische Majorität in den Kammern.

Mit solchen Erfahrungen und solchen Traditionen ausgerüstet, ging das belgische Volk, nach seiner gewaltsamen Losreißung von Holland im Jahre 1830, an den Aufbau einer Verfassung für den jungen, nun sich selbst zurückgegebenen Staat. Und es ist fast wunderbar anzusehen, mit welcher Mäßigung und Umsicht, welcher Leidenschaftlosigkeit und Einigkeit dieses schwierige Werk in verhältnißmäßig kurzer Zeit, mitten unter äußern Verwickelungen aller Art, zu Stande gebracht wird, wie sich zu den verschiedenen Zweigen der öffentlichen Geschäfte — parlamentarischen, diplomatischen, administrativen — überall die rechten Leute finden, und neben der alten Phalanx erprobter Wortführer auch ein junges Geschlecht, zum Theil bis dahin noch wenig bekannte Männer, Advocaten, Bürgermeister u. s. w. aus Provinzialstädten, sich — dank der trefflichen Vorschule communaler und provinzialer Selbstverwaltung! — mit Sicherheit und Gewandtheit auf der weitern politischen Schaubühne bewegt.

Von wesentlichem Einfluß auf das leichtere Zustandekommen der belgischen Verfassung war die Vereinigung der beiden großen politischen Parteien, in welche schon damals die Bevölkerung Belgiens zerfiel, der liberalen und der klerikalen oder katholischen. Diese beiden Parteien, obschon in ihren Grundsätzen und ihren letzten Ideen vielfach einander feindlich, hatten sich doch in der gemeinsamen Opposition unter der holländischen Herrschaft zusammengefunden und noch kurz vor der Revolution von 1830 ihren Bund durch eine förmliche „Union“ besiegelt. Jetzt, wo diese beiden Parteien nach dem Aufhören des äußern Drucks sich einander gegenüberfanden, waren sie weise und patriotisch genug, den Boden, auf dem sie bisher gemeinsam gegen einen fremden Feind gekämpft hatten, auch für den Austrag ihrer eigenen Streitigkeiten beizubehalten, den Boden eines möglichst ausgedehnten gesetzlichen Freiheitsgebrauchs. So geschah dort das Merkwürdige, daß die eifrigsten Katholiken, die strengsten Anhänger einer unbedingten kirchlichen Autorität, mit den Liberalen für größte Freiheit der Presse, des Vereins- und Versammlungsrechts u. s. w. stimmten. Endlich aber trugen zu der raschen und glücklichen Constituirung des jungen belgischen Staats selbst die Schwierigkeiten und Gefahren der äußern Lage nicht wenig bei, welche die dringendsten Mahnungen zur Einigkeit für alle Parteien im Innern enthielten.

Unter solchen Verhältnissen kam die belgische Verfassung vom 7. Febr. 1831 zu Stande, welche am 21. Juli 1831 Prinz Leopold von Sachsen-Koburg feierlich beschwor und auf Grund deren er zum König der Belgier proclamirt ward. „Sie vervollkommnete“, wie Th. Juste treffend bemerkt, „die von der Französischen Revolution von 1789 geschaffenen Grundlagen einer neuen gesellschaftlichen Verfassung durch Neuerungen, die sie von der Weisheit der Gesetzgeber der großen amerikanischen Republik und von den reinsten und edelsten Traditionen der alten Communen des eigenen Landes entlehnte.“ In Bezug auf Kürze, Klarheit und Bestimmtheit aller ihrer einzelnen Sätze ist diese Verfassung ein Muster von Redaction.

Die belgische Verfassung hebt jeden Unterschied der Stände auf und verfügt die vollkommene Gleichheit aller

Staatsbürger vor dem Gesetz, sowie in Bezug auf die Zulassung zu Civil- und Militärämtern — mit Vorbehalt der Ausnahmen, welche durch das Gesetz in besondern Fällen aufgestellt werden können. Sie verbürgt, neben der persönlichen Freiheit und der Sicherheit des Eigenthums, die Glaubensfreiheit, die Freiheit des Unterrichts, die Vereins-, Versammlungs- und Preßfreiheit in einem Umfange und mit solchen Garantien, wie dies kaum in irgendeiner andern geschriebenen Verfassung sich wiederfindet. Sie spricht die vollständige Trennung der Kirche vom Staate, die Gleichberechtigung aller Religionsgesellschaften und die Unabhängigkeit des bürgerlichen Acts der Civilehe von der kirchlichen Trauung, dagegen die Abhängigkeit dieser letztern von jenem erstern aus. Sie stellt das Briefgeheimniß gegen jede Verletzung sicher. Sie unterwirft alle Staatsbeamten einer Anklage vor Gericht wegen ihrer Amtshandlungen, ohne daß, wie wol anderwärts üblich, eine Genehmigung ihrer vorgesetzten Behörde dazu erforderlich wäre. Sie scheidet streng die drei Gewalten: die gesetzgebende, welche der König in Uebereinstimmung mit den Kammern übt und welcher auch die authentische Erklärung bestehender Gesetze ausschließlich zusteht; die vollziehende, welche dem König allein angehört; die richterliche, welche wiederum selbständig in den Händen der geordneten Gerichte ruht. Sie behält endlich den Gemeinden und Provinzen die Selbstverwaltung ihrer Angelegenheiten nach den durch die Verfassung aufgestellten Grundlagen vor.

Die belgische Verfassung bekennt sich zu dem Grundsatz der Volkssouveränetät, indem sie ausspricht: „Alle Gewalten gehen vom Volke aus“, — ein Ausspruch, der seine thatsächliche Rechtfertigung darin fand, daß in dem neuen belgischen Staate das Königthum erst kraft eines Beschlusses des verfassunggebenden Nationalcongresses und auf Grund der von diesem proclamirten Verfassung ins Leben trat. In der Praxis ist jedoch dieser Grundsatz durchaus in den Grenzen der weisesten und mäßigsten Anwendung gehalten; die Rechte des Königs der Belgier, der seine Gewalt aus den Händen des Volks empfing, sind nicht minder fest umgrenzt und gesichert als die irgendeines Monarchen, der nach altbegründetem Erbrecht den Thron bestieg und dessen Macht erst hinterher durch eine Verfassung beschränkt ward; allerdings aber sind sie streng aller jener Handhaben entkleidet, vermittels deren anderwärts wol bisweilen die königliche Gewalt ein ungebührliches Uebergewicht auf Kosten der Volksvertretung zu erlangen gewußt hat. Der König der Belgier hat das absolute Veto gegenüber den beiden Kammern; er hat das Recht der Ernennung und Entlassung seiner Minister; er ernennt auch zu den andern Aemtern der obersten Verwaltung und zu den Gesandtschaftsposten; er bestellt die Friedensrichter und die Richter der Gerichtshöfe ersten Grades; er hat das Recht des Gesetzvorschlags; er kann die Kammern zu außerordentlichen Sitzungen berufen (während der regelmäßige Zusammentritt derselben in jedem Jahre ohne besondere königliche Einladung, kraft der Verfassung selbst geschieht), sie vertagen und auflösen; er ist es, der den Schluß ihrer Sitzungen ausspricht; er befehligt die Land- und Seemacht, erklärt Krieg, schließt Frieden, geht Bündnisse und Handelsverträge ein (doch bedürfen die letztern, und solche Verträge, welche den Staat beschweren oder einzelne Bürger binden könnten, der Zustimmung der Kammern); er hat das Recht der Strafmilderung und der völligen Begnadigung; er verleiht die militärischen Orden unter Beobachtung der dafür erlassenen Gesetze, und kann den Adel ertheilen, jedoch ohne ein Vorrecht daran knüpfen zu können.

Ein wichtiger Paragraph findet sich in der belgischen Verfassung, er lautet: „Der König ist im Besitz keiner andern Gewalten als derer, welche ihm die Constitution und die kraft dieser gegebenen besondern Gesetze ertheilen.“

Auch diese Bestimmung war ganz den Verhältnissen angemessen, unter denen in Belgien die Verfassung entstand. Wo eine zuvor unbeschränkt gewesene monarchische Gewalt beschränkt worden ist oder sich aus eigenem Antriebe beschränkt hat, da liegt es nahe, daß diese Gewalt alle diejenigen Befugnisse auch fernerhin für sich in Anspruch nimmt, welche nicht ganz ausdrücklich ihr entnommen und auf einen andern politischen Factor, auf die Landesvertretung, übertragen sind. In einem neuen Staate dagegen, wo das Volk sich selbst erst einen König gibt, ist es ebenso selbstverständlich, daß dieses vom Volke eingesetzte Staatsoberhaupt nicht mehr Rechte besitzt, als welche ihm vom Volke kraft der Verfassung übertragen sind.

Die Vertretung Belgiens besteht aus zwei Kammern.

Die Kammer der Abgeordneten geht aus directen Wahlen hervor. Das Wahlrecht ward in dem Wahlgesetz von 1831 an einen Census gebunden, der nicht über 100 und nicht unter 20 Fl. Rh. betragen sollte, übrigens aber je nach den Provinzen und wiederum nach Stadt und Land verschieden normirt ward. Er schwankt in den Städten zwischen 20 und 80, auf dem Lande zwischen 20 und 30 Fl. Für wählbar erklärt die Verfassung jeden, der das belgische Staatsbürgerrecht hat, in Belgien ansässig, 25 Jahre alt ist und im vollen Genusse der bürgerlichen und politischen Rechte sich befindet. Ein Census ist für die Wählbarkeit nicht vorgeschrieben. Die Mitglieder der Kammer werden auf vier Jahre gewählt; alle zwei Jahre wird die Hälfte der Kammer erneuert.

Wie man sieht, ist dieses Wahlgesetz, sowol was das active als was das passive Wahlrecht betrifft, ziemlich aristokratisch und conservativ. Es kam nach demselben 1 Wähler ungefähr auf 86 Einwohner — ein Verhältniß, das von dem unter Ludwig Philipp in Frankreich bestehenden (1 Wähler auf etwa 130—140 Einwohner) nicht wesentlich abwich. Die andere Kammer, welche den Titel führt „der Senat", besteht aus halb soviel Mitgliedern wie die Abgeordnetenkammer. Die Senatoren werden von denselben Bürgern gewählt, welche auch die Abgeordneten wählen; aber sie werden für die Dauer von acht Jahren gewählt, mit vierjähriger Erneuerung; sie müssen ein Alter von 40 Jahren haben und wenigstens 1000 Fl. directe Steuern — die Patentsteuer inbegriffen — im Lande zahlen.

Auch erhalten sie keine Entschädigung, während die Abgeordneten Diäten beziehen. Der Thronfolger hat von Rechtswegen vom achtzehnten Jahre an Sitz im Senate, aber erst vom fünfundzwanzigsten Jahre an Stimme. Der Senat kann ebenso gut aufgelöst werden wie die Kammer der Abgeordneten; beide werden in solchem Falle gänzlich neu gewählt.

Sehr genaue Bestimmungen regeln die Unabhängigkeit der Gerichte, das Recht der Mitwirkung der Kammern bei der Festsetzung des Staatshaushalts, der Steuern, überhaupt der Finanzen, sowie des Militärwesens, endlich die Provinzial- und Communalverwaltung. Diese Bestimmungen sind durch organische Gesetze noch weiter ausgeführt worden.

Im übrigen hat die belgische Verfassung während der nunmehr fast 33 Jahre ihres Bestehens keine wesentliche Aenderung erfahren, ausgenommen in Bezug auf das Wahlgesetz. Ohne den Rückschlag der französischen Februarrevolution abzuwarten, schlug die belgische Regierung schon am 28. Febr. 1848 den Kammern eine allgemeine Herabsetzung des Census auf das bisherige Minimum — 20 Fl. Rh. — vor, was eine beträchtliche Erweiterung des Wählerkreises zur Folge hatte. Die Kammern nahmen den Vorschlag an.

Diese Stabilität der belgischen Verfassung, die, wie man aus dem eben angeführten Beispiele sieht, ihre Entwickelungsfähigkeit, soweit es die Zeitumstände erheischen, nicht ausschließt, ist allein schon ein günstiges Zeichen für ihren innern Werth. Derselbe hat sich aber auch noch auf andere Weise mehrfach bekundet. Drei Gegensätze bedenklicher Art drohten den belgischen Staat in sich zu spalten und seine ruhige Entwickelung zu stören: ein nationaler, der Gegensatz der wallonischen und der vlämischen Rasse; ein politisch-religiöser, der Gegensatz zwischen den Klerikalen oder Ultramontanen und den Liberalen; endlich der Gegensatz zwischen den Besitzenden und einem zahlreichen und zum Theil in großem Elend befindlichen Fabrik- und Ackerbauproletariat. Zu alledem kam noch die gefährliche Nähe Frankreichs, welches bald mit seinen revolutionären Zuckungen die Ruhe und Ordnung, bald mit royalistischen oder imperialistischen Reactionstendenzen die Freiheit, fast immer aber mit seiner eroberungslustigen, expansiven Politik die Unabhängigkeit, die Integrität, ja die Existenz Belgiens bedrohte. Der junge belgische Staat hat jene innern Schwierigkeiten und diese äußern Gefahren bisher glücklich bestanden, ohne bedenkliche Erschütterungen seines Organismus, ohne wesentliche Störungen seiner rasch voranschreitenden materiellen, geistigen und politischen Entwickelung — dank der Festigkeit seiner Verfassung, der Weisheit seines Königs, der Besonnenheit und Umsicht seiner Staatsmänner und der Mäßigung der Parteien in seinem Innern. Den socialen Gefahren ist vorgebeugt worden durch umfassende Unterstützungen für die nothleidenden Gegenden sowie durch bleibende Einrichtungen von Staats wegen zur Hebung der arbeitenden Klassen, nicht am wenigsten durch den allgemeinen volkswirthschaftlichen Fortschritt, die Frucht des durch die politische Freiheit entfesselten und belebten Volksgeistes. So kam es, daß die socialistische Propaganda, welche 1848 von Frankreich aus auch Belgien heimsuchen wollte, dort keinen Eingang fand. Der Kampf zwischen dem Vlämen- und dem Wallonenthum ist zu mehrern malen sehr lebhaft entbrannt, aber er ist immer nur mit geistigen Waffen geführt worden. Am bedenklichsten war und ist zum Theil noch heute der Kampf zwischen den Liberalen und den Katholiken, weil es sich dabei fast immer um die höchsten Grundsätze im Staatsleben, um die Alternative: Fortschritt oder Rückschritt, freie Entwickelung des politischen und des religiösen Lebens, oder Fesselung beider durch Herstellung einer allmächtigen, auch den Staat beherrschenden Kirche handelt. Aber selbst dieser Kampf, obschon bisweilen bis zur heftigsten Leidenschaft entbrannt, hat dennoch die Grundlagen der Verfassuug und des parlamentarischen Systems unangetastet gelassen. Die Katholiken und die Liberalen haben abwechselnd die Majorität in den Kammern und dadurch den Besitz der Regierungsgewalt erlangt, aber sie haben diese Gewalt nur innerhalb der Grenzen der Verfassung gebrauchen können, und haben derselben wieder entsagen müssen, sobald die öffentliche Meinung sich durch den Ausfall der Wahlen wider sie und für ihre Gegner erklärte.

Allerdings bedurfte es dazu einer so weisen und unparteiischen Handhabung der Verfassung wie die, welche durch ein seltenes Glück der neubegründete belgische Staat nun schon mehr als ein Menschenalter lang seinem Könige Leopold I., diesem Muster eines constitutionellen Monarchen, verdankt. Gebildet durch vieljährige persönliche Anschauung und durch ein gewissenhaftes Studium der englischen Einrichtungen, seiner Gesinnung nach liberal durch und durch, von einer seltenen Ruhe und Klarheit des Geistes und einem großen, freien Blick über die Verhältnisse des eigenen Staats wie des ganzen europäischen Staatensystems, hat König Leopold seine Aufgabe als Lenker eines der vollen politischen Freiheit fähigen und bedürftigen Volks vom Anfang an richtig erfaßt und während seiner ganzen langen Regierung unverrückt verfolgt. Durch strenge Beobachtung der Verfassung seinerseits lehrte er auch die Parteien dieselbe achten und ihre Leidenschaften immerfort in den Grenzen parlamentarischer Auseinandersetzung halten, und durch kluges Vermeiden alles dessen, was den zum Theil in ganz andern Verfassungsverhältnissen sich bewegenden Nachbarländern einen Anstoß oder Vorwand zu ungebührlichen Einmischungen und Zumuthungen hätte bieten können, erhielt er das kleine Belgien im ungestörten Besitze und Gebrauche so ausgedehnter Freiheiten, wie sie auf dem europäischen Festlande vor 20—30 Jahren unerhört waren und noch heute, die republikanische Schweiz ausgenommen, kaum irgendwo sonst zum zweiten male zu finden sind. Dafür durfte aber auch König Leopold sich des seltenen Erfolgs seiner Regierungskunst rühmen, daß, als 1848 in Frankreich die Republik proclamirt ward, er sich zur Niederlegung der Krone, wofern das Volk die gleiche Verfassungsform bei sich einzuführen vorziehe, bereit erklären konnte und die allgemeine

Stimme selbst ihn auf seinem hohen Posten festhielt, und daß sein fünfundzwanzigjähriges Regierungsjubiläum, das er vor acht Jahren feierte, ein Nationalfest in kaum noch je dagewesenem Maße war.

Das Königreich der Niederlande oder Holland hat mit Belgien die politische Vergangenheit bis zum Anfang des 17. Jahrhunderts gemein. Damals machten sich die sieben nördlichen Provinzen von Spanien unabhängig und gaben sich eine republikanische Verfassung, unter der sie nicht blos zu einer großen Handelsblüte und Macht gediehen, sondern auch Zufluchtsstätten der Freiheit, namentlich der Gewissensfreiheit wurden. Leider waren sie häufig von heftigen politischen Parteikämpfen erschüttert; Versuche des Despotismus wechselten mit Ausbrüchen von Anarchie, bis zuletzt den zwischen Republik und Monarchie hin- und herschwankenden Staat die gewaltige Sturmflut der Französischen Revolution verschlang. Erst 1814 erstand er wieder als ein selbständiges Gemeinwesen, und zwar als eine Monarchie, indem die frühere Erbstatthalterschaft der Oranier sich in ein erbliches Königthum verwandelte. König Wilhelm I. hatte alsbald nach Befreiung des Landes von den Franzosen eine Verfassung entworfen und einer zu dem Ende berufenen Notabelnversammlung vorlegen lassen, welche dieselbe mit großer Mehrheit am 28. März 1814 annahm. Inzwischen erfolgte durch den Pariser Frieden und den Wiener Congreß die Vereinigung Belgiens mit Holland. Die Verfassung mußte auf diese erweiterten Verhältnisse ausgedehnt, daher in einigen Punkten verändert werden. In dieser neuen Gestalt ward sie abermals vorgelegt, und zwar zwei gesonderten Versammlungen, einer für die nördlichen und einer für die südlichen Provinzen. Die erstere stimmte dem Entwurf einmüthig bei, die letztere verwarf ihn mit ziemlicher Mehrheit. Dennoch ward er kraft der königlichen Machtvollkommenheit zum Verfassungsgesetz erhoben, indem man diesen Gewaltstreich damit zu beschönigen suchte, daß man die bejahenden Stimmen der belgischen Minderheit dem einstimmigen Votum der holländischen Notabeln hinzuzählte und so eine Mehrheit von Stimmen für das ganze Königreich herausrechnete.

Die Verfassung war für die damalige Zeit nicht gerade unfreisinnig. Zwei wichtige Punkte, der Rechtsschutz und der Schutz der Gewissensfreiheit, waren im liberalen Sinne geordnet. Den Ständen wurden manche nicht unbedeutende Rechte, z. B. das des Vorschlags bei der Besetzung des hohen Gerichtshofs des Königreichs, eingeräumt. Allein die königliche Macht war in vielen und sehr belangreichen Beziehungen allzu weit ausgedehnt und allzu unbeschränkt. Der König war an keine gesetzliche Mitwirkung verantwortlicher Minister gebunden. Die für gewisse Angelegenheiten vorgeschriebene Zuziehung des Staatsraths konnte diese Lücke nicht ausfüllen, da schließlich doch der persönliche Wille des Königs entschied. Die Stände konnten einen vom König ihnen vorgelegten Gesetzesvorschlag nur im Ganzen verwerfen, nicht im Einzelnen amendiren; sie hatten zwar das Recht, das Budget festzusetzen, aber ein Theil der Staatsausgaben ward unter dem Titel des „ordentlichen Budgets" sammt den entsprechenden Deckungsmitteln immer auf zehn Jahre votirt und erst nach dieser Zeit einer neuen Regelung unterzogen; nur das außerordentliche Budget unterlag einer jährlichen Bewilligung. Die Zusammensetzung der Stände — der „Generalstaaten" — war eine sehr mangelhafte. Die Erste Kammer ward schlechthin durch königliche Ernennung aus durch Verdienste um den Staat, durch Geburt oder Vermögen ausgezeichneten Personen von über 40 Jahren gebildet; die Zweite Kammer ging aus einem äußerst verwickelten und mehrfach abgestuften Wahlmodus hervor, indem die Mitglieder derselben von den Provinzialständen, die Provinzialstände (die aus Vertretern der Ritterschaft, der Städte und des flachen Landes bestanden) theils direct von den Mitgliedern der betreffenden Stände, theils erst wiederum durch Zwischenstufen gewählt wurden. Ueberdies hing der Stand der Ritterschaft ebenfalls von der königlichen Prärogative ab, indem der König bestimmte, wer dazu gehören sollte.

Namentlich wegen dieses veralteten Wahlsystems mußte die Verfassung bald in ein Misverhältniß zu den Ideen und den Bedürfnissen der Zeit treten. Dennoch bestand sie unverändert bis zum Jahre 1840, also ein volles Vierteljahrhundert lang. Der Grund davon lag hauptsächlich in den äußern Verhältnissen des neuen Königreichs. Bis zum Jahre 1830, wo unter dieser Verfassung Holländer und Belgier zusammenlebten, waren es hauptsächlich die letztern, welche gegen viele Bestimmungen derselben, mehr noch gegen die zum Theil etwas willkürliche Ausführung dieser Bestimmungen seitens der Regierung lebhafte Opposition erhoben. Gerade dies aber machte die Holländer zu Anhängern und Vertheidigern der Verfassung. Mit einer gewissen Befriedigung blickten sie auf die ausgedehnten Machtbefugnisse eines Königthums, welches sie als den Repräsentanten ihres, des holländischen Volksthums, im Gegensatz zu dem belgischen, ansahen, und ließen sich selbst Uebertreibungen der königlichen Prärogative gefallen, weil deren Folgen hauptsächlich, wo nicht ausschließlich, den belgischen und katholischen Theil des Königreichs trafen.

Die gleiche Ursache wirkte auch nach der Trennung Belgiens von Holland noch eine geraume Zeit lang fort. Während des fast neunjährigen, abwechselnd mit den Waffen und mit diplomatischen Mitteln geführten Kampfes zwischen dem König der Niederlande und seinen von ihm abtrünnigen belgischen Unterthanen standen die Holländer mit voller Hingebuug auf seiten des erstern, indem sie den Streit, der eigentlich nur ein dynastischer war, zu einem nationalen machten. Das war nicht die Zeit, um wegen innerer Freiheitsrechte mit der Krone zu hadern. Man mußte wünschen, diese so stark als möglich zu sehen, damit sie im Stande wäre, die Ehre und Macht Altniederlands ungeschwächt aufrecht zu erhalten. Erst als die Auseinandersetzung mit Belgien vollständig beendet war, als man den jungen belgischen Staat vermöge seiner freisinnigen und zeitgemäßen Verfassung und Gesetzgebung auf allen Gebieten des öffentlichen Lebens rasch voranschreiten sah, regte sich auch bei den Holländern immer stärker das Bedürfniß, ihre veralteten und hinter der Zeit zurückgebliebenen politischen Einrichtungen zu verbessern. Anregungen dazu waren allerdings schon 1835 geschehen; die Regierung hatte dieselben aber damals unter dem Vorgeben zurückgewiesen: eine Reform der Verfassung im jetzigen Moment werde nachträglich den Belgiern als Rechtfertigungsgrund für ihren Widerstand gegen diese Verfassung dienen. Erst am Schluß des Jahres 1839 entschloß sich die Regierung zu einigen wenigen Aenderungen, aber diese waren rein äußerlicher Natur, betrafen zumeist nur die wegen der Lostrennung Belgiens von Holland einer neuen Regelung bedürftigen Punkte. Dringende Vorstellungen der Stände vermochten endlich den König zu einer etwas weiter gehenden Verfassungsreform, die dann den Kammern am 18. März 1840 vorgelegt und von diesen angenommen ward. Sie enthielt einige Beschränkungen der königlichen Gewalt, insbesondere die Einführung der Ministerverantwortlichkeit und eine genauere Normirung des ständischen Rechts der Budgetbewilligung, ferner einige Verbesserungen der Gemeindeverfassung und des Wahlgesetzes für die Generalstaaten.

Aber auch diese Veränderungen vermochten nicht, auf längere Zeit das erwachte Reformbedürfniß zu befriedigen. Neue Anträge der Stände auf Verfassungsrevision erfolgten, doch widerstand die Regierung denselben bis 1848, wo sie nicht mehr umhin konnte, eine Neugestaltung der ganzen Verfassung nach den Maßstäben der vorgeschrittenen Zeit zu gewähren.

Das neue „Grundgesetz für das Königreich der Niederlande", vom 14. Oct. 1848, gleicht in vielen Stücken der belgischen Verfassung, doch ist es seiner ganzen Richtung nach wesentlich monarchischer. Die Rechte des Königs erscheinen hier noch immer sehr ausgedehnt, namentlich in Bezug auf alle Zweige der Verwaltung; ihre Ausübung ist zwar an die Mitwirkung verantwortlicher Minister gebunden, aber diese Verantwortlichkeit ist nach ihren Wirkungen und Voraussetzungen nicht streng genug geregelt und kann daher leicht Gefahr laufen, bei Conflicten mit dem persönlichen Willen des Monarchen sich unwirksam zu erweisen. Die Zusammensetzung der Generalstaaten ist eine durchaus andere geworden. Die Erste Kammer besteht aus 39 Mitgliedern, welche durch die Provinzialstände aus den Höchstbesteuerten jeder Provinz gewählt werden; die Zweite Kammer geht aus allgemeinen Wahlen hervor. Das Wahlrecht ist, ähnlich wie in Belgien, an einen Census von 20—160 Fl. geknüpft, die Wählbarkeit lediglich an ein Alter von 30 Jahren. Die Mitglieder der Ersten Kammer werden auf neun Jahre gewählt, mit einer je dreijährigen Erneuerung der Kammer zu einem Drittel, die der Zweiten Kammer auf vier Jahre mit einer Erneuerung zur Hälfte je nach zwei Jahren. Die einen wie die andern erhalten Reise- und Tagegelder. Die Generalstaaten versammeln sich in ordentlicher Sitzung alljährlich, jedesmal am dritten Montag im September. Außerordentliche Versammlungen kann der König berufen; er kann auch die Kammern, beide oder eine davon, auflösen. Die Sitzungen der Kammern sind öffentlich. Gewisse Verhandlungen, z. B. über Regentschaft und Vormundschaft, finden in vereinigten Sitzungen der Kammern statt, wobei beide Kammern wie eine einzige betrachtet werden. Eine Eigenthümlichkeit der niederländischen Verfassung, die selbst der belgischen fremd ist, besteht in dem Vorrecht, das sie der Zweiten Kammer zuertheilt, daß diese allein Amendements zu den königlichen Gesetzesvorschlägen beschließen kann und daß Gesetzesvorschläge kraft der ständischen Initiative allein von ihr ausgehen können.

Die Festsetzung des Budgets ist genau geregelt; insbesondere ist bestimmt, daß die Ausgaben für jedes einzelne Departement gesondert bewilligt und verrechnet werden müssen.

Die Verwaltung der Gemeinden und der Provinzen ist im Sinne einer ziemlich ausgedehnten Selbstregierung geordnet, dergestalt, daß die Gemeindeverwaltung einer Beaufsichtigung durch die Provinzialstände, diese wieder einer Genehmigung oder Abänderung ihrer Beschlüsse durch die Staatsgewalt und die Generalstaaten unter den dafür angegebenen Voraussetzungen unterliegen.

Die Bestimmungen über die Rechtspflege, den Cultus, den Unterricht, sowie das Vertheidigungswesen des Staats sind zweckmäßig und überwiegend liberal.

Das öffentliche Leben in den Niederlanden hat nach der Verwandlung der alten ständischen in eine mehr moderne parlamentarische Verfassung einen frischern Aufschwung genommen, die Verwaltung ist in mehrfacher Beziehung verbessert, ganz besonders aber sind das Finanz- und Besteuerungswesen, sowie der Handelsverkehr und das Colonialwesen zeitgemäßen Reformen unterworfen worden. Der bedächtige und vorwiegend conservative Charakter der Niederländer, ihre Anhänglichkeit an das Alte und Bestehende macht sich auch in der Benutzung der constitutionellen Rechte geltend; die liberalen, reformatorischen Ideen gewinnen nur langsam daselbst Boden.

Spanien, welches zu der Zeit, wo die Niederländer unter Einem Herrn mit ihm standen, als die Wiege des Despotismus galt, hatte früher in manchen seiner Provinzen, insbesondere Castilien und Aragonien, sehr ausgedehnte ständische Rechte in kräftiger Wirksamkeit gesehen. In Aragonien mußte, wie erzählt wird, der König bei seinem Regierungsantritt knieend die Landesrechte beschwören, während der oberste Richter, als Vertreter der Stände, ihm die Spitze des Schwertes auf die Brust setzte und des Königs Eid mit der Erklärung erwiderte: „Wir, die wir so viel sind als du und mehr vermögen, geloben dir Gehorsam, wenn du unsere Gerechtsame achtest; wenn nicht, nicht.“ Aber bald nach der Vereinigung der verschiedenen Theile der Pyrenäischen Halbinsel zu einer einzigen untheilbaren Monarchie unter dem Hause Habsburg ging auch im Innern dieser Länder eine merkwürdige Veränderung vor sich. Ein fast schrankenloser Absolutismus setzte sich, theils mit Hülfe der Kirche und ihres mächtigen Einflusses auf die leicht fanatisirbaren Südländer, theils wol auch infolge der Rückwirkungen, welche der Erwerb ungeheuerer Länderstrecken in der Neuen Welt und die von da fließenden Schätze auf den Glanz und die Macht der spanischen Kroninhaber äußerten, an die Stelle des frühern Rechtszustandes. Diese unbeschränkte Regierungsform erhielt sich auch unter der bourbonischen Dynastie, welche zu Anfang des 18. Jahrhunderts an die Stelle des ausgestorbenen habsburgischen Zweiges trat. Die Cortes bestanden der Form nach fort, aber sie waren machtlos und wurden fast nie, oder höchstens einer leeren Ceremonie wegen, wie bei der Huldigung für einen neuen Thronfolger, einberufen.

So blieb es bis zum Sturze dieser zweiten Dynastie durch Napoleon I., der seinen Bruder Joseph mit der spanischen Krone bekleidete. Auf seinen Befehl ward eine Versammlung von Notabeln nach Bayonne berufen, um eine Verfassung für Spanien auszuarbeiten. Sie war, wie alle die Verfassungen in den von Napoleon geschaffenen oder von ihm abhängigen Staaten, eine Nachahmung der Verfassung des französischen Kaiserreichs. Ihr Bestand war nur kurz, und sie hinterließ keine Spuren in den Einrichtungen des Landes oder dem öffentlichen Geiste des Volks.

In desto höherm Grade war letzteres der Fall hinsichtlich der Verfassung von 1812. Diese entstand inmitten des gegen die französische Fremdherrschaft organisirten erbitterten Nationalkriegs. Die Provinzialjunten hatten eine Generaljunta zu Cadiz errichtet, an deren Spitze eine Regentschaft stand. Diese Regentschaft berief Abgeordnete aus allen Ständen nach Cadiz, um eine Verfassung zu Stande zu bringen, welche dem Lande nach seiner Wiederbefreiung von dem fremden Joche auch die innere Freiheit sichern sollte.

Es darf nicht wunder nehmen, wenn diese Verfassung, entworfen von den Vertretern eines Volks, das durch seine eigene Kraft und Beharrlichkeit allein sich die nationale Unabhängigkeit, seinem vertriebenen Monarchen den Thron, ohne dessen Zuthun, wieder zu erkämpfen im Begriff stand, einen vorwiegend demokratischen Geist athmet, wenn sie das Volk, seine Rechte und seine Bedeutung überall in den Vordergrund stellt, die königliche Macht mit argwöhnischer Aengstlichkeit überwacht und beschränkt. Man erkennt in ihr an vielen Orten den mustergebenden Einfluß der ersten französischen Verfassung von 1791. Sogleich im Eingange bezeichnet die Verfassung von 1812 sich selbst als von den Cortes decretirt, vom Könige, und in dessen Namen von der Regentschaft, blos verkündigt. Sie erklärt: das spanische Volk sei frei und unabhängig und könne nicht das Erbtheil irgendeiner Familie noch irgendeines Menschen sein. Sie erklärt: die Souveränetät wohne im Volke, ihm ausschließlich stehe das Recht zu, seine Grundgesetze aufzustellen.

Entsprechend diesem demokratischen Standpunkte, handelt die Verfassung zuerst und mit großer Weitläufigkeit von der Volksvertretung oder den Cortes. Die Art, wie diese gewählt werden, ist sehr umständlich. Zuerst wählen alle in einem Kirchspiel wohnhafte und ansässige Bürger einen oder (je nach der Größe des Orts) mehrere Kirchspielswähler; diese (welche 21 Jahre alt sein müssen) treten in Bezirksversammlungen zusammen und wählen die Bezirkswähler (welche 25 Jahre alt sein müssen), und von diesen endlich werden in Provinzialversammlungen die Abgeordneten für die Provinz erwählt, welche über 30 Jahre alt, in der Provinz geboren und wohnhaft sein und ein gewisses Einkommen haben müssen. Alle zwei Jahre wird die ganze Versammlung erneuert; dieselben Deputirten sind nicht sofort wieder wählbar, sondern erst bei der nächsten Neuwahl. Die Cortes treten jährlich an einem in der Verfassung bestimmten Tage zusammen, ohne besondere Berufung seitens des Königs. Ihre Sitzungen sind in der Regel öffentlich. Außerordentliche Sitzungen können von der ständigen Deputation der Cortes, welche in jeder ordentlichen Sitzung niedergesetzt wird, entweder aus eigenem Antriebe oder auf den Wunsch des Königs berufen werden. Die Cortes haben Zweifel wegen der Thronfolge zu entscheiden, bei der Festsetzung einer Regentschaft oder Vormundschaft für den minderjährigen König mitzuwirken, jährlich die Größe der Land- und Seemacht zu bestimmen, Verordnungen für die Armee, die Flotte und die Nationalmiliz zu erlassen, die offensiven Allianz-, Subsidien- und Handelsverträge zu genehmigen, die Errichtung oder Abschaffung von Stellen bei den nach der Verfassung errichteten Tribunalen, sowie von Staatsämtern zu beschließen u. s. w. Ihre Betheiligung an dem Staatsfinanzwesen ist eine sehr ausgedehnte und genau normirte. Was die Gesetzgebung betrifft, so ist ihre Prärogative, gegenüber der königlichen, eine überwiegende: der König kann seine Sanction einem von den Cortes in drei Sitzungen gleichmäßig angenommenen Gesetzesvorschlage nicht versagen. Die Civilliste des Königs wird jährlich von den Cortes festgestellt. Der König muß die Einwilligung der Cortes zu seiner Verheirathung einholen. Die Ministerverantwortlichkeit ist besonders streng geregelt. Die Unabhängigkeit der Gerichte ist gesichert, die Gleichheit aller Bürger vor dem Gesetze ausgesprochen, mit Ausnahme der Geistlichen und der Militärpersonen. Für die Gemeinden und die Provinzen wird eine freisinnige Verfassung und Verwaltung angeordnet. In Einem Punkte weicht die Verfassung von 1812 von ihrem allgemeinen Princip der Freisinnigkeit entschieden ab: sie untersagt die Ausübung aller Confessionen neben der römisch-katholischen, die sie als die allein wahre proclamirt, und sie verpflichtet den König, keine andere im Lande zu verstatten.

König Ferdinand VII., im Jahre 1814 auf den Thron seiner Väter hauptsächlich mit durch die Tapferkeit und die Aufopferung des spanischen Volks zurückgeführt, erklärte das Verfassungswerk der Cortes für ungültig, ließ diese selbst mit Waffengewalt auseinanderjagen und regierte, umgeben von einer restaurationssüchtigen Camarilla, wieder vollkommen im Geiste des alten Despotismus.

Es war dies die Zeit einer allgemeinen Restauration. Die durch die Stürme der Französischen Revolution oder durch die Eroberungszüge Napoleon's vordem von ihren Thronen und aus ihren Ländern vertriebenen, jetzt, nach der Besiegung Napoleon's, dahin zurückgekehrten alten Dynastien suchten fast überall, theils aus eigener Neigung, theils angestachelt von ihrem Anhange, Adel und Klerus, die alte Zeit wiederherzustellen und für die lange Entbehrung der Herrschaft durch um so rücksichtslosern Gebrauch dieser sich schadlos zu halten. Solche Restaurationen fanden, wie in Frankreich und in Spanien, so in Neapel, wo ein dritter Zweig der bourbonischen Familie regierte, endlich auch in Piemont statt.

Diese gemeinsame Reaction rief ein ebenso solidarisches Streben nach freiern Verfassungsformen in allen den genannten Ländern hervor. Bald hier, bald dort gab es Verschwörungen und Empörungen. In Spanien zuerst kam es zu einem offenen und siegreichen Ausbruch bei Gelegenheit der Einschiffung von Truppen in Cadiz, zur Wiederunterjochung der aufständischen südamerikanischen Colonien. Soldaten und Volk machten gemeinsame Sache; das Feldgeschrei war die Verfassung von 1812. König Ferdinand mußte sich fügen: am 7. März 1820 ließ er die Verfassung verkündigen und beschwor sie selbst, am 8. März berief er die Cortes nach dieser Verfassung.

Diese Vorgänge in Spanien wirkten nicht nur nach dem angrenzenden Portugal, sondern auch über das Meer nach Italien hinüber. In Lissabon, in Neapel, in Turin entstanden Bewegungen für Einführuug der spanischen Verfassung, welche für das Ideal einer freisinnigen, demokratischen Verfassung galt, und diese Bewegungen, gleichfalls unterstützt durch die Verbrüderung der Truppen mit dem

Volke, hatten gleich rasche Erfolge wie die zu Madrid. In den drei genannten Ländern entstanden Verfassungen nach dem Muster derjenigen von 1812.

Diese rasche, siegreiche Verbreitung der liberalen Ideen über das ganze südliche Europa trieb die europäische Reaction zu einem ebenso raschen gemeinsamen Einschreiten dagegen an. Die letztere hatte erst ganz vor kurzem, auf dem Congreß zu Aachen, in der Heiligen Allianz eine feste Form gewonnen. Es folgten jetzt, rasch nacheinander, die Congresse von Troppau, Verona, Laibach, deren Zweck war, jener liberalen Propaganda, von der man fürchtete, sie möchte am Ende auch die andern europäischen Staaten ergreifen, mit vereinten Kräften Einhalt zu thun und zu dem Ende die Monarchen, welche sich zu constitutionellen Zugeständnissen hatten verleiten lassen, zu deren Zurücknahme zu veranlassen, zu ermuthigen, äußerstenfalls zu zwingen. Im Auftrage der Heiligen Allianz übernahm dieses Geschäft in Italien Oesterreich, in Spanien Frankreich. Die Verfassungen von 1820 wurden in Spanien, in Neapel, in Piemont wieder aufgehoben, indem die Fürsten selbst, die sie beschworen hatten, willig die Hand zu ihrer Beseitigung boten. In Portugal geschah das Gleiche durch eine innere Reaction, ohne Einmischung von außen.

In Spanien herrschte seitdem bis zum Tode Ferdinand's VII. — von 1823—33 — also wieder volle zehn Jahre lang, der strengste Absolutismus. Er würde wahrscheinlich noch länger geherrscht haben, wenn nicht eine wichtige Aenderung in der Thronfolge den Wünschen des Volks zu Hülfe gekommen wäre. König Ferdinand VII. hatte keine männlichen Erben. Er wünschte seiner Tochter, Maria Isabella, die Krone zuzuwenden. Zu dem Ende erließ er ein neues Thronfolgegesetz, die sogenannte Pragmatische Sanction, und, um dasselbe gegen die Proteste seines Bruders Don Carlos und der andern Agnaten zu schützen, berief er die Cortes, nicht nach der Verfassung von 1812, sondern die alten, außer Gebrauch gekommenen, und ließ durch sie der künftigen Thronerbin schon im voraus huldigen. Die Witwe Ferdinand's, Marie Christine, die als Regentin für ihre noch kleine Tochter das Scepter führte, erkannte die Nothwendigkeit, gegenüber dem Prätendenten Don Carlos, der sich auf die absolutistische und feudale Partei im Lande und auf den Beistand der nordischen Mächte stützte, ihrerseits die Bundesgenossenschaft der Liberalen in Spanien und der constitutionellen Regierung des benachbarten Frankreich zu suchen. Sie berief daher durch ein königliches Statut vom 10. April 1834 eine Cortesversammlung, bestehend aus zwei Kammern, einer der Proceres und einer der Procuradores, aber mit ziemlich beschränkten Befugnissen. Dieses Zugeständniß befriedigte aber nicht, und nach mancherlei unruhigen Auftritten, denen wiederum ein Theil der bewaffneten Macht sich angeschlossen, entschloß sich die Regentin, constituirende Cortes nach der Verfassung von 1812 zu berufen und diesen einen Verfassungsentwurf zur Genehmigung vorzulegen. Die neue Verfassung kam am 18. Juni 1837 zu Stande. Diese Verfassung ist ein Gemisch aus der Verfassung von

1812 und der französischen Verfassung von 1830; doch sind die Grundsätze dieser letztern darin überwiegend. Die Cortes zerfallen in einen Senat und eine Versammlung der Abgeordneten. Die Senatoren werden vom König ernannt aus einer von denselben Wählern, welche die Abgeordneten wählen, vorgeschlagenen dreifachen Zahl von Candidaten. Ein Senator muß 40 Jahre alt sein und ein jährliches Einkommen von 50000 Realen (3611 Thlr. Preuß.) haben. Die Abgeordneten werden direct gewählt. Wähler ist jeder Spanier, der 200 Realen (etwa $14^1/_2$ Thlr. Preuß.) directe Steuern bezahlt oder irgendein festes Einkommen von geringem Werthe nachweisen kann. Zur Wählbarkeit gehört ein Alter von 25 Jahren und Ansässigkeit in irgendeinem Theile des Landes. Die Befugnisse der Cortes sind die gewöhnlichen constitutionellen; doch haben sie in Bezug auf Thronfolge, Regentschaft, Vormundschaft, Eheverbindung, Entfernung des Monarchen ins Ausland, Thronentsagung, sowie in Bezug auf Offensivallianzen, Subsidien- und Handelsverträge ziemlich weitgehende Rechte, ganz im Sinne der Verfassung von 1812. Andererseits ist dem König eine sehr ausgedehnte Gewalt beigelegt durch die Bestimmung, daß seine Autorität sich auf alles erstrecken soll, „was zur Aufrechthaltung der öffentlichen Ordnung im Innern und zur Sicherheit des Staats nach außen der Verfassung und den Gesetzen gemäß dient".

Die gesetzliche Wirksamkeit und die ruhige Entwickelung dieser Verfassung litt vielfach unter den öfters bis zum offenen Bürgerkrieg gesteigerten Parteikämpfen, welche theils zwischen den Anhängern der bestehenden Regierung, den sogenannten Christinos, und denen des Thronprätendenten Don Carlos, den Carlisten, theils zwischen der Mutter-Regentin Christine und dem Besieger der Carlisten, Don Espartero, endlich zwischen diesem und andern Parteihäuptern entbrannten. Bisweilen fanden sich die Cortes in der glücklichen Lage, für die eine oder andere Seite den Ausschlag geben und dadurch ihr eigenes Ansehen vermehren zu können; häufiger jedoch mußte die blos ideale Macht des Rechts und der Gesetze der positiven Gewalt der Waffen und den durch den Krieg geschaffenen Ausnahmezuständen weichen. Im Jahre 1845 legte das Ministerium Narvaez, unter dem Einfluß der aus Frankreich (wohin sie 1840 entwichen war) zurückgekehrten alten Königin Christine, den Cortes den Entwurf einer im beschränkenden Sinne revidirten Verfassung vor, und die Cortes nahmen diesen Entwurf an. Die Veränderungen betrafen nächst der theilweisen Uebertragung der Preßvergehen von den Schwurgerichten an die gewöhnlichen Gerichte die Zusammensetzung des Senats, der fortan lediglich aus der königlichen Ernennung aus gewissen Kategorien (ähnlich wie in Frankreich) hervorging, und die Erweiterung seiner richterlichen Befugnisse, die Verlängerung des Mandats der Abgeordneten von drei auf fünf Jahre, den Wegfall des Rechts der Cortes, sich ohne königliche Berufung zu versammeln, den Wegfall der Bevorrechtung des Abgeordnetenhauses hinsichtlich der Finanzgesetze, eine Einschränkung des Mitwirkungsrechts der Cortes bei einer

Eheverbindung des Monarchen, sowie bei der Ausschließung gewisser Personen von der Thronfolge, eine genauere Regelung der Bestimmungen über Regentschaft u. dgl., die Beseitigung der Nationalmiliz und den Wegfall der Zusage wegen Errichtung von Schwurgerichten für alle Vergehen.

Spanien besaß von jeher, unähnlich darin — gleichwie auch Italien — dem großen romanischen Hauptlande Frankreich, ein stark entwickeltes Provinzial- und Communalleben. Während der Thron- und Verfassungskämpfe von 1834 fg. machte dasselbe mehrfach seine Kraft geltend, bisweilen zum Nachtheil, öfter doch zu Gunsten des freiheitlichen Princips. Allerdings stützte sich Don Carlos lange Zeit auf die an ihren mittelalterlichen Vorrechten (fueros) festhaltenden baskischen Provinzen. Auf der andern Seite erfolgte mehr als eine entschlossene Kundgebung (pronunciamento) gegen Versuche absolutistischer Reaction von den Ayuntamientos oder Gemeinderäthen. Jedenfalls war dies eine Eigenthümlichkeit, welche man zwar in ihrer Entwickelung leiten mochte, in ihrem Wesen aber schonen mußte. Die Regierung misbrauchte die durch die Abänderung der Verfassung ihr zutheil gewordene größere Gewalt und die Willfährigkeit der Cortes zu Beschränkungen der communalen und provinzialen Freiheiten: sie ahmte darin und in andern Dingen das in Frankreich bestehende Centralisationssystem nach.

Das Verfassungsleben Spaniens war aber damit noch lange nicht zum Abschluß gekommen. Zwar ging das Jahr 1848 für Spanien verhältnißmäßig ohne große

Erschütterungen vorüber — einige Aufstände wurden bald wieder unterdrückt und hatten keine Veränderungen in der Verfassung zur Folge; aber die innern Kämpfe der Parteien hörten nicht auf, immer von neuem angefacht bald durch das Wiederaufleben carlistischer Unruhen oder Verschwörungen, bald durch Intriguen des Auslandes, bald durch Streitigkeiten und Cabalen innerhalb der herrschenden Familie selbst. Die Armee spielte bei den meisten dieser politischen Kämpfe eine maßgebende Rolle; fast immer waren es höhere Militärs (Espartero, Mon, Narvaez, O'Donnell u. a.), welche, die einen auf seiten der herrschenden Gewalt, die andern als Führer der Opposition, die hin- und herflutende Bewegung leiteten oder doch beeinflußten. Im Jahre 1852 war es nahe daran, daß eine siegreiche Reaction, ermuthigt durch die Erfolge der Napoleonischen Staatsstreichpolitik in Frankreich, die Verfassung in ihrem Sinne umgestaltete. Der Plan für eine ganz neue Zusammensetzung der repräsentativen Körperschaften war fertig: der Senat sollte nur aus erblichen Mitgliedern bestehen, die Abgeordnetenkammer von den Höchstbesteuerten allein gewählt werden. Aber ehe das Werk völlig zu Stande kam, brach eine Revolution aus, welche die ganz entgegengesetzte Richtung für eine Zeit lang ans Ruder brachte. Ein liberales Ministerium, mit dem General O'Donnell an der Spitze, begann damit, die verkümmerten Provinzial- und Communalfreiheiten herzustellen; sodann wurden constituirende Cortes einberufen, um eine Verfassungsrevision im Sinne des entschiedensten Fortschritts vorzunehmen. Es war davon die Rede, beide Kammern (auch den Senat wenigstens zum größern Theil) aus Volkswahlen hervorgehen zu lassen, der Krone nur ein suspensives Veto einzuräumen. Auch dieser Plan scheiterte ebenso wie zuvor der entgegengesetzte: ein von der äußersten Partei hervorgerufener Aufstand gab der Regierung Kraft und Gelegenheit, nach Verhängung des Belagerungszustandes einen Staatsstreich zu wagen, die constituirenden Cortes auseinanderzusprengen und die Verfassung von 1845 herzustellen, mit einigen sogenannten Additionalartikeln, welche in einer ordentlichen Cortessitzung im Jahre 1857 zu Stande kamen.

Seitdem ist diese, wenig modificirte, Verfassung von 1845 als Grundgesetz Spaniens in Kraft geblieben; die Kämpfe zwischen Absolutisten, Moderados und Progressisten, obschon keineswegs erloschen, haben sich doch innerhalb der Grenzen dieser Verfassung bewegt, und es hat sich dabei mehr um die Anwendung oder Ergänzung der Verfassung durch organische Gesetze, oder um volkswirthschaftliche, finanzielle und andere Maßregeln, als um Abänderungen der verfassungsmäßigen Grundlagen selbst gehandelt. Die begonnene Verbindung der einzelnen Theile des ausgedehnten Staatsgebiets, die bisher aus Mangel leichter Communicationen einander öfters ziemlich fremd gegenüberstanden, durch Eisenbahnen, sowie die lebhaftern Verkehrsbeziehungen zum Auslande, welche eine liberalere Handelsgesetzgebung angebahnt hat, werden dazu dienen, Spanien mehr und mehr in die Bahnen der allgemeinen europäischen Civilisation hineinzuziehen und den Elementen bürgerlicher Selbstthätigkeit im Innern, diesen Hauptgrundlagen stetiger constitutioneller Entwickelung, den Sieg über die rohe Gewalt leicht verführbarer Massen und soldatischer Verschwörungen zu verschaffen.

Die Geschichte der portugiesischen Verfassung liefert den Beweis, welchen wichtigen Einfluß die äußere Lage eines Staats auf die Entwickelung seiner innern Zustände und auf den Geist des Volks übt. Das Land Portugal ward von Spanien aus den Mauren abgekämpft. Zuerst eine Lehnsgrafschaft Castiliens, ward es 1137 unter Alfonso Rodriguez ein unabhängiger Staat. Mehr noch als die Bestätigung des Papstes mochte dem neuen König die Unterstützung seiner Krieger, der Bürgerschaften und der Geistlichkeit des Landes werth sein, und daher berief er Vertreter aller dieser Stände zu einem Reichstage nach Lamego. Dort wurden 1143 die Leges Lamecenses de regni Lusitanici successione et juribus (Gesetze von Lamego über die Thronfolge und die Rechte im Königreich Portugal) mit beiderseitiger Zustimmung festgestellt. Darin ward unter anderm bestimmt, daß auch die Tochter eines Königs, wenn kein Sohn da sei, die Krone erben solle, daß sie aber keinen andern als einen Eingeborenen vom Adel heirathen dürfe, „weil wir", heißt es darin, „im Namen des Königs nicht wollen, daß unsere königliche Herrschaft von den Portugiesen abkomme, die uns durch ihre Tapferkeit zum Könige gemacht haben ohne fremde Hülfe, durch ihre Tapferkeit und mit ihrem Blut". Außerdem regelt dieses

Statut die Standesverhältnisse des Adels und die Strafrechtspflege. Eigentliche verfassungsmäßige Rechte jener Reichsstände oder Cortes (außer dem der Mitwirkung dieser letztern bei der Thronfolge, wenn kein directer Thronerbe da ist) finden sich darin nicht verzeichnet. Indeß war die Existenz der Cortes schon an sich ein Stück Verfassung, zumal unter den Verhältnissen, wie sie ins Leben getreten. Und wenngleich eine regelmäßige Zusammenberufung derselben weder rechtlich noch, wie es scheint, thatsächlich stattfand, so wird es doch nicht an außerordentlichen Veranlassungen, wo eine solche Berufung nothwendig ward, gefehlt haben. Wenigstens verlautet von Forderungen der Cortes z. B. im Jahre 1372, die sich auf frühere Feststellungen zurückbeziehen.

Ein erhöhtes Gewicht erhielten die Cortes, als im Jahre 1385, nach dem Erlöschen der legitimen Nachkommenschaft des Königs Alfonso, die Krone auf einen natürlichen Abkömmling eines der letzten Könige überging. Man bewilligte jetzt den Cortes das von ihnen beanspruchte Recht der Mitwirkung bei Krieg und Frieden, stellte auch sonstige Beschwerden von ihnen ab. Seitdem scheinen sie bis gegen das Ende des 15. Jahrhunderts einen ziemlich geregelten und entscheidenden Einfluß auf die öffentlichen Angelegenheiten, besonders die Rechtspflege geübt zu haben. Die glänzenden Waffenthaten des Königs Manuel drängten die Wirksamkeit der Cortes etwas in den Hintergrund, und unter der folgenden Regierung griff der Einfluß der Jesuiten und der durch sie verbreiteten absolutistischen Maximen, begünstigt durch das Beispiel des benachbarten Spanien, auch in Portugal um sich. Im Jahre 1580 ward Portugal eine spanische Provinz und blieb es 60 Jahre lang. Erst 1670 erlangte es seine Selbständigkeit wieder durch einen Aufstand, an dessen Spitze sich João von Braganza, der Ahnherr der noch jetzt regierenden Dynastie, ein großer Gutsbesitzer und entfernter Verwandter der letzten Könige von Portugal, stellte. Die alten Cortes traten zusammen und proclamirten João als König von Portugal. Unter Bezugnahme auf das Statut von Lamego erklärten sie, daß den Ständen des Reichs das Recht zustehe, die Thronfolge zu ordnen, so oft ein Zweifel darüber bestehe, und daß niemand König von Portugal sein könne, den nicht die Völker des Landes als solchen anerkannt hätten. Ihre Lossagung von dem Könige von Castilien (Spanien) begründen sie durch die Berufung darauf, daß „nach natürlichem und menschlichem Rechte, wenn die Unterthanen von ihren Souveränen tyrannisch behandelt werden, es in ihrer Gewalt steht, diesen die Krone zu nehmen, weil es sich um ihre eigene Vertheidigung handelt“.

Solange der Kampf um die Unabhängigkeit von Spanien dauerte, blieben die Cortes eng mit der Krone verbunden und einflußreich. Um diesen Einfluß in jedem Augenblick wirksam üben zu können, setzten die Cortes als eine permanente Vertretung ihrer selbst die Junta oder den Ausschuß der drei Stände nieder. Aber gerade dieser Ausschuß ward bei veränderten Zeitverhältnissen für die Regierung ein Mittel (ähnlich wie in vielen deutschen

Staaten im vorigen Jahrhundert), die Cortes selbst außer Wirksamkeit zu setzen und allmählich beinahe gänzlich zu beseitigen. Sogar ihrer Mitwirkung bei der Besteuerung wußte man sich unter Vorwänden zu entschlagen. In der Aufklärungsperiode des 18. Jahrhunderts stand Portugal zwar, unter seinem geistvollen Minister Pombal, in Bezug auf Verwaltungsfortschritte mit in erster Linie, aber immer nur in den Formen eines sogenannten aufgeklärten Despotismus. Selbst das älteste und verbriefteste Recht der Cortes, über zweifelhafte Thronfolgerechte zu entscheiden, ward nicht respectirt. Gegen die Einwirkungen der Französischen Revolution schützten das Land seine Abgelegenheit und die an der Tejomündung stationirten englischen Kriegsschiffe: nicht so aber gegen die Eroberungspolitik Napoleon's. Die portugiesische Königsfamilie floh nach ihrem Nebenlande jenseit des Oceans, Brasilien. Die Bevölkerung, sich selbst überlassen, kämpfte, unterstützt von den Engländern, mit den Spaniern gemeinsam für die Befreiung der Pyrenäischen Halbinsel von der französischen Herrschaft und gewann in diesem Kampfe, sowie in dem langen und intimen Verkehr mit Engländern und Spaniern, ein erhöhtes Selbstgefühl und freiere politische Anschauungen. Dennoch weigerte die in den Besitz des Landes ohne ihr eigenes Zuthun wieder eingesetzte Dynastie (welche übrigens fortfuhr in Brasilien zu residiren) dem Volke die ersehnten Freiheiten. Dieser gespannte Zustand zog sich bis 1820 hin, wo durch den Rückschlag der spanischen Revolution eine ähnliche Bewegung in Portugal entstand, die den

König João VI. zur Rückkehr nach Europa und zur Berufung einer constituirenden Versammlung nöthigte. Die von ihr ausgearbeitete Verfassung glich im wesentlichen der spanischen von 1812. Obgleich vom König beschworen, ward sie doch alsbald durch eine absolutistische Reaction, an deren Spitze des Königs zweiter Sohn, Dom Miguel, stand, wieder umgestürzt und vom Könige selbst preisgegeben.

Der Tod des Königs João VI. brachte eine Wandlung der Verhältnisse hervor. Sein ältester Sohn, Pedro, Prinz-Regent in Brasilien, war genöthigt gewesen, um dieses Land der Dynastie zu erhalten, dessen Unabhängigkeit von Portugal zu erklären und demselben eine constitutionelle Verfassung zu geben. Er entsagte der Krone Portugals zu Gunsten seiner Tochter Maria, nachdem er kraft seines Rechts als König von Portugal dem Lande eine Verfassung gegeben hatte (Carta de Lei), welche bestimmt war, das Interesse des Volks mit der Herrschaft der jungen Königin solidarisch zu verknüpfen und den befürchteten Prätensionen Dom Miguel's und seiner Partei, den Absolutisten, einen wirksamen Damm entgegenzusetzen.

In der Umständlichkeit ihrer Festsetzungen und in Bezug auf eine gewisse schwunghafte Phraseologie ähnelt die Carta de Lei der spanischen Verfassung von 1812 oder den Verfassungen aus der ersten Französischen Revolution; ihrem Inhalt nach ist sie gemäßigter als jene, obwol immerhin weiter gehend als die meisten festländischen Verfassungen. Sie setzt zwei Kammern ein, eine Kammer der Abgeordneten und eine Pairskammer. Die Mitglieder der Pairskammer werden in unbestimmter Zahl vom König ernannt, theils mit erblichen Rechten, theils auf Lebenszeit. Die Kammer der Abgeordneten läßt sie aus indirecten Wahlen hervorgehen. Wahlberechtigt ist jeder fünfundzwanzigjährige, nicht in väterlicher Gewalt befindliche oder als Dienstbote in fremdem Brote stehende, auch nicht einer klösterlichen Gemeinschaft angehörige Portugiese mit einem jährlichen Einkommen von 100000 Reïs, d. i. etwa 165 Thlrn. Für die Wahlmänner steigt dieser Census auf 330 Thlr., für die Abgeordneten auf 660 Thlr. Andere Beschränkungen für die Wählbarkeit der Abgeordneten finden nicht statt.

Die beiden Kammern zusammen haben im Falle der Minderjährigkeit des Thronfolgers den Regenten zu wählen und die Grenzen seiner Macht zu bezeichnen, desgleichen den Vormund des jungen Königs, dafern nicht der verstorbene König in seinem Testament darüber Bestimmung getroffen hat, zu ernennen; sie haben ferner beim Tode des Königs einen Verwaltungsrath zu bilden, der die Misbräuche aufsucht und abstellt, die sich in die Verwaltung eingeschlichen. Im übrigen haben sie die gewöhnlichen constitutionellen Befugnisse: das Recht der Mitwirkung bei der Gesetzgebung, der Feststellung des Budgets, der Besteuerung, dem Staatsschuldenwesen und der Verwaltung der Domänen, der jährlichen Normirung der Land- und Seemacht, der Errichtung oder Abschaffung öffentlicher Aemter und der Bestimmung der Besoldungen dafür, der Regelung des Münz-, Maß- und Gewichtwesens.

Sie werden jährlich vom König berufen; ihre Sitzungen sind öffentlich. Der Präsident und der Vicepräsident der Pairskammer werden vom König ernannt, ebenso die der Abgeordnetenkammer auf Vorschlag von Candidaten durch die Versammlung.

Eine eigenthümliche Bestimmung ist die, daß, wenn ein Abgeordneter oder Pair ein öffentliches Amt bekleidet, die Ausübung dieses Amtes (ausgenommen das eines Staatsministers oder Staatsraths) während der Dauer seiner parlamentarischen Functionen gänzlich aufhört.

Die Abgeordneten beziehen eine Geldentschädigung, welche jedesmal in der vorhergehenden Sitzung beider Kammern für die folgende festgestellt wird.

Der Abgeordnetenkammer steht die Initiative bei den Finanz- und Verwaltungsgesetzen zu; sie hat die von der vollziehenden Gewalt gestellten Anträge zu prüfen, die Controle der Staatsverwaltung zu üben und etwa wahrgenommene Misbräuche abzustellen. Sie klagt die Minister und Staatsräthe an.

Die Pairskammer fungirt als Gerichtshof bei Ministeranklagen, bei Anklagen wider Abgeordnete während der Versammlung der Nationalrepräsentation, endlich über persönliche Vergehen von Mitgliedern der königlichen Familie, Staatsministern, Staatsräthen und Pairs. Ihr steht es zu, die Cortes beim Tode des Königs zusammenzuberufen und eine Regentschaft zu ernennen.

Jede der beiden Kammern hat das Recht des Gesetzesvorschlags. Die vollziehende Gewalt kann nur (durch das

Staatsministerium) Anträge zu Gesetzen stellen; erst wenn eine Commission der Abgeordnetenkammer den Antrag geprüft hat, kann er, als Vorschlag der Abgeordnetenkammer, zum Gesetzentwurf erhoben werden. Jede der beiden Kammern kann die Gesetzesvorschläge der andern sowol im ganzen verwerfen als emendiren. Bei Meinungsverschiedenheiten der Kammern entscheidet eine gemischte Commission aus beiden für Annahme oder Verwerfung eines Vorschlags oder eines Amendements dazu. Der König hat ein absolutes Veto. Er kann außerordentliche Cortesversammlungen berufen, ihre Sitzungen vertagen, die Abgeordnetenkammer auflösen. Der König ist unverletzlich; jeder königliche Act muß von einem Minister unterzeichnet sein. Die Ministerverantwortlichkeit ist sehr genau normirt: sie erstreckt sich auf Verrätherei, Bestechlichkeit, Erpressung, Misbrauch der Gewalt, alle gesetzwidrige Handlungen, Angriffe auf die Freiheit, Sicherheit und das Eigenthum der Staatsbürger, Verschwendung der Staatsgelder. Der König hat das Recht der Begnadigung; er befehligt die Land- und Seemacht, kann Krieg erklären, Frieden schließen, alle Arten von Verträgen eingehen; zu Mittheilungen darüber an die Cortes ist die Regierung nur so weit verpflichtet, als das Wohl und Interesse des Staats dies zuläßt; nur wenn die in Friedenszeiten abgeschlossenen Verträge eine Abtretung oder einen Austausch von Gebietstheilen des Königreichs in sich schließen, bedürfen sie der Zustimmung der Cortes. Er ist bei diesen Acten an die Befragung des Staatsraths gebunden, einer Behörde, deren Mitglieder

der König auf Lebenszeit ernennt. Der König darf sich ohne Einwilligung der Cortes nicht aus dem Königreich entfernen; thut er es dennoch, so wird dies als ein Verzicht auf die Krone angesehen.

Eine sehr freie Gemeindeverfassung wird garantirt. Die Bürgschaften für die Unabhängigkeit der Gerichte (bei denen Geschworene mitwirken), die Verantwortlichkeit aller Beamten, die persönliche Freiheit, die Unverletzlichkeit des Hauses, sowie die des Briefgeheimnisses, die Sicherheit des Eigenthums, die Preßfreiheit, die Gleichheit vor dem Gesetz, die gleichen Ansprüche Aller auf öffentliche Aemter u. s. w. sind sorgfältig bemessen. Die Verfassung gewährleistet den unentgeltlichen Elementarunterricht. Neben alledem aber garantirt sie auch den Erbadel und dessen Vorrechte — worunter wol nur gewisse gesellschaftliche Auszeichnungen verstanden sein können, da dies sonst den andern Feststellungen widersprechen würde. Ziemlich beschränkt ist die im übrigen so freisinnige Verfassung im Punkte der Glaubensfreiheit: sie erklärt die römisch-katholische Religion für die Staatsreligion; alle übrigen Religionen sind lediglich — und zwar auch nur den Fremden — mit häuslichem Gottesdienste gestattet, ohne äußere Zeichen und Tempel.

Für besondere Ausnahmefälle steht der vollziehenden Gewalt das Recht zu, einzelne Verfassungsbestimmungen in Betreff der individuellen Freiheit zu suspendiren, entweder unter Zustimmung der Cortes, oder, wenn diese nicht versammelt sind, auch ohne sie, vorbehaltlich einer Rechtfertigung der geschehenen Verhaftungen und sonstigen Maßregeln vor den nächsten Cortes.

Kaiser Pedro ernannte alsbald auf Grund dieser Verfassung die Mitglieder der Pairskammer, 5 Erzbischöfe und 14 Bischöfe auf die Dauer ihres Amtes oder ihres Lebens, und 72 weltliche Pairs mit Erbrecht, im ganzen 91.

Dom Miguel hatte zwar die Verfassung beschworen, dennoch erregte er insgeheim einen Aufstand dagegen, und als sein Bruder Pedro, der sich von ihm täuschen ließ, ihn zum Regenten des Landes für die noch minderjährige Königin ernannte, misbrauchte er die ihm anvertraute Gewalt nicht allein zum Umsturz der Verfassung, sondern auch zur Aenderung der Thronfolge, indem er von einer eigenmächtig berufenen Versammlung der alten Cortes sich zum König proclamiren ließ. Da aber erhob sich ein Theil der Provinzen zu Gunsten der Verfassung und der Königin Maria; Dom Pedro widerrief sein Regentschaftsdecret, kam, als Miguel dennoch sich behauptete, selbst aus Brasilien zurück und brachte es endlich dahin, daß seine Tochter allgemein als Königin anerkannt und von den Cortes für mündig erklärt ward. Sie heirathete den Herzog von Leuchtenberg und nach dessen frühem Tode einen Prinzen von Sachsen-Koburg. Hofintriguen und Parteikämpfe verhinderten indeß noch mehrere Jahre lang die Consolidirung der Verfassungszustände, bis endlich am 4. April 1838 eine revidirte Verfassung zu Stande kam, welche seitdem, trotz wiederholter politischer Wirren im Innern und miguelistischer Intriguen von außen, trotz mancher Versuche (namentlich in den Jahren 1851 und 1852), bald von der einen, bald von der andern Seite, dieselbe entweder im absolutistischen oder im demokratischen Sinne umzugestalten, die Grundlage des portugiesischen Staatslebens geblieben ist.

Die Abweichungen dieser Verfassung von der von 1826 bestehen in Folgendem: Den Cortes wird das weitere Recht eingeräumt, beim Aussterben der Dynastie eine neue zu wählen. Die Legislaturperioden werden von vier auf drei Jahre verkürzt. An die Stelle eines Zusammentritts der Cortes kraft eigenen Rechts wird die Berufung derselben durch den König gesetzt. Die Pairskammer oder der Senat soll ebenfalls aus vom Volke gewählten Mitgliedern bestehen; nur der Thronfolger ist kraft eigenen Rechts Senator. Die Senatoren werden von denselben Wählern wie die Abgeordneten gewählt, sie müssen aber 45 Jahre alt sein und ein jährliches Einkommen von 3300 Thlrn. aus Grundbesitz oder von 6600 Thlrn. aus einem Geschäft beziehen, oder hohe Civil- oder Militärämter bekleiden; sie werden auf sechs Jahre gewählt; die Senatoren beziehen keine Tagegelder.

Die Aburtheilung der Hochverrathsverbrechen ward dem Senat ausschließlich zugewiesen. Für die Wahlen der Abgeordneten ward der directe Wahlmodus an die Stelle des indirecten gesetzt, der Wahlcensus auf 132 Thlr. (von 165 Thlrn.) ermäßigt. Zu den Befugnissen des Königs wird hinzugefügt das Recht, den Adel zu verleihen, jedoch ohne Privilegien; dagegen ist verfügt, daß weder der

König noch einer der Prinzen persönlich den Oberbefehl über das Heer führen soll. Der Staatsrath ist in Wegfall gebracht.

In beiden Ländern der Iberischen Halbinsel, Spanien und Portugal, dürfte es noch einige Zeit währen, bis ein völlig geregelter Gang und eine ruhige, stetige Entwickelung des Verfassungslebens möglich sein wird. Beide, und zumal Spanien, sind zu lange des wirksamen Gebrauchs constitutioneller Rechte entwöhnt, zu lange einem schrankenlosen Absolutismus unterworfen gewesen. Vor Frankreich haben sie allerdings das voraus, daß nicht eine allmächtige Hauptstadt das ganze Land im politischen und socialen Sinne beherrscht und bevormundet: eine gewisse Selbstbestimmung der Provinzen verhindert die politische Erstarrung des Landes unter dem Druck einer despotischen centralen Gewalt, welcher Art diese sei; aber freilich erschwert sie auch leicht durch ihre Uebertreibungen die Anwendung eines geordneten Regierungs- und Verfassungssystems auf alle Theile des Staatsgebiets. Einen vorwaltenden Einfluß des Adels — im guten oder schlimmen Sinne — scheint es in diesen Ländern fast ebenso wenig zu geben als in Frankreich: darauf deutet der Umstand hin, daß sowol in der spanischen Verfassung von 1837 als in der portugiesischen von 1838 sich keine erbliche Pairskammer findet. Aber mit dem demokratischen Geiste, der sich hierin verräth, bildet einen grellen Contrast das sehr bedenkliche Uebergewicht, welches eben dort das Heer als eine politische Macht ausübt — eine Art von Prätorianerthum, bald im Dienste der Freiheit oder auch der Anarchie, bald in dem des Despotismus. Dazu kommt der dort noch immer sehr bedeutende Einfluß der römischen Kirche, welche der politischen Freiheit und dem Verfassungsleben entschieden feind ist, theils aus dogmatischen Gründen — so wenig auch die dortigen Verfassungen eigentlich der religiösen Duldung Vorschub leisten —, theils aus materiellen, und dies allerdings mit größerm Recht, weil die vorgeschrittenern politischen Parteien in Spanien wie in Portugal der Anhäufung von Reichthümern in der Todten Hand sich abgeneigt zeigen. Erst die Heranbildung eines unabhängigen, aufgeklärten und wohlhabenden Bürgerthums wird diese dem ruhigen Ausbau und dem sichern Fortschritt des Staatslebens hinderlichen Einflüsse mehr in den Hintergrund drängen und so allmählich auch den, jetzt immer noch häufig wiederkehrenden, drohenden politischen Krisen in Spanien und Portugal ein Ziel setzen.

Italien hatte im Mittelalter die Entwickelung eines kräftigen Bürgerthums gesehen in seinen großen, blühenden und mächtigen Städten, namentlich den oberitalischen, freilich nicht ohne manche gewaltsame Störungen durch die heftigen Kämpfe zwischen den Päpsten und den deutschen Kaisern, zwischen den Guelfen und den Ghibellinen, deren unfreiwilliger Schauplatz dieses Land war. Auf jene Zeit war eine andere gefolgt, wo der Geist aristokratischer oder monarchischer Beherrschung über den der republikanischen Gleichheit und der bürgerlichen Unabhängigkeit triumphirte, wo die Handelsstaaten Venedig und Genua den Charakter aristokratischer Oligarchien annahmen, wo in Mailand, Parma, Florenz u. s. w. einzelne Familien — die Sforza, die Farnese, die Medicis — eine bleibende, zum Theil ziemlich unbeschränkte Gewalt erlangten.

Später war der größte Theil Italiens abwechselnd unter spanische, unter französische, unter österreichische Herrschaft gekommen. Spanien hatte seine Adelsbevorrechtung und seine religiöse Unduldsamkeit, Frankreich seine streng monarchischen, aber der bürgerlichen Gleichheit nicht ungünstigen Verwaltungsmaximen, Oesterreich eine gewisse Sorgfalt für das materielle Wohlbefinden des Volks und unter Joseph und Leopold auch im Geistigen gewisse aufklärerische Tendenzen eingeführt. Dann hatte die Französische Revolution, welche die Oesterreicher aus Italien hinausschlug, ihre Ideen und ihre Einrichtungen dem Lande aufgeprägt; die Schöpfung eines Königreichs Italien durch Napoleon hatte den Gedanken einer politischen Einheit der Halbinsel — einen Gedanken, der noch von den uralten Zeiten der Römerherrschaft her in den Gemüthern des Volks fortlebte und in manchen der classischen Literatur nachgebildeten Werken seiner Dichter Ausdruck gefunden hatte — von neuem wach gerufen, und dann wieder hatte der Druck der Unterthänigkeit, worin Napoleon die Italiener, als bloße Werkzeuge für die Zwecke des französischen Kaiserreichs, gefesselt hielt, das Gefühl nationaler Unabhängigkeit geschärft.

Der Wiener Congreß vertheilte Italien aufs neue an eine Mehrzahl von Dynastien, von denen keine einzige —

etwa die savoyische ausgenommen — als eine einheimische, nationale angesehen werden konnte. Diese Dynastien brachten insgesammt — und die savoyische mehr als jede andere — die Gewohnheiten und Neigungen eines absoluten, zum größern Theil eines mittelalterlich feudalen, der Bevorrechtung des Adels und der Geistlichkeit auf Kosten der andern Klassen günstigen Regiments mit. Durch die französische Gesetzgebung (welche jetzt fast überall, soweit möglich, wieder beseitigt ward) war inzwischen nicht blos die politische Bildung und Denkweise der ganzen jüngern Generation in eine gerade entgegengesetzte Richtung geleitet worden, sondern die gesellschaftlichen, rechtlichen volkswirthschaftlichen Zustände selbst hatten Umgestaltungen erfahren, welche sich nicht mehr rückgängig machen ließen. Durch diesen Contrast zwischen den der Mehrheit der Bevölkerung bereits zur Gewohnheit gewordenen und den ihnen jetzt plötzlich mit Gewalt aufgedrängten Einrichtungen und Anschauungen ward der Geist politischer Opposition geweckt, während die Wiederherstellung der Schranken zwischen den einzelnen Territorien gegen den durch das längere Beisammenleben unter einer einzigen Regierung entwickelten Gemeinsinn der Italiener, wenigstens im nördlichen Theile der Halbinsel, verstieß, während endlich das nationale Unabhängigkeitsgefühl, welches kurz zuvor von der österreichischen Diplomatie selbst in Proclamationen zur Abschüttelung der französischen Fremdherrschaft aufgestachelt worden war, sich jetzt noch weit härter verletzt fand durch das von außen aufgedrungene Joch der österreichischen und der von dieser beeinflußten kleinern norditalienischen Regierungen, welche überdies nicht einmal, wie seinerzeit die französische, wenigstens einigen Ersatz für den Verlust der nationalen Selbständigkeit in einer vorgeschrittenen Verwaltung und Gesetzgebung boten.

So bildete sich allmählich durch ganz Italien eine Partei der Unzufriedenen, zugleich in Bezug auf die innere Politik der Einzelstaaten und auf die nationalen Zustände des Gesammtvaterlandes. Es entstanden geheime Gesellschaften — wie die Carbonari —, politische Verschwörungen, zuletzt offene Aufstände. Wir haben schon früher erwähnt, wie die spanische Revolution von 1820 ähnliche Ereignisse in Neapel und in Piemont zur Folge hatte, wie aber auch diese, gleich jener, durch das Einschreiten der Großmächte unterdrückt, die gegebenen Verfassungen wieder aufgehoben, der Absolutismus allenthalben hergestellt ward.

Die allgemeine Bewegung der Geister freilich ließ sich nicht unterdrücken, sondern lebte fort, theils im geheimen, theils in einzelnen neuen Ausbrüchen, die zwar — wie die in den päpstlichen Staaten 1830 — ohne Erfolg blieben, aber doch in ihrem Scheitern selbst die liberalen und nationalen Ideen immer tiefer in die Herzen des Volks eingruben. Dennoch blieben die Zustände der Halbinsel noch eine geraume Zeit lang unverändert, ja sie verschlimmerten sich theilweise, bis endlich im Jahre 1847 die kaum noch zurückzuhaltende politische Erregung eine theilweise Befriedigung, aber auch eine neue Aufmunterung und Steigerung erhielt durch die von dem neuen Papste Pius IX. aus freien Stücken gewährten Reformen für den Kirchenstaat, unter denen auch die Niedersetzung einer Consulta war, einer Versammlung von weltlichen Deputirten zur Controle der Finanzen und zur Berathung der Regierung bei der Gesetzgebung.

Diesem, gleichsam im Namen der Religion gegebenen Anstoß zu liberalen Reformen folgten andere italienische Fürsten, zunächst die von Toscana und Piemont. In Piemont war seit 1831 eine Seitenlinie der bisherigen Dynastie, in der Person des Prinzen von Carignan, Karl Albert, zur Regierung gelangt. Schon längst hatte die nationale Partei ihre Hoffnungen auf Karl Albert gesetzt, der mit dem absolutistischen Regiment seines Vorgängers und mit dem wiener Cabinet, welches sich eine Vormundschaft über alle diese italienischen Höfe anmaßte, zerfallen war. Indeß hatte Karl Albert bis 1847 nichts Entscheidendes gethan, um diese Hoffnungen zu rechtfertigen. Jetzt erklärte er sich bereit, in einem Kampfe für die Unabhängigkeit Italiens die Führung zu übernehmen; zugleich erließ er, am 30. Oct. 1847, eine Reihe freisinniger Decrete zur Verbesserung der Verwaltung und der Rechtspflege, sowie zur Erleichterung der Presse.

Inzwischen ward auch der König von Neapel durch die aufständischen Bewegungen in Sicilien und auf dem Festlande zur Erlassung einer Constitution gedrängt. Karl Albert konnte nun nicht zurückbleiben; am 4. März 1848 erschien die Verfassung für Piemont. Sie ist von allen in jener bewegten Zeit in Italien entstandenen Verfassungen die einzige, welche aufrecht erhalten blieb, während alle andern nach den Siegen der Oesterreicher über die Piemontesen und nach der Vernichtung der römischen Republik durch die Franzosen wieder verschwanden. Die Verfassung vom 4. März 1848, damals nur für Piemont gegeben, ist seitdem auf die ganze Halbinsel — wie sie nach und nach unter piemontesische Herrschaft kam — mit alleiniger Ausnahme der noch unter österreichischer oder päpstlicher Gewalt stehenden Länder, ausgedehnt worden und ist jetzt die Verfassung eines Reichs von 22 Millionen Einwohnern. Folgende sind die Hauptbestimmungen dieser Verfassung:

Die gesetzgebende Gewalt, wozu auch die Auslegung schon bestehender Gesetze mit Gesetzeskraft gehört, ist getheilt zwischen dem König und zwei Häusern, dem Senat und der Abgeordnetenkammer. Die ausübende Gewalt steht dem König zu. Dieser führt den Oberbefehl über das Heer; er hat das Recht, Krieg zu erklären, Frieden zu schließen, Allianz- und Handelsverträge einzugehen (vorbehaltlich der Zustimmung der Kammern, sofern solche Verträge die Finanzen des Staats belasten oder eine Veränderung des Staatsgebiets bewirken); er ernennt die Minister und die sonstigen Beamten des Staats; er bestätigt und vollzieht die Gesetze; er kann begnadigen. Die Minister sind verantwortlich, und kein königlicher Willensact ist gültig ohne ihre Mitwissenschaft. Beide Kammern werden jedes Jahr vom König berufen; er kann sie vertagen und die Abgeordnetenkammer auflösen. Der Vorschlag zu einem Gesetze kann sowol vom König als von der einen oder der andern Kammer ausgehen. Die katholische Religion ist Staatsreligion, alle andern Culte sind geduldet. Alle Bürger, ohne Unterschied des Glaubens, sind gleich vor dem Gesetze, genießen die gleichen bürgerlichen und politischen Rechte, tragen in dem gleichen Verhältniß zu den Staatslasten bei. Garantirt sind: die persönliche Freiheit, die Unverletzlichkeit der Wohnung, die Sicherheit des Eigenthums (unbeschadet der Expropriation für öffentliche Zwecke gegen Entschädigung), die Preß-, Petitions- und Versammlungsfreiheit. Keine Steuer ist gültig, die nicht durch ein Gesetz auferlegt ist.

Im Senat haben die königlichen Prinzen mit 21 Jahren Sitz, mit 25 Jahren auch das Recht, mitzustimmen. Außerdem besteht der Senat aus Mitgliedern von unbestimmter Anzahl, die der König auf Lebenszeit aus gewissen gesellschaftlichen Kategorien (Erzbischöfen, Bischöfen, Abgeordneten, Ministern, Gesandten, hohen Gerichtspersonen, hohen Militärs u. s. w., geistigen Berühmtheiten, endlich solchen, die über 3000 Frs. directe Steuern zahlen) ernennt. Sie müssen mindestens 40 Jahre alt sein. Der Senat ist zugleich höchster Gerichtshof für Hochverrathsprocesse und für Ministeranklagen.

Um Abgeordneter zu sein, genügt es, Staatsbürger, im Besitz aller bürgerlichen und politischen Rechte, und 30 Jahre alt zu sein. Die Wähler müssen 25 Jahre alt sein und lesen und schreiben können (doch wurden gewisse Theile des Königreichs von der letztern Bedingung vorläufig dispensirt); ferner müssen sie jährlich 40 Frs. directe Steuer entrichten oder für ein Geschäftslocal einen bestimmten Miethzins (der je nach der Größe der Gemeinden verschieden ist) zahlen. Keiner solchen Bedingung unterliegen die Mitglieder der wissenschaftlichen Akademien, sowie der Handels- und Gewerbekammern, die Professoren der Künste und Wissenschaften, die Civil- und Militärbeamten, die Inhaber eines nationalen Ordens, die mit akademischen Würden Bekleideten, diejenigen, welche ein sogenanntes liberales Gewerbe treiben, die von der Regierung bestätigten Wechselmäkler. Beamte und sonst vom Staate bezahlte Personen sind nicht wählbar, nur gewisse Klassen von Beamten, wie: Minister und Unterstaatssecretäre, Staatsrathsmitglieder, höhere Gerichtsbeamte, höhere Offiziere der Landarmee und der Marine u. s. w., sowie die Universitätsprofessoren, können bis zu einem Fünftel der Gesammtmitgliederzahl der Kammern zugelassen werden. Geistliche sind dann nicht wählbar, wenn sie einen bestimmten Amtssprengel und seelsorgerlichen Beruf haben, also Bischöfe, Mönche, Vicare u. s. w.

Die Abgeordnetenkammer hat den Vorrang bei Prüfung der Finanzgesetze und das Recht der Ministeranklage. Die Sitzungen beider Kammern sind öffentlich. Entschädigung bekommen weder die Senatoren noch die Abgeordneten. Der Präsident und die Vicepräsidenten des Senats werden vom König ernannt.

Für die Unabhängigkeit und Unparteilichkeit der Gerichte sind entsprechende Garantien aufgestellt.

Die Verfassung der Provinzen und der Gemeinden ist durch ein organisches Gesetz von 1859 geregelt worden. Für die Provinzialverwaltung besteht neben dem Präfecten als Vertreter der Staatsgewalt ein von den Eingesessenen gewählter Provinzialrath und ein Ausschuß desselben als permanent mitwirkendes Organ bei den laufenden Verwaltungsgeschäften. In jeder Gemeinde besteht ein gewählter Gemeinderath, an seiner Spitze ein Gemeindevorstand oder Syndikus, den der König aus der Mitte des Gemeinderaths ernennt.

Ein weiteres Gesetz von 1863 hat die obigen Bestimmungen zum Theil im Sinne einer noch größern Selbstregierung modificirt.

Noch vor den Ereignissen von 1859 und den folgenden Jahren, welche die Herrschaft und die Verfassung Piemonts fast über ganz Italien ausdehnten, galt dieser damals verhältnißmäßig kleine Staat für den auf dem europäischen Festlande nächst Belgien am besten regierten, mit den größten constitutionellen Freiheiten ausgestatteten und im Besitz und Genuß dieser Freiheiten am meisten gesicherten. Zum Theil verdankte Piemont dieses Glück, ähnlich wie Belgien, dem günstigen Geschick, daß sich für die Handhabung der Verfassung die rechten Persönlichkeiten fanden. Was König Leopold für Belgien, das ward, annähernd wenigstens, der bedeutendste Minister des Königs Victor Emanuel, des Nachfolgers von Karl Albert, Graf Cavour, für Piemont. Aber es gab noch eine andere, in den Verhältnissen begründete, darum zuverlässiger und andauernder wirkende Bürgschaft für den festen Bestand und die kräftige Entwickelung der constitutionellen Freiheiten in Piemont. Nur durch die allseitigste und energischste Entfaltung aller Kräfte des Landes und durch ein streng liberales und populäres Regiment konnte Victor Emanuel, der von seinem unglücklichen Vater das Scepter nach der Niederlage von Novara überkam, sich und sein Land gegen die Folgen der durch dieses Ereigniß in ganz Italien wiederhergestellten Oberhoheit Oesterreichs und der Isolirung des constitutionellen Piemont inmitten von lauter absolutistisch regierten Staaten schützen; nur durch die Sympathien, welche ein aufrichtig constitutionelles und freisinniges Regiment unter den übrigen italienischen Bevölkerungen erregen mußte, konnte er hoffen, die Vereinigung derselben mit Piemont vorzubereiten und sich in ihnen begeisterte Anhänger für den Moment zu schaffen, wo es möglich sein würde, den Gedanken einer Vereinigung Italiens unter Einem Scepter wieder aufzunehmen. Piemont ward der Musterstaat für Italien; dort war die Gewissensfreiheit, wie die persönliche und bürgerliche Freiheit am meisten, ja fast allein fest verbürgt; dort sah man die materiellen Interessen, das Verkehrswesen, die Industrie, den Ackerbau durch weise Maßregeln gefördert, und daneben auch die geistigen, Wissenschaft, Literatur, in jeder Weise erneuert und unterstützt, den öffentlichen Unterricht in zeitgemäßem Sinne verbessert, vor allem jedoch die Befestigung und Entwickelung der constitutionellen Einrichtungen in einem sichern und ununterbrochenen Fortgange begriffen. Der beabsichtigte Erfolg ward erreicht: die Sympathien und die Hoffnungen aller italienischen Patrioten wendeten sich dem constitutionellen Piemont zu, und so gelang es dem König Victor Emanuel, nachdem er mit Hülfe der Franzosen den Oesterreichern die Lombardei abgenommen und die andern oberitalischen Länder — Toscana, Parma, Lucca — nach Vertreibung ihrer Herrscher seinem Staate einverleibt hatte, auch Neapel und Sicilien sich zu unterwerfen und so ein einiges Königreich Italien zu bilden. Die außerordentlichen Verhältnisse, in welche bei diesen Unternehmungen, im Bündniß bald mit dem Napoleonismus, bald mit der Revolution und der italienischen Actionspartei, die Regierung Victor Emanuel's gerieth, zwang oder veranlaßte wenigstens dieselbe bisweilen zu Ausnahmemaßregeln, welche den gesetzlichen Gang des constitutionellen Lebens einigermaßen unterbrachen, so damals, als nach dem Frieden von Villafranca die über die Täuschung der nationalen Hoffnungen entrüstete Presse gewaltsam im Zaume gehalten werden mußte, damit sie nicht den mächtigen Alliirten Napoleon verletzte, so gegenüber den Zuständen in Unteritalien, wo freilich ein dictatorisches Auftreten wol öfters unvermeidlich war; allein im ganzen darf man wol das constitutionelle System in dem neuen italienischen Reiche für festgewurzelt und gegen jeden Versuch einer Rückkehr zum Absolutismus für gesichert halten, um so mehr, als die Behauptung der Einheit und Unabhängigkeit Italiens noch auf lange hin die Anwendung aller der Kräfte und Mittel, welche ein liberales Regiment zu entwickeln und in Bewegung zu setzen vermag, ebenso gut nöthig machen wird, als die Erringung dieser Güter sie nöthig machte.

Die drei skandinavischen Reiche bieten in ihren Verfassungszuständen die merkwürdigsten Contraste dar. Schweden besitzt eine Ständevertretung aus älterer Zeit und nach den Principien mittelalterlichen Feudalwesens; Norwegen hat eine Verfassung, die in Bezug auf die Rechte der Volksrepräsentanten und die Beschränkungen der Krone die am meisten demokratische in ganz Europa, in Betreff des Wahlrechts dagegen ziemlich conservativ ist; in Dänemark endlich besteht eine solche, die im erstern Punkte sich nicht wesentlich von dem in andern europäischen Verfassungsstaaten Hergebrachten unterscheidet, aber hinsichtlich der Zusammensetzung der constitutionellen Körperschaften einen stark radicalen Charakter an sich trägt.

Schweden besaß schon in früher Zeit Stände, und zwar, abweichend von den meisten der in den deutschen Ländern altherkömmlichen, nach einer vierfachen Vertretung: des Adels, der Geistlichkeit, des Bürger- und Bauernstandes. Durch die Reichstagsordnung von 1617 erlangte der Adel das Vorrecht persönlicher Standschaft und somit ein bedeutendes numerisches Uebergewicht, während es für die übrigen Stände bei bloßen Vertretern verblieb, nämlich: von der Geistlichkeit dem Bischof jedes Sprengels nebst einem Mitgliede des Kapitels und einem Geistlichen aus jedem Gerichtsbezirk; vom Bürgerstande dem Bürgermeister und einem Mitgliede des Raths oder der Gemeinde jeder Stadt; von der Bauernschaft einem oder zwei aus jedem Gerichtsbezirk Einberufenen. Was das Machtverhältniß zwischen den Ständen und der Krone betrifft, so war dies ein mehrfach wechselndes, je nachdem bald das Königthum durch eine erfolgreiche Politik nach außen sein Ansehen steigerte (wie unter Karl X., Karl XI. und Karl XII.), bald wiederum Minderjährigkeit der Regenten (wie nach Gustav Adolf's Tode), Dynastiewechsel (wie bei der Thronbesteigung Ulrikens Eleonorens, ihres Gemahls, Friedrich's von Hessen, später wieder Adolf Friedrich's von Holstein-Gottorp, wo jedesmal förmliche Wahlcapitulationen stattfanden), oder sonstige Umstände den Ständen Gelegenheit zur Erweiterung ihrer Machtbefugnisse boten. Jede solche Machterweiterung aber kam vorzugsweise dem Adel, als dem der Zahl nach stärksten und einflußreichsten Stande, zugute, ward auch von diesem nur zu häufig zur Förderung von Privat- und Standeszwecken, wo nicht gar von Interessen des Auslandes zum Nachtheil des eigenen Landes misbraucht. Die Folge war, daß das Volk, unwillig über das Adelsregiment, eine Veränderung herbeisehnte, sodaß Gustav III. es wagen durfte, gestützt auf einige Bataillone und auf die Bürgerschaft Stockholms, durch einen Staatsstreich die Uebermacht des Adels, der besonders durch den sogenannten „Reichsrath“ einen ungebührlichen Einfluß auf die Regierung übte, zu stürzen. Am 21. Aug. 1772 kam sodann im Wege der Vereinbarung mit den vier Ständen eine sogenannte Regierungsform oder ein Grundgesetz zu Stande, welches die Grenzen der königlichen Gewalt sowie die der ständischen genau feststellte. Der Reichsrath ward beibehalten, „jedoch nur um den König zu berathen, nicht um zu regieren". Er sollte vom König aus eingeborenen Rittern und Edelleuten ernannt werden, einschließlich der hohen Reichsbeamten. Bei Verhandlungen über Frieden, Waffenstillstand, Bündnisse war der König verpflichtet, den Reichsrath zu befragen, und wenn letzterer einmüthig in seinen Ansichten war, an diese sogar gebunden. Das Gleiche mußte geschehen, wenn der König ins Ausland reisen wollte. Der Reichsrath concurrirte bei allen Besetzungen höherer Civil- und Militärposten; er hatte die Regierungsgeschäfte zu führen bei Minderjährigkeit des Thronfolgers, desgleichen bei plötzlicher Erkrankung des Monarchen, oder wenn er sich auf weiten Reisen befand. Das Begnadigungsrecht sowie die Ertheilung des Adels stand dem Könige für sich allein zu, nur ward die Zahl der neuzucreirenden Adelsfamilien beschränkt; die Reichsstände durften sich, außer beim Tode des Königs, nur auf Berufung des Monarchen versammeln. Alle Gesetze erforderten zu ihrer Gültigkeit die Uebereinstimmung des Königs und der Reichsstände. Gesetzesvorschläge konnten sowol von den Reichsständen als von dem König ausgehen, welcher letztere solche zuvor dem Reichsrath vorzulegen hatte. Eine Veränderung des Werthes der Münzen bedurfte der ständischen Genehmigung, Steuern und Abgaben irgendwelcher Art durften nicht ohne die Bewilligung der Stände ausgeschrieben werden, ausgenommen wenn das Reich mit Heeresmacht angegriffen ward, in welchem Falle der König das Nöthige vorkehren konnte; doch mußte er nach Beendigung des Kriegs alsbald die Reichsstände berufen, die Kriegssteuern aber wieder aufheben. Die Reichstage sollten nicht über drei Monate dauern; nach Ablauf dieser Frist konnte der König den Reichstag schließen; war bis dahin keine neue Bewilligung erfolgt, so verblieb es bei der alten. Es bestand ein ständischer Ausschuß, mit welchem der König diejenigen Geschäfte überlegte, die nach des Königs Gutbefinden geheimgehalten werden mußten; für solche Fälle hatte der Ausschuß alle Befugnisse der Reichsstände. Alle andern Geschäfte mußten in voller Versammlung der Stände berathen werden. Dem Ausschuß ward der Zustand des Staats vorgelegt, zum Beleg, daß die bewilligten Gelder zu Nutzen und Besten des Reichs verwendet worden.

Dieses Grundgesetz ward, da die Umtriebe des Adels zur Schwächung der königlichen Gewalt immer fortdauerten und sich namentlich in dem vom König gegen Rußland begonnenen Kriege 1788 auf eine für die Sicherheit des Reichs höchst bedenkliche Weise geltend machten, durch eine neue Vereinbarung — die sogenannte Vereinigungs- und Sicherheitsacte vom Jahre 1789 — im Sinne noch größerer Kräftigung des Königthums modificirt; insbesondere erhielt der König dadurch das Recht, Krieg anzufangen, Frieden und Bündnisse mit auswärtigen Mächten zu schließen, nach freiem Ermessen über alle Aemter des Reichs zu verfügen; genug er ward von jener drückenden Vormundschaft befreit, welche bis dahin immer noch der Adel mittels des

Reichsraths über ihn geübt hatte. Außerdem wurde die Gleichheit aller Stände vor Gericht, in Bezug auf Landbesitz und in Bezug auf Anstellungen im Staatsdienst durch festere Bestimmungen geordnet, jedoch mit Belassung der Vorrechte des Adels auf die höchsten Staatsämter und auf gewisse Arten von Landbesitz.

Die Fehler des allzu jung zur Regierung gelangten Gustav IV. machten es den Intriguen seines Oheims und anfänglichen Vormundes, des Herzogs Karl von Südermanland, und der Herrschsucht des Adels leicht, den Conflict aufs Aeußerste zu treiben und 1809 gewaltsam einen Thronwechsel herbeizuführen. Gustav IV. dankte ab; sein Oheim, als Karl XIII. zum König ausgerufen, machte den Ständen, denen er seine Erhebung auf den Thron verdankte, bedeutende Zugeständnisse, und das um so leichter, als er kinderlos war, also für die Zukunft einer Dynastie und der von ihr zu handhabenden königlichen Gewalt nicht zu sorgen hatte. Die Verfassung vom 7. Juni 1809 schloß das Königthum wieder in wesentlich engere Schranken ein. Der Staatsrath, eine dem alten Reichsrath nachgebildete Behörde (nur mit dem Unterschied, daß seine Mitglieder nicht blos Adeliche zu sein brauchten), erhielt eine ähnliche, das Königthum beschränkende und controlirende Gewalt wie jener. Nur die gewöhnlichen auswärtigen und die Militärverhältnisse blieben von der Competenz des Staatsraths ausgeschlossen und dem König unter Beirath der betreffenden Minister vorbehalten; Beschlüsse über Krieg und Frieden dagegen sollte der König nur nach Anhörung des Staatsraths fassen, ohne jedoch an dessen Votum gebunden zu sein. Dem Staatsrath ward eine wesentliche Mitwirkung bei der Ernennung und Entlassung aller vom Könige zu bestellenden Beamten vorbehalten; er mußte befragt werden, wenn der König ins Ausland verreisen wollte, und hatte während der Abwesenheit des Königs die Regierung zu führen; desgleichen bei schwerer Erkrankung des Königs, bei Minderjährigkeit des Thronfolgers, oder, wenn das regierende Haus ausgestorben, bis zur Bestimmung einer neuen Thronfolge durch die Reichsstände. Das Begnadigungsrecht durfte der König nur nach Anhörung des höchsten Gerichts üben und mußte seinen diesfallsigen Beschluß im Staatsrath verkündigen. Wenn Befehle des Königs, welche das Kriegscommando (also die Verwendung der bewaffneten Macht) betrafen, von dem Kriegsminister für verfassungswidrig erachtet wurden, so hatte dieser im Staatsrath Vorstellungen dagegen zu machen und, wofern der König dennoch dabei beharrte, sein Amt niederzulegen, worauf die Sache an die Reichsstände gelangte. Bis zu deren Entscheidung blieb ihm sein Gehalt ungeschmälert.

Für den Rechtsschutz, die Freiheit der Person und des Eigenthums, die Sicherheit des Hauses, die freie Religionsübung u. s. w. waren in dem neuen Grundgesetz entsprechende Bestimmungen getroffen. Die Presse sollte keinen vorbeugenden Beschränkungen unterworfen, Preßvergehen nur von den gesetzlichen Gerichten und nur nach den deutlichen Landesgesetzen bestraft werden.

Die Reichsstände treten mindestens alle fünf Jahre kraft des Grundgesetzes zusammen. In der Regel bestimmen sie selbst beim Schluß eines Reichstags, wann der nächste zusammenkommen soll. Der König kann außerordentliche Reichstage berufen. Eben dieses Recht, und die Pflicht dazu, hat der Staatsrath bei gänzlicher Erledigung des Throns, bei Minderjährigkeit des Thronerben, wenn der König über zwölf Monate lang durch Krankheit regierungsunfähig oder ebenso lange außerhalb Landes ist. Sollte der Staatsrath dies unterlassen, so ist für anderweite Berufung der Stände aus deren Mitte selbst gesorgt. Alle Ausgaben für den Staat, sammt den entsprechenden Einnahmen, Abgaben u. s. w., sind von den Reichsständen zu bewilligen und streng nach dieser Bewilligung, so wie sie darin im einzelnen festgestellt worden, zu verwenden. Die Mitglieder des Staatsraths sind für diese Verwendung verantwortlich. Die von einem Reichstag bewilligten Abgaben laufen bis zum Ende des Jahres, innerhalb dessen ein neuer Reichstag zusammentritt, und erlöschen alsdann, indem von dem nächsten Jahresanfang an die von dem neuen Reichstag ausgesprochene Bewilligung in Kraft tritt. Bei jedem Reichstag wird dem König eine doppelte Dispositionssumme ausgesetzt, eine bei Nothfällen (Krieg u. dgl.) sofort verfügbare, und eine zweite aus der Bank (welche unter der Aufsicht und Garantie der Reichsstände steht) zu erhebende: doch kann er von beiden nur nach dem Gutachten des gesammten Staatsraths, von der letztgenannten außerdem nur dann Ge=

brauch machen, wenn gleichzeitig die Reichsstände einberufen worden sind.

Ohne Einwilligung der Stände kann der König keine neue Ausschreibung von Mannschaften anordnen, überhaupt nichts im Regierungswesen zu Lande oder zur See ändern; ebenso wenig eine Anleihe aufnehmen. Kein Theil des Staatsgebiets darf von demselben getrennt, keine Domäne und kein Kronrecht darf ohne Bewilligung der Stände veräußert, desgleichen darf in dem Münzwesen nichts ohne ihre Zustimmung geändert werden.

Die Erlassung, Auslegung und Abschaffung von Gesetzen steht den Reichsständen gemeinschaftlich mit dem Könige zu. Die Initiative dazu kann von dem einen oder dem andern Theil ausgehen. Der König hat sowol vor einem solchen Antrag an die Stände als vor Ertheilung seiner Sanction zu einem ständischen Beschlusse dieser Art den Staatsrath und den höchsten Gerichtshof mit ihren Gutachten zu hören.

Eine besondere Schwierigkeit macht natürlich bei einer in vier selbständige Körperschaften getheilten Vertretung der Abstimmungsmodus. Die Bestimmungen darüber in der schwedischen Verfassung von 1809 sind sehr umständlich. Bei Geldfragen (Bewilligungen u. dgl.), wo eine Entscheidung unumgänglich ist, wo man aber andererseits doch auch das freie Zustimmungsrecht des einzelnen Standes schonen wollte, ist verordnet, daß beim Widerspruch aller oder einzelner Stände gegen eine geforderte Bewilligung ein besonderer Ausschuß die Sache zu vermitteln, die erhobenen Bedenken zu erledigen suche. Sprechen sich alsdann drei Stände zustimmend aus, so muß der vierte sich geben; stehen zwei gegen zwei, so wird der Ausschuß durch Mitglieder aus allen Ständen verstärkt und der von diesem gefaßte Mehrheitsbeschluß gilt dann in der betreffenden Frage als Reichstagsbeschluß. Bei gewöhnlichen Gesetzen dagegen wird nur der Beschluß dreier Stände als ein Reichstagsbeschluß angesehen; stehen zwei gegen zwei, so bleibt es bei dem Bestehenden.

Abänderungen dieses Grundgesetzes selbst sind noch besonders erschwert. Anträge darauf dürfen nicht in der Ständeversammlung selbst, sondern lediglich bei dem Verfassungsausschuß eingebracht werden. Dieser allein darf solche Anträge an die Stände bringen. Letztere wiederum dürfen über einen solchen Antrag des Ausschusses nicht auf demselben Reichstage, sondern erst beim folgenden Beschluß fassen. Alle Stände müssen darüber einig sein; erst dann kann ein solcher Beschluß dem König zur Genehmigung vorgelegt werden, welche Genehmigung wiederum nur nach Anhörung des ganzen Staatsraths ertheilt werden kann. Will der König eine Verfassungsänderung beantragen, so muß er auch zuvor den Staatsrath hören; der Antrag wird dann ebenfalls an den Verfassungsausschuß abgegeben; erklärt sich dieser dafür, so ziehen ihn die Stände, aber wieder erst beim nächsten Reichstag, in Berathung; erklärt er sich dagegen, so können die Reichsstände sofort den Antrag zurückweisen; sind indeß drei Stände für die Inbetrachtnahme, so findet diese beim nächsten Reichstag statt. Auch dann aber müssen alle vier Stände einig sein, um den Antrag zum Beschluß zu erheben.

Das gleiche Verfahren ist vorgeschrieben für Auslegungen der Grundgesetze.

Zu den Grundgesetzen in diesem Sinne gehört auch die Thronfolgeordnung und das nach den oben angegebenen Grundsätzen festgestellte Preßgesetz.

Die Bestimmung, daß, wenn beim Auseinandergehen des Reichstags das neue Budget noch nicht verwilligt sein sollte, das alte in Kraft blieb, ward aus der Verfassung von 1772 beibehalten; doch sollten die Reichsstände, wenn sie binnen drei Monaten die Geschäfte nicht erledigen könnten, den König um Verlängerung der Sitzung bitten und der König diese Bitte nicht abschlagen dürfen.

Von jeher war der Rechtsschutz, die Unbestechlichkeit und Gerechtigkeit der Gerichte, zumal des höchsten, ein besonderes Augenmerk aller Verfassungsgesetze in Schweden gewesen. Die Verfassung von 1809 schuf ein förmliches System von Institutionen zur Ueberwachung theils der Rechtspflege, theils der Verwaltung. Ein „Justizsachwalter", von den Ständen gewählt, hat eine allezeit gegenwärtige Controle des höchsten Tribunals und aller andern Gerichte zu üben und auf jedem Reichstage den Ständen über den Zustand der Handhabung der Gesetze, sowie über die wahrgenommenen Mängel dieser letztern selbst Rechenschaft abzulegen, beziehentlich Vorschläge zu deren Verbesserung zu machen. Er hat, wenn er glaubt, daß das gesammte höchste Tribunal oder einzelne Mitglieder desselben aus Eigennutz, Parteilichkeit oder Nachlässigkeit falsch geurtheilt und dadurch, gegen deutliche Gesetze, jemandes Leben, Ehre, persönliche Freiheit oder Eigenthum gefährdet hätten, die Schuldigen vor dem höchsten Reichsgericht anzuklagen, welches aber sonderbarerweise nicht blos aus richterlichen Personen, sondern auch aus einer Zahl von Staatsräthen, hohen Civil- und Militärbeamten besteht. Ferner haben die Stände bei jedem Reichstag zwölf Mitglieder aus jedem Stande zu wählen, welche als Geschworene darüber zu entscheiden haben, ob etwa einzelne Mitglieder des höchsten Tribunals, ohne einen erweislichen Fehler der Art, daß sie dem Reichsgericht verfielen, dennoch wegen Parteilichkeit oder Ungeschicklichkeit in den Ruf gekommen seien, das öffentliche Vertrauen verloren zu haben. Die solchergestalt durch ein gewisses Stimmenmehr dieser Geschworenen als unwürdig Bezeichneten müssen vom König „durch einen gnädigen Abschied von ihrem Amte entfernt werden", jedoch, nach dessen Ermessen, mit Belassung einer Pension zum Belauf des halben Gehalts. Wiederum hat der Verfassungsausschuß der Stände das Recht, die Protokolle des Staatsraths einzusehen, und wenn er findet, daß ein Staatsminister, Staatssecretär, Hofkanzler, Commandirender oder sonst ein Mitglied des Staatsraths gegen die Verfassung oder die Gesetze gehandelt, oder auch nur gegen deren Uebertretung Vorstellungen zu machen unterlassen hat, so kann er mit Zuziehung des Justizsachwalters denselben vor das Reichsgericht stellen. Auch kann er, wenn er bei einzelnen oder allen Mitgliedern des Staatsraths Ungeschicklichkeit, Mangel an Eifer oder sonst etwas wahrnimmt, was ihm die Wohlfahrt des Reichs zu gefährden scheint, die Stände veranlassen, den König um Entlassung der betreffenden Personen zu bitten. Eine ganz eigenthümliche Einrichtung ist endlich noch folgende. Bei jedem Reichstage ernennen die Stände sechs „durch Kenntnisse und Gelehrsamkeit bekannte“ Männer, welche nebst dem Justizsachwalter „zur Aufsicht der Preßfreiheit“ fungiren. Diesen können die Schriftsteller oder Drucker die Schriften, welche sie herauszugeben beabsichtigen, vorher vorlegen; erklären drei der Commissare, nebst dem Justizsachwalter, daß die Schrift nichts Gesetzwidriges enthalte, so sind die Herausgeber von jeder Verantwortung dafür frei, dagegen geht diese Verantwortung auf die Commissare über.

Die Verfassung von 1809 besteht im wesentlichen noch heute unverändert fort, trotzdem daß 1818 mit Karl XIV. Johann (dem schon 1810 von den Ständen zum Thronfolger des kinderlosen Karl XIII. gewählten französischen Marschall Bernadotte) eine neue Dynastie den Thron bestieg. Nur die seit 1834 stattfindende Oeffentlichkeit der Reichstage und die 1841 genauer geordnete Verantwortlichkeit der Departementschefs sind als Fortschritte in dem schwedischen Verfassungswesen zu betrachten. Eine grundsätzliche Veränderung des veralteten und schwerfälligen Vertretungssystems, die Verwandlung des vierspaltigen Reichstags in einen mit zwei Kammern, wie anderwärts, ist zwar seit fast einem halben Jahrhundert schon öfters, bald aus der Mitte einzelner Stände selbst, bald von der Regierung angeregt worden, besonders ernstlich in den letzten Jahren, wo die Regierung einen förmlichen Verfassungsentwurf in zeitgemäßerm Sinne vorlegte, allein die Ausführung ist bis heute an den in der Verfassung selbst liegenden, oben bezeichneten Schwierigkeiten und Hemmnissen gescheitert, deren Ueberwindung nur bei allseitigem guten Willen oder aber bei einem sehr entschiedenen Druck, sei es der öffentlichen Meinung, sei es der äußern Ereignisse, auf den Reichstag zu gewärtigen steht.

Norwegen hatte nach der Auflösung der Kalmarischen Union (welche die drei skandinavischen Reiche eine Zeit lang zu Einem verbunden), während Schweden seine Selbständigkeit wiedererkämpfte, den König von Dänemark, Friedrich I., auch zu seinem Könige gewählt (1523). In einer Wahlcapitulation sicherte dieser den Norwegern ihre alten Rechte, insbesondere daß keine Steuern ohne Bewilligung des Reichsraths erhoben werden dürften. Nach dem Tode Friedrich's I. erklärte sich ein Theil des Volks für den Pfalzgrafen Friedrich. Als dann aber doch Christian III., Friedrich's I. Sohn, wie in Dänemark, so in Norwegen sich behauptete, indem die Mehrheit des Reichsraths zu Bergen ihn wählte, benutzte er diesen Vorgang, um Norwegen seiner Selbständigkeit und seines Wahlrechts verlustig zu erklären, sogar den Reichsrath aufzuheben und es fortan, gleich einer bloßen Provinz von Dänemark, durch einen dorthin gesendeten Statthalter regieren zu lassen.

Dieses Verhältniß ward auch dann kein wesentlich anderes, als in Dänemark das ständische Königthum sich in ein absolutes verwandelte (1660). Die Norweger hatten zwar die Genugthuung, fortan nicht sowol von dem dänischen Volke als von den dänischen Königen unumschränkt beherrscht zu werden, also mit jenem nur das gleiche Los zu theilen; allein nicht blos war der von den folgenden Regierungen Dänemarks wider sie gekehrte Despotismus dennoch ein härterer als der im eigenen Lande geübte, sondern er war namentlich gegen ihre besondere Nationalität und auf eine Danisirung Norwegens gerichtet. Dies zumal, sodann andere dem Volksgeist ebenso sehr widerstreitende Eingriffe von Dänemark aus (wie die versuchte Einführung eines dem dänischen ähnlichen großen Grundbesitzadels), regten das Nationalgefühl der Norweger stärker wieder an. Durch die Verwickelungen, in welche Dänemark zu Anfang dieses Jahrhunderts gerieth, und durch die von ihm bewiesene Unfähigkeit, Norwegen zu schützen, ward das Band zwischen diesen beiden Ländern vollends gelockert. Ebenso wenig aber wollte Norwegen schwedisch werden, und obschon völlig auf ihre eigene Kraft verwiesen, vertheidigten sich doch die Norweger gegen die Schweden selbst dann noch, als Dänemark im Frieden zu Kiel (1814) Norwegen förmlich an Schweden abgetreten hatte. Der dänische Prinz Christian Friedrich hatte zuerst als Statthalter Norwegens dieses Land für Dänemark zu erhalten gehofft. Da jedoch die nationale Partei von einer Wiedervereinigung mit Dänemark, welches sie aufgegeben hatte, schlechterdings nichts wissen, wol aber Norwegen zu einem unabhängigen Lande erheben und ihm „die einem freien Volke anpassende Verfassung“ geben wollte, so entschloß er sich, in einer Versammlung von Vertrauensmännern zu Eidsvold die selbständige Verwaltung des Landes als Regent zu übernehmen, und berief alsbald ebendahin eine Versammlung vom Volke gewählter Männer, um eine Verfassung zu entwerfen. Diese Versammluug (bei der, sonderbarerweise, neben den Aemtern, den größern und den kleinern Städten, auch das Heer und die Flotte durch besondere von ihnen gewählte Abgeordnete vertreten waren) kam bald mit einer Verfassung zu Stande und wählte sodann auf Grund derselben Christian Friedrich zum König Norwegens.

Inzwischen hatte der erste Pariser Frieden endgültig Norwegen an Schweden gegeben. Christian Friedrich wollte resigniren, aber nur unter der Bedingung, daß die schwedische Regierung unter Garantie der vier Großmächte dem Königreich Norwegen eine eigene, freie Verfassung zusichere. Darauf ging man in Stockholm nicht ein. Die Norweger versuchten einen bewaffneten Widerstand, doch kam es bald zu einem Waffenstillstand. Der König von Schweden versprach, die Verfassung von Eidsvold anzunehmen und nur solche Veränderungen darin — nach Vereinbarung mit einer auf Grund jener Verfassung berufenen Versammlung — vorzunehmen, wie sie die Vereinigung beider Reiche bedinge. Die so modificirte Verfassung (vom 4. Nov. 1814) enthält folgende Bestimmungen:

Das Königreich Norwegen ist ein freies, selbständiges,

untheilbares und unveräußerliches Reich, vereinigt mit Schweden unter Einem Könige.

Die evangelisch-lutherische Religion verbleibt die Staatsreligion. Die Einwohner, die sich zu ihr bekennen, sind verpflichtet, ihre Kinder in derselben zu erziehen. Jesuiten und Mönchsorden, sowie Juden werden nicht geduldet. Als Beamte dürfen nur Evangelisch-Lutherische angestellt werden.

Sehr umständliche Vorschriften sind getroffen, um die Selbständigkeit Norwegens neben Schweden zu sichern. Eine besondere „Reichsacte von 1815" regelte dieses Verhältniß zwischen den beiden Reichen noch genauer.

Beim Erlöschen des regierenden Hauses sollen die Stände Schwedens und Norwegens (auf Vorschlag des letztregierenden Königs oder, wenn kein solcher vorliegt, aus freien Stücken) sich über ein neues gemeinsames Oberhaupt zu einigen suchen; gelänge dies nicht, so soll ein aus beiden gewähltes Comité einen Beschluß fassen, der dann für beide Länder bindend ist. Der König muß sich jedes Jahr einige Zeit in Norwegen aufhalten. Er wählt einen Staatsrath aus norwegischen Bürgern. In seiner Abwesenheit überträgt der König die Verwaltung Norwegens einem Vicekönig (dem Kronprinzen oder dessen Sohn, wenn er mündig ist) oder Statthalter (einem Norweger oder Schweden) und wenigstens fünf Mitgliedern des Staatsraths. Außerdem verbleiben der norwegische Staatsminister und zwei Mitglieder des Staatsraths stets in der Nähe des Königs, wenn dieser in Schweden ist. Nur in ihrem Beisein und in der Regel auch nur nach eingeholtem Gutachten der norwegischen Regierung dürfen die norwegischen Angelegenheiten verhandelt werden; sie haben ebenso wie die Mitglieder der Regierung in Norwegen eine constitutionelle Verantwortlichkeit. Die Einkünfte Norwegens dürfen nur zu dessen Nutzen verwendet werden. In Friedenszeiten dürfen keine schwedischen Truppen nach Norwegen verlegt werden, noch umgekehrt; doch darf der König eine norwegische Freiwilligengarde in Schweden haben, auch auf kurze Zeit einen Theil der beiderseitigen Truppen zu gemeinsamen Uebungen vereinigen. Zu Angriffskriegen dürfen die Truppen und die Schiffe Norwegens nicht ohne Bewilligung der Landesvertretung gebraucht werden. Beide Flotten sollen streng gesondert sein. Die norwegische Landwehr darf nie außerhalb Landes gebraucht werden. Will der König Krieg anfangen, so muß er zuerst das Gutachten der norwegischen Regierung über den Zustand des Reichs, die Finanzen u. s. w. hören. Dann beruft er die norwegischen Staatsräthe seiner Umgebung mit den schwedischen zusammen zu einem außerordentlichen Staatsrathe, dem er zugleich das Gutachten der norwegischen Regierung sowie ein ähnliches aus Schweden vorlegt. Die gutachtlichen Aeußerungen der einzelnen Staatsräthe werden unter eines jeden Verantwortung zu Protokoll gegeben, worauf der König seine Entscheidung trifft. Alle Norwegen betreffenden Befehle des Königs müssen von dem norwegischen Staatsminister gegengezeichnet sein (ausgenommen militärische Commandosachen). Alle Norwegen betreffenden

Vorstellungen und alle darauf ergehende Resolutionen müssen in norwegischer Sprache abgefaßt sein. Der norwegische Staatsminister und die beiden beim König befindlichen Staatsräthe haben Sitz und Stimme im schwedischen Staatsrath, wenn Gegenstände verhandelt werden, die beide Reiche angehen. In Fällen der Minderjährigkeit des Thronfolgers treten der norwegische und der schwedische Staatsrath zusammen, um sofort die beiderseitigen Landesvertretungen zu berufen. Bis diese das Nöthige wegen der Vormundschaft u. s. w. verfügt haben (was in denselben Formen wie die Wahl einer neuen Dynastie geschieht), führt eine gleiche Anzahl schwedischer und norwegischer Staatsräthe die Regierung. Letzteres geschieht auch bei dauernder Behinderung des Königs durch Krankheit u. dgl.

Die Rechte des Königs sind im übrigen die gewöhnlichen constitutionellen. Bei der Ausübung derselben ist er zum Theil ähnlich wie in Schweden an eine Mitwirkung des Staatsraths gebunden. Er kann Orden, aber keine Titel, die nicht mit einem Amte verbunden sind, und keine persönlichen oder erblichen Vorrechte (also auch keinen Adel) verleihen. Er kann die höhern Beamten von Civil und Militär nach Vernehmung des Staatsraths absetzen; andere Beamte können nur nach Urtheil und Recht ihr Amt verlieren. Das Recht des Königs, Bündnisse einzugehen und Friedensverträge zu schließen, ist keiner Beschränkung unterzogen.

Die Vertretung des Landes oder das Storthing tagt in zwei Abtheilungen, dem Lagthing und dem Odelsthing.

Das Lagthing ist ein Bruchtheil des gesammten Storthings (ein Viertheil), durch Wahl seiner Mitglieder unter sich selbst auserlesen; die andern bilden das Odelsthing.

Stimmberechtigt zu den Storthingswahlen sind alle norwegischen Bürger, die ihr fünfundzwanzigstes Jahr zurückgelegt haben, fünf Jahre im Lande wohnen und entweder Beamte sind oder gewesen sind, oder auf dem Lande ein katastrirtes Grundeigenthum besitzen, oder ein solches auf länger als fünf Jahre gepachtet haben, oder das Bürgerrecht in einer Stadt erlangt haben, oder in einer Stadt oder einem Flecken Haus oder Grund im Werthe von wenigstens 225 Thlrn. Preuß. besitzen. Die Wahlen sind indirect. Auf dem Lande wählen 100, in den Städten 50 Stimmberechtigte einen Wahlmann; dort durchschnittlich je 10, hier je 4 Wahlmänner einen Abgeordneten. Auf dem Storthing muß sich die Gesammtvertretung der Städte zu der des flachen Landes stets wie 1 zu 2 verhalten. Besondere Bedingungen für die Wahlmänner finden nicht statt. Zum Abgeordneten wählbar ist jeder, der 30 Jahre alt und seit zehn Jahren im Lande ist. Die Abgeordneten erhalten eine Entschädigung.

Das Storthing tritt regelmäßig alle drei Jahre an einem bestimmten Tage von selbst zusammen. Der König kann außerordentliche Versammlungen berufen. Nur diese letztern darf er auflösen. Ein ordentliches Storthing bleibt versammelt, solange es solches für nöthig findet, jedoch nicht über drei Monate ohne des Königs Erlaubniß. Die Sitzungen des Storthings sind öffentlich.

Das Storthing hat die gewöhnlichen constitutionellen Rechte — der Bewilligung von Steuern und Abgaben, der Genehmigung von Anleihen, der Controle des Staatshaushalts, der Einsicht in die Protokolle des Staatsraths, sowie in die abgeschlossenen Bündnisse und Verträge, endlich der Vorladung oder Anklage aller Personen im Staate, den König und die königliche Familie ausgenommen (doch sind die Prinzen ebenfalls verantwortlich, wenn sie andere Aemter, als das des Vicekönigs, bekleiden). Ein besonderes Vorrecht des Storthings ist das, Fremde zu naturalisiren ohne Dazwischenkunft des Königs.

Das Gesetzgebungsrecht theilt das Storthing mit dem Könige. Alle Gesetzesvorschläge müssen zuerst ans Odelsthing kommen und erst von diesem (verändert oder unverändert) ans Lagthing. Können sich beide Thinge nicht einigen, so treten sie zu einer einzigen Versammlung zusammen und diese entscheidet dann mit zwei Drittel Stimmen.

Der König hat nur ein aufschiebendes Veto. Ein Vorschlag, der auf drei Storthings nacheinander gleichmäßig angenommen worden, erlangt Gesetzeskraft auch ohne die Sanction des Königs.

Das Reichsgericht besteht aus sämmtlichen Mitgliedern des Lagthings (dessen Präsident darin den Vorsitz führt) und denen des höchsten Gerichts. Dasselbe erkennt, auf die Anklage des Odelsthings, entweder gegen Mitglieder des Staatsraths oder des höchsten Gerichts wegen Amtsvergehen, oder gegen Mitglieder des Storthings wegen Verbrechen, die sie als solche begangen.

Die Bestimmungen wegen der allgemeinen Volksrechte sind sorgfältig und freisinnig.

Abänderungen der Verfassung können, wenn auf einem Storthing vorgeschlagen, allemal erst auf dem nächstfolgenden beschlossen werden, und zwar nur mit zwei Drittel Mehrheit; auch dürfen sie den Grundsätzen der Verfassung nicht zuwiderlaufen.

Diese Verfassung besteht im wesentlichen unverändert noch heute in Kraft. Mehrfache Versuche der Regierung, sie in mehr monarchischem Sinne umzugestalten, insbesondere das aufschiebende Veto in ein absolutes zu verwandeln, sind stets an der Festigkeit des Storthings gescheitert. Ebenso streng hat man auf die staatliche Selbständigkeit Norwegens, Schweden gegenüber, gehalten, was durch die abgelegene Lage der beiden Reiche, welche ihnen erlaubt, sich von den europäischen Verwickelungen ziemlich fern zu halten, wesentlich erleichtert wird.

In Dänemark bestand, ähnlich wie in Schweden, bis in das 17. Jahrhundert herab eine altständische Verfassung mit einem starken Uebergewicht des aristokratischen Elements. Letzteres ward zuletzt so drückend, daß auf dem Reichstag von 1660 die beiden andern Stände, Geistlichkeit und Städte, eine gänzliche Umgestaltung der Verfassung durchsetzten. Durch das sogenannte Königsgesetz (lex regia) ward dem Staatsoberhaupt eine völlig absolute Gewalt übertragen, die ständische Vertretung aufgehoben. Von da an regierten die Könige Dänemarks 170 Jahre lang unumschränkt, aber zum Theil, namentlich unter dem Einfluß aufgeklärter Minister von deutscher Herkunft, sehr freisinnig. Die äußern Gefahren und Verluste, in welche Dänemark durch seine Hinneigung zu Napoleon gerieth, regten den Volksgeist stärker an; doch blieb auch nach dem Wiener Congreß, der die äußern Machtverhältnisse des Staats wenig günstig gestaltete, die Regierungsform unverändert. Erst nach 1830 fand man sich theils durch die neue Erregung der Gemüther infolge der französischen Revolution, theils durch die von Schleswig-Holstein aus erhobenen Forderungen veranlaßt, den einzelnen unter der dänischen Krone vereinigten Ländern, den Inseln, Jütland, Schleswig und Holstein, jedem für sich Provinzialstände, jedoch mit blos berathender Stimme, zu geben.

So blieb es bis 1848. Der Nationalitätenkampf mit den Herzogthümern zog das Interesse der Dänen einigermaßen von den innern Freiheitsfragen ab und gestattete der Regierung, in ziemlich unbeschränkter Weise fortzuregieren.

Um so heftiger war 1848 der Rückschlag der pariser Revolution, zumal da fast zur gleichen Zeit die Erhebung der Herzogthümer gegen den widerrechtlichen Versuch ihrer Incorporirung in das Königreich das Nationalgefühl des dänischen Volks aufs höchste stachelte. Massendemonstrationen in Kopenhagen zwangen den König zur Einsetzung eines neuen, aus den Führern der Volkspartei gebildeten Cabinets (des sogenannten Casinoministeriums, weil im Casino die erste Versammlung der Volkspartei stattgefunden hatte) und zur Berufung eines constituirenden Reichstags. Am 5. Juni 1849 ward die von diesem berathene

Verfassung vom König als Grundgesetz für Dänemark sanctionirt.

Nach derselben besteht die Vertretung des Königreichs, der Reichstag, aus einem Folkething und einem Landsthing. Das Folkething geht aus allgemeinen, unmittelbaren Wahlen auf breitester Grundlage hervor. Zum Wahlrecht befähigt ein Alter von 30 Jahren, eigener Hausstand und festes Domicil. Wählbar ist jeder, der das fünfundzwanzigste Lebensjahr zurückgelegt hat. Die Wahlen finden alle drei Jahre statt. Zum Landsthing wählen dieselben Wähler wie zum Folkething, aber durch Wahlmänner; wählbar ist jeder Vierzigjährige, der ein Jahreseinkommen von 1200 Thlrn. oder eine Jahressteuer von 200 Thlrn. nachweist. Das Landsthing ist ungefähr halb so stark wie das Folkething. Die Wahlen dafür finden auf acht Jahre statt, alle vier Jahre zur Hälfte. Die Mitglieder beider Thinge erhalten Tagegelder. Der Reichstag tritt jährlich kraft eigenen Rechts zur bestimmten Zeit zusammen, wenn ihn der König nicht schon vorher einberuft. Er hat das Recht der Steuerbewilligung und der Controle der Finanzverwaltung, der Mitbestimmung über die Aushebung der Mannschaften, des Gesetzesvorschlags und der Zustimmung zu den von der Regierung vorgeschlagenen Gesetzen, der Interpellation, der Adressen, der Enquête durch einen Ausschuß; dem Könige steht ein absolutes Veto zu. Der König kann einen außerordentlichen Reichstag berufen; er kann den Reichstag vertagen, doch nicht über zwei Monate ohne dessen Einwilligung, und nur einmal in je einer Sitzung; er kann beide Thinge oder eins davon auflösen; aber binnen zwei Monaten muß wieder ein neuer Reichstag berufen sein. Die Minister sind verantwortlich und können, gleichwie auch andere Staatsverbrecher, vom Folkething vor dem Reichsgericht angeklagt werden, dessen Mitglieder zur Hälfte von dem Landsthing, zur andern Hälfte von dem obersten Landesgericht aus deren Mitgliedern jedesmal auf vier Jahre gewählt werden. Die Freiheitsrechte der Staatsangehörigen sind in weitester Ausdehnung verbürgt; die Autorität der Gerichte ist eine sehr große, insbesondere können dieselben jede Klage wegen Ueberschreitung der Grenzen der obrigkeitlichen Gewalt annehmen und darüber erkennen; sie haben sich nur nach den Gesetzen zu richten. Die Selbstverwaltung der Gemeinden wird garantirt.

Auffallend ist — bei der im übrigen so demokratischen Natur dieser Verfassung —, daß dem Könige das Recht belassen ist, nicht allein „in sehr kritischen Fällen, wenn der Reichstag nicht versammelt ist, vorläufige Gesetze zu erlassen, die jedoch dem Grundgesetz nicht zuwider sein dürfen und immer dem nächsten Reichstag vorgelegt werden müssen“, sondern auch „theils unmittelbar, theils durch die betreffenden Regierungsbehörden diejenigen Ausnahmen von den jetzt geltenden Gesetzen zu ertheilen, welche bisher geltenden Regeln zufolge gebräuchlich gewesen sind“.

Im Jahre 1854 versuchte man, für das Königreich Dänemark und die drei Herzogthümer Schleswig-Holstein und Lauenburg eine gemeinsame Vertretung einzurichten, den sogenannten Reichsrath, unbeschadet der Rechte und der Wirksamkeit des dänischen Reichstags für das eigentliche Königreich, d. h. die Inseln und Jütland. Da indessen diese Einrichtung — wegen der dagegen von den Herzogthümern und vom Deutschen Bunde erhobenen Einsprüche — keinen Bestand hatte, so verlohnt es sich nicht, hier von derselben zu sprechen. Die Kämpfe wegen der Stellung dieser Nebenländer zu dem Königreich haben bisher vorzugsweise das dänische Volk und den dänischen Reichstag beschäftigt. Die politischen Parteien haben sich wesentlich auf dem Boden dieser Frage gruppirt: es gab eine Gesammtstaatspartei, welche die sämmtlichen deutschen Nebenländer mit dem Königreich unter einer Gesammtverfassung vereinigen, ihnen daneben aber mehr oder weniger noch eine gewisse Selbständigkeit lassen wollte, und es gab eine Partei der Eiderdänen, welche darauf ausging, Schleswig — bis zur Eider — gänzlich in eine dänische Provinz zu verwandeln und also dort die dänische Verfassung einzuführen, dagegen die beiden deutschen Bundesländer Holstein und Lauenburg auszuscheiden und diesen besondere Vertretungen, jedoch mit beschränkten Befugnissen, einzuräumen.

Bezeichnend für die dänischen Zustände ist der große und beherrschende Einfluß, den die Bevölkerung der Hauptstadt Kopenhagen auf die Regierung ausübt. Zwar bildete sich einmal im Reichstag eine Partei der „Bauernfreunde“, welche die in Dänemark so wichtige Gesellschaftsklasse der Landbevölkerung und ihre Interessen zur Geltung zu bringen suchte; allein den Ausschlag in allen politischen

Fragen gibt doch das Volk von Kopenhagen, wie sich dies noch neuerdings nach dem Tode König Friedrich's VII. gezeigt hat, wo der neue König Christian IX. gezwungen war, die eiderdänische Politik in ihrer vollen Schroffheit aufrecht zu erhalten und zu deren Durchsetzung sogar Krieg mit Preußen und Oesterreich zu führen.

Der Kreis der constitutionellen Monarchien Europas, welche ein mehr oder weniger aus geschichtlichen Ansätzen entwickeltes oder doch auf den allgemeinen Grundlagen ausgebildeter Staats- und Rechtszustände auferbautes Verfassungswesen besitzen, ist hiermit beschlossen. Es bleibt uns noch übrig, in flüchtigen Zügen einiger andern zu gedenken, wo ein solches Verfassungswesen ohne dergleichen historische Voraussetzungen, sozusagen aus dem Frischen, wie ein Experiment, künstlich hergestellt worden, noch dazu meist unter äußern Verhältnissen, welche einer ruhigen Ausbildung und Befestigung desselben keineswegs günstig waren.

Zu diesen Staaten gehört in erster Reihe Griechenland. Schon während des Freiheitskampfes finden wir dort Anfänge repräsentativer Einrichtungen. Zuerst (1821) hatten die verschiedenen Theile Griechenlands (das östliche, das westliche, der Peloponnes) ein jeder eine besondere Verfassung und Vertretung, letztere gegliedert nach Gemeinden, Bezirken und einer von diesen gebildeten allgemeinen Abordnung. Im Jahre 1822 entstand eine provisorische Verfassung für ganz Griechenland, 1827 eine neue, beide nach dem Muster der modernen westeuropäischen.

Die Ausnahmezustände des Kriegs und die heftigen Kämpfe der verschiedenen Parteiführer im Innern ließen es indeß zu einem geregelten Verfassungsleben nicht kommen. Im Jahre 1832 ward Griechenland, dem türkischen Joche gänzlich entzogen, unter dem Schutze Rußlands, Englands und Frankreichs zu einem selbständigen Königreiche erklärt und der Prinz Otto von Baiern zum König eingesetzt. Lange Zeit regierte dieser ohne eigentliche Verfassung in den Formen des bureaukratischen Systems. Aber die wachsende Unzufriedenheit des Volks, die sich besonders auch gegen die Anstellung Fremder im Staatsdienst kehrte, sowie die ins Ungeheuere gesteigerten Schwierigkeiten der Finanzlage brachten es endlich dahin, daß selbst die Schutzmächte Abhülfe dieser Beschwerden und die Zusammenberufung einer Nationalversammlung verlangten. Noch ehe dies jedoch geschah, brach die Revolution los und zwang den König zur Entlassung aller Fremden, zur Bildung eines nationalen Ministeriums und zur Einberufung einer constituirenden Nationalversammlung. Am 30. März 1844 kam eine Verfassung zu Stande, welche wesentlich der französischen nachgebildet war. Sie garantirte die Gleichheit Aller vor dem Gesetz, die persönliche Freiheit, die Freiheit der Presse, die Religionsfreiheit, auch den unentgeltlichen Unterricht. Die Rechte des Königs sind die in allen constitutionellen Staaten herkömmlichen; er übt solche unter Gegenzeichnung verantwortlicher Minister. Die Richter sind unabsetzbar; es gibt eine Jury. Die gesetzgebende Versammlung besteht aus einer Kammer der Abgeordneten und einem Senat.

Die Abgeordneten werden auf drei Jahre gewählt; Wähler ist jeder Ansässige von 25 Jahren, wählbar jeder Dreißigjährige, der ein Eigenthum von bestimmtem Werthe in dem Departement besitzt. Die Senatoren müssen 40 Jahre alt sein; sie werden vom König auf Lebenszeit ernannt. Senatoren wie Abgeordnete erhalten eine Entschädigung, jene ungefähr 148, diese 60 Thlr. monatlich.

Der constitutionelle Mechanismus ist seitdem in Griechenland unausgesetzt im Gange gewesen; zu einer dauernden Befestigung seiner innern Zustände ist jedoch das Land nicht gelangt. Abgesehen von den äußern Schwierigkeiten und den finanziellen Bedrängnissen, mit denen Griechenland seit seiner Befreiung zu kämpfen gehabt und welche es — trotz der unleugbaren Fortschritte des Gewerbfleißes, des Handels und der Schiffahrt, die es gemacht — noch nicht überwunden hat, besitzt es auch noch immer in allzu geringem Maße die Elemente der Ordnung und einer ruhigen, gesetzlichen Entwickelung, welche erst die Frucht einer längern Uebung constitutioneller Freiheiten sind; die rohe Leidenschaft, die Lust zu Verschwörungen und zu Gewaltthaten ist noch zu überwiegend. Eine neue Revolution hat im Jahre 1863 den König Otto vom Throne gestoßen und einen Sohn des Prinzen Christian von Glücksburg (des jetzigen Königs von Dänemark) daraufgesetzt: die Verfassung ist aber im übrigen bisjetzt unverändert geblieben.

Was einer ruhigen Ausbildung des Verfassungslebens in Griechenland wesentlich mit im Wege steht, ist der Umstand, daß die verschiedenen politischen Parteien im Innern dieses Staats vielfach durch die Intriguen auswärtiger Mächte ermuthigt und angestachelt werden, welche letztere um die Wette Griechenland zu einem Stützpunkte ihrer politischen Plane im Orient zu machen suchen.

Dasselbe und in noch höherm Grade ist der Fall bei den sogenannten Donaufürstenthümern (Moldau und Walachei) und bei Serbien. Jene wie dieses haben sich mehr und mehr von der türkischen Herrschaft frei zu machen und zu selbständigen Staaten zu erheben gesucht. Es war natürlich, daß durch diese Kämpfe das politische Selbstbewußtsein des Volks geschärft und das Bedürfniß freier, den europäischen Staaten nachgebildeter Zustände erweckt ward. Zum Theil wurden ihnen auch diese constitutionellen Formen von den Großmächten, die um einen beherrschenden Einfluß über diese Länder buhlten, bald durch Ueberredung, bisweilen sogar halb mit Gewalt aufgedrängt.

In den Donauländern datiren die Anfänge verfassungsmäßiger Einrichtungen, freilich sehr unvollkommene, aus dem Jahre 1829. Die Revolution von 1848 hatte manche Neuerungen darin zur Folge; ungleich wichtiger aber war die völlige Umgestaltung der Verhältnisse, welche 1858 durch eine Conferenz der Großmächte zu Paris ins Werk gesetzt ward. Beide Fürstenthümer erhielten neue Verfassungen und neue Wahlgesetze. Die letztern sind nicht eben besonders freisinnig: auf 4½ Millionen Einwohner kommen nur ungefähr 5000 Wähler. Durch die Wahl eines gemeinsamen Oberhauptes in der Person des Obersten Cusa

(1859) bereiteten die beiden Länder ihre völlige politische Union vor, welche 1862 durch die Vereinigung der beiderseitigen Vertretungen zu einer einzigen Versammlung sich vollendete. Mangel an staatsmännischen Talenten und an politischer Bildung, sowie häufige, großentheils von außen geschürte Parteikämpfe stehen auch dort einer ruhigen und stetigen Entwickelung des Staatslebens im Wege; doch ist in den materiellen und theilweise auch in den geistigen Zuständen ein Fortschritt unverkennbar.

Auch Serbien hatte schon während seines Unabhängigkeitskampfes mit den Türken Versuche zu repräsentativen Einrichtungen gemacht. Milosch Obrenowitsch ward 1827 von einer Nationalversammlung zum erblichen Fürsten erwählt. Er wollte 1835 eine mit Vertretern des Volks vereinbarte Verfassung einführen; allein die Pforte versagte ihre Genehmigung. Dagegen kam 1838 eine andere Verfassung (wie man sagt, unter russischem Einfluß) zu Stande, welche die Gewalt des Staatsoberhauptes — die Milosch zu misbrauchen angefangen — einigermaßen einschränkte. Ein dem Fürsten an die Seite gesetzter Senat (eine Art von Staatsrath), der sich durch Vorschlag von Candidaten, aus denen der Fürst die vacanten Stellen besetzt, selbst ergänzt und zu dem auch die Minister gehören, hat bei der Bestimmung der Höhe der Steuern, der Besoldung der Beamten, der Regelung der Heeresverhältnisse und dem Erlaß von Gesetzen mitzuwirken. Daneben besteht eine allgemeine Landesvertretung, die Skupschina, aus den Vorständen der Gemeinden, Bezirke und

Kreise gebildet. Von einem geregelten Verfassungsleben kann auch dort noch nicht die Rede sein.

Die obigen constitutionellen Experimente — denn anders kann man füglich diese zum großen Theil rein von außen importirten Verfassungen kaum bezeichnen — bieten noch ein besonderes Interesse insofern dar, als es zur Zeit die einzigen repräsentativen Einrichtungen sind, welche in Staaten mit slawischer oder doch der slawischen verwandter Bevölkerung bestehen. Von den beiden großen, selbständigen Reichen, welche lange Zeit die Repräsentanten des gewaltigen Slawenstammes in zweien seiner Hauptzweige waren, besaß Polen schon früh eine parlamentarische Verfassung. Sie war rein aristokratisch: der Adel, im Senat wie in der Kammer der Landboten ausschließlich (mit Hinzurechnung der hohen Geistlichkeit) repräsentirt, beherrschte das Königthum, zumal seitdem dieses ein Wahlkönigthum geworden, und tyrannisirte das Land. Das unerhörte Recht, welches jedes einzelne Mitglied des Reichstags besaß, durch seinen Widerspruch (des sogenannten liberum veto) jeden Beschluß des Reichstags aufzuheben, machte ein geordnetes Verfassungsleben vollends unmöglich und legitimirte gleichsam die Willkür und Gesetzlosigkeit eines wilden Parteiwesens. Die Verfassung, welche Kaiser Alexander I. von Rußland am 27. Nov. 1815 dem mit Rußland vereinigten Königreich Polen verlieh, die aber 1831 mit der Niederwerfung des polnischen Aufstandes wieder zu Grunde ging, umgab den König mit verantwortlichen Ministern und einem Staatsrath, und setzte ihm einen Reichstag zur Seite, bestehend aus einem Senat, dessen Mitglieder der König auf Lebenszeit ernannte, und einer Kammer der Landboten, zu welcher die Provinzialversammlungen der Adelichen 77, die Gemeinden 51 Mitglieder wählten. Die Stellung des Reichstags zur Krone war der in der Charte Ludwig's XVIII. vorgezeichneten ähnlich, doch etwas beschränkter.

Was Rußland betrifft, so hatten auch dort, wie wol in allen Ländern, vorübergehend und unter gewissen Verhältnissen die Großen einen beschränkenden und controlirenden Einfluß auf die oberste Staatsgewalt erlangt. Auch von einer allgemeinen Staatsvertretung des Reichs, oder doch von einer Antheilnahme der Geistlichkeit und der Bürgerschaft Moskaus an den ständischen Machtbefugnissen des Adels, kommen einzelne Beispiele vor. Seit Peter dem Großen hört aber jede Spur eines solchen Einflusses des Adels oder anderer Stände auf. Nur in den sogenannten Ostseeprovinzen (Kurland u. s. w.) bestehen noch von früher her Stände nach feudalem Zuschnitt, und in Finnland hat der gegenwärtige Kaiser, Alexander II., in neuester Zeit die repräsentativen Einrichtungen nach schwedischem Muster, welche vordem dort in Wirksamkeit waren, wiederhergestellt. Vielleicht ist auch für Rußland die Zeit nicht fern, wo es die bureaukratischen Bahnen, die es ausgeprägter als fast irgendein anderes Land verfolgt hat, verlassen wird. Durch die Bauernemancipation sind dort sociale Umbildungen angebahnt, welche auch in der Leitung der allgemeinen Staatsangelegenheiten neue Formen herbeiführen müssen.

## Fünftes Kapitel.

### Die Verfassungen und Vertretungen der nordamerikanischen und der schweizerischen Republik.

Neben den constitutionellen Monarchien Europas beanspruchen zwei Republiken in dieser Geschichte der Verfassungsstaaten einen hervorragenden Platz: die Vereinigten Staaten von Nordamerika und die Schweiz. Denn was die mittel- und südamerikanischen Staaten betrifft, so sind diese, selbst das Kaiserreich Brasilien nicht ausgenommen, seit ihrer Losreißung von den europäischen Mutterländern in fast fortwährenden Gärungen begriffen gewesen, und sind noch heute großentheils zu einer festen, sichern Gestalt ihrer Verfassungszustände nicht gelangt.

Die europäischen Ansiedler, welche Colonien in den Wildnissen von Nordamerika gründeten, brachten meist aus ihren Geburtsländern einen Geist der Freiheit mit, der theils unter dem Schutze der heimischen Verfassungen, theils im Kampfe gegen heimischen Despotismus großgezogen war. Das letztere gilt namentlich von jenen vielen, die um politischer oder religiöser Verfolgungen willen England während der Stuart'schen Herrschaft verließen. Auf dem noch frischen, jeder Spur historischen Rechts baren Boden Amerikas, wo der Einzelne nur durch die eigene Kraft sich forthelfen konnte, wuchs dieser Sinn der Unabhängigkeit rasch und kräftig empor und zeugte ein Geschlecht von Männern, welche ebenso wol nach außen die Freiheit tapfer zu vertheidigen, als im Innern ihr mit besonnener Hand feste, den Verhältnissen entsprechende Formen zu schaffen wußten.

Die Verfassungszustände in diesen Colonien waren verschieden; doch bildeten die allgemeinen Rechtsanschauungen Englands, diese einer gesetzlichen Freiheit und Gleichheit so günstigen Anschauungen, die gemeinsame Grundlage derselben. Bald nach dem Beginn des Befreiungskampfes gegen England (in den Jahren 1776 fg.) gaben die einzelnen Staaten, einer nach dem andern, sich eigene Verfassungen. In den gleichen Jahren erklärten die dreizehn Staaten ihre Unabhängigkeit von England und setzten einen Bundesvertrag fest, den sie im Jahre 1778 erneuerten und weiter ausbildeten. Aber erst einige Jahre nach wirklich errungener Unabhängigkeit, nachdem der frühere Vertrag sich für Aufrechthaltung der innern Einigkeit und Ordnung als unzureichend erwiesen hatte, am 17. Sept. 1787, kam diejenige Verfassung der nordamerikanischen Freistaaten zu Stande, welche (mit einigen geringen, in den nächsten Jahren hinzugekommenen Verbesserungen) sich als das Grundgesetz der Union — trotz der seitdem so gewaltig gewachsenen Ausdehnung dieses großen Bundesstaates — behauptet und bis vor wenig Jahren, wo der unselige

Bürgerkrieg begann, auch als festes Einigungsband aller einzelnen Glieder desselben bewährt hat.

Diese Verfassung legt die gesetzgebende Gewalt, soweit dieselbe der Union, nicht den Einzelstaaten zusteht, in die Hand eines Congresses, der aus einem Senat und einem Hause der Repräsentanten besteht. In den Senat schickt jeder Staat durch seine gesetzgebende Versammlung zwei Senatoren; sie werden auf sechs Jahre gewählt; jedes Jahr scheidet ein Drittel aus. Ein Senator muß 30 Jahre alt, seit neun Jahren Bürger der Vereinigten Staaten und Einwohner des Staats sein, der ihn sendet. Die Repräsentanten werden von den einzelnen Staaten je nach ihrem Bevölkerungsmaßstabe gewählt. Wähler sind dieselben Personen, welche die Mitglieder der gesetzgebenden Versammlung in dem betreffenden Einzelstaat wählen. Wählbar ist, wer 25 Jahre alt, seit sieben Jahren Bürger der Vereinigten Staaten und Einwohner des Staats ist, in dem er gewählt wird. Der Congreß versammelt sich in jedem Jahre wenigstens einmal. Die Senatoren und Repräsentanten erhalten Tagegelder. Keiner von ihnen darf während seiner Wahlperiode von der Unionsregierung zu einem Staatsamte berufen werden, welches in dieser Zeit neu errichtet oder höher dotirt worden ist. Kein Beamter der Unionsregierung kann zugleich Senator oder Repräsentant sein.

Das Repräsentantenhaus klagt ungetreue Staatsbeamte an, der Senat richtet sie.

Geldbills kommen zuerst an das Repräsentantenhaus; doch kann der Senat sie abändern, ganz wie andere Gesetzentwürfe.

Ein Gesetzentwurf, der in beiden Häusern durchgegangen, wird dem Präsidenten zur Unterschrift vorgelegt, um dadurch Gesetzeskraft zu erlangen. Hat der Präsident Bedenken dagegen, so theilt er diese dem Hause mit, von wo der Entwurf ausgegangen; letzteres zieht die Bedenken in Erwägung; stimmen aber zwei Drittel für das Gesetz, so geht dasselbe nochmals an das andere Haus, und wenn auch dieses mit zwei Dritteln zustimmt, so erlangt die Bill Gesetzeskraft unbeschadet der mangelnden Unterschrift des Präsidenten.

Der Präsident der Vereinigten Staaten, der Träger der vollziehenden Gewalt, führt sein Amt vier Jahre lang. Er wird auf folgende Weise gewählt. Jeder Staat ernennt nach seinem Wahlgesetz so viel Wähler, als er Senatoren und Repräsentanten zusammen zum Congreß entsendet; unter diesen Wählern darf aber kein Senator, Repräsentant oder Beamter der Vereinigten Staaten sein. Diese Wähler geben ihre Stimmen ab, je eine für den Präsidenten, eine zweite für den Vicepräsidenten. Wenn eine absolute Mehrzahl aller Wähler für eine Person gestimmt hat, so ist diese Präsident; hat keiner eine solche Mehrheit, so wählt das Repräsentantenhaus unter den drei Meistbestimmten. Hierbei entscheidet aber im Hause nicht die Kopfmehrheit, sondern die Mehrheit der Staaten. Ebenso wird es mit der Wahl des Vicepräsidenten gehalten.

Der Präsident ist nach Ablauf der vier Jahre wieder wählbar; doch ist nur in wenigen Fällen von diesem Rechte Gebrauch gemacht worden.

Der Präsident muß ein in den Vereinigten Staaten geborener Bürger, 35 Jahre alt sein und 14 Jahre innerhalb des Gebiets der Vereinigten Staaten gewohnt haben. Im Falle der Amtsentsetzung, der Abdankung oder des Todes des Präsidenten tritt der Vicepräsident an seine Stelle. Sollte auch dieser außer Stande sein, das Amt zu versehen, so trifft der Congreß Verfügung deshalb. Der Präsident enthält eine Entschädigung.

Der Präsident ist Oberbefehlshaber der Armee und Flotte; er kann die Strafen für Verbrechen gegen die Vereinigten Staaten mildern oder erlassen, nur nicht im Fall einer Anklage der Staatsverwaltung durch das Repräsentantenhaus. Er schließt Verträge und Bündnisse, ernennt Gesandte, Consuln, die Richter des Obergerichts u. s. w., aber unter Mitwirkung des Senats. Er kann den Congreß zu außerordentlichen Sitzungen berufen. Präsident, Vicepräsident und alle Civilbeamten der Vereinigten Staaten können auf Anklage durch das Repräsentantenhaus und Verurtheilung durch den Senat wegen Verrätherei, Bestechung und anderer großer Verbrechen ihres Amtes entsetzt werden.

Außer diesen auf die vollziehende und die gesetzgebende Gewalt bezüglichen Bestimmungen enthält die Verfassung der Vereinigten Staaten andere, die sich theils auf das Verhältniß der Bundesgewalt zu den Einzelstaaten, theils auf die Rechte der Einzelnen erstrecken, soweit letztere von der Bundesgewalt abhängen oder zu dem Bundesverhältniß der Staaten untereinander in Beziehung stehen. Diese

Bestimmungen berühren das eigentlich repräsentative Element der Verfassung nicht. Doch mag erwähnt sein, daß der Congreß, als oberste gesetzgebende Gewalt der Vereinigten Staaten, sehr ausgedehnte Rechte über alle Theile dieses Staatencomplexes hat, und daß in Bezug auf die auswärtigen und die allgemeinen Verkehrsverhältnisse, Krieg, Frieden, Bündnisse und andere Verträge mit dem Auslande, Armee und Flotte, Handelspolitik, Geld, Maß, Gewicht, Posten und Poststraßen u. s. w. die Einzelstaaten gänzlich von ihm abhängen.

Die Verfassungen der Einzelstaaten haben mit der Unionsverfassung das gemein, daß sie die vollziehende Gewalt einem Einzigen, dem Governor, anvertrauen, dessen Wahlart und Befugnisse denjenigen des Präsidenten der Vereinigten Staaten analog sind, und daß sie den gesetzgebenden Körper in zwei Häuser theilen, einen Senat und ein Haus der Repräsentanten. Für beide Häuser wird durch dieselben Wähler gewählt, aber die Bedingungen der Wählbarkeit sind verschieden: zum Senator gehört ein höheres Alter — 25, 27, auch wol 30 Jahre — ein bestimmter Zeitraum der Ansässigkeit in dem betreffenden Staate und ein Grundeigenthum von bestimmtem Werthe; für die Repräsentanten finden keine solche oder minder hohe Bedingungen statt. Die letztern werden meist alljährlich gewählt, die Senatoren für mehrere Jahre (in Neuyork z. B. für vier Jahre). Um Wähler zu sein, muß man 21 Jahre alt, eine gewisse Zeit (meist ein Jahr) in dem Staate oder eine kürzere Zeit in dem Orte oder der

Grafschaft, wo man wählen will, bereits ansässig gewesen sein und irgendeine Steuer gezahlt, oder bewaffnet und ausgerüstet Milizdienste versehen haben. In den nördlichen Staaten dürfen auch die Farbigen mitstimmen, jedoch unter erschwerenden Bedingungen.

Die Schweiz bildete ehemals einen integrirenden Theil des Deutschen Reichs. Ihre Hauptbestandtheile waren eine Anzahl freier Bauernschaften und einige wohlhabende Städte. Um sich der Angriffe, welche das Haus Habsburg auf ihre Freiheiten machte, zu erwehren, schlossen sie unter sich einen Bund, die sogenannte Eidgenossenschaft, die später durch Aufnahme neuer Mitglieder sich vergrößerte und schon seit Ende des 15. Jahrhunderts thatsächlich, seit dem Westfälischen Frieden auch durch förmliche völkerrechtliche Anerkennung vom Deutschen Reiche unabhängig ward. Die Verfassungen der einzelnen Theile der Eidgenossenschaft, der Cantone, waren unter sich verschieden; bald war es die ganze Landgemeinde (wie in Uri, Schwyz, Unterwalden u. a.), welche die gesetzgebende Gewalt übte, bald (wie in Zürich, Bern u. dgl.) gab es einen Großen Rath für die wichtigern Angelegenheiten, einen Kleinen Rath für die laufenden Geschäfte. Das Bundesverhältniß selbst war ein ziemlich lockeres: es fand eine Art regelmäßiger Zusammenkunft statt von Abgesandten der Cantone — unter dem Namen Tagsatzung —, wo gemeinsame Angelegenheiten berathen wurden; die formelle Leitung hatte ein sogenannter Vorort. Im übrigen betrachtete jeder Canton sich als souverän.

So blieb es bis 1798. Damals drangen die siegreichen Waffen und zum Theil auch die neuen Ideen der französischen Republik in die Schweiz ein. Die Neutralität, welche die Eidgenossenschaft lange zu wahren gewußt, ging verloren; sie gerieth in ein Abhängigkeitsverhältniß zu Frankreich, zu dessen Befestigung man ihr auch eine nach dem Muster der französischen gebildete, wesentlich demokratische und centralistische Verfassung aufdrang.

Seitdem machte die Schweiz — immerfort unter dem Einflusse des übermächtigen Nachbars — eine Reihe von Verfassungsexperimenten durch (das letzte davon war die von Napoleon dictirte sogenannte Mediationsacte von 1803), bis endlich, nach den Siegen der Verbündeten über Napoleon, erst eine Uebereinkunft (vom 29. Dec. 1813) unter den „alteidgenössischen Ständen", dann, nach dem Wiener Congreß, ein förmlicher neuer Bundesvertrag (vom 7. Aug. 1815) zu Stande kam.

Das alte föderative Verhältniß mit Tagsatzung und Vorort ward wiederhergestellt. Was die einzelnen Cantonalverfassungen betrifft, so wurden diese ebenfalls in der Hauptsache auf den alten Fuß gesetzt, in manchen Punkten revidirt. Sie boten nach wie vor die bunteste Mannichfaltigkeit dar; in den meisten herrschte ein patricisch-aristokratisches Element vor, zum Theil mit einem drückenden Uebergewicht des Hauptorts über die dazu gehörige Landschaft; in einzelnen bestand eine gemäßigte Verfassung, noch andere blieben demokratisch, wie sie von alters her gewesen.

Der Rückschlag der Französischen Revolution von 1830 brachte auch in der Schweiz die schon lange gärende Unzufriedenheit gegen das patricische Regiment zum Ausbruch. Das Princip der Souveränetät des Volks oder das demokratische Princip trug fast überall den Sieg davon. Nicht blos darin, daß in den meisten Verfassungen umfassende Bürgschaften für persönliche Freiheit und gesetzliche Gleichheit aller Cantonsbürger gegeben, insbesondere auch die drückenden Bevorrechtungen der Stadtgemeinden gegenüber den Landbevölkerungen aufgehoben, gemeinnützige Maßregeln für das Volk, z. B. die Förderung des öffentlichen Unterrichts, die Freigebung von Handel und Gewerbe, Freizügigkeit u. s. w., versprochen wurden, sondern auch in Bezug auf die eigentlich politischen, repräsentativen Formen. Wo nicht ohnedies, wie in den kleinen Cantonen (Schwyz, Uri, Unterwalden, St.-Gallen, Graubündten u. s. w.), eine regelmäßige Vertretung der Gesammtheit des Volks in sogenannten Landgemeinden stattfand, welche die höchste Instanz in allen Fragen der Verwaltung und Gesetzgebung bilden, da behielt man dem Volke wenigstens bei wichtigern Angelegenheiten eine directe Antheilnahme und Entscheidung vor. So ward in den meisten Cantonen dem Volke das Recht eingeräumt, durch allgemeine Abstimmung die geordneten Gewalten zu einer Revision der Verfassung zu nöthigen und wiederum die von denselben beschlossenen Verfassungsänderungen durch eine ebensolche allgemeine Abstimmung zu sanctioniren. In einzelnen Cantonen (z. B. Basel-Landschaft) dehnte man dieses letztere Recht sogar dahin aus, daß auch einfache Gesetze, nachdem sie von den constitutionellen Gewalten vereinbart und publicirt wären, dennoch nicht in Wirksamkeit treten sollten, wenn bis zu einem gewissen Termin zwei Drittel des Volks sich dagegen erklären würden.

Die ordentliche Vertretung des Volks blieb in den meisten Cantonen einer Zweiheit von Körperschaften anvertraut, einem Großen und einem Kleinen Rathe, oder welche Namen sonst man dafür wählte. Der Große Rath, aus Volkswahlen hervorgehend, bildete die gesetzgebende Versammlung, war jedoch zum Theil auch mit Verwaltungsbefugnissen ausgestattet; er wählte — entweder aus sich, oder aus der Bürgerschaft — den Kleinen Rath, die eigentlich verwaltende Behörde. Was das active und passive Wahlrecht, sowie die Modalitäten der Wahl betrifft, so bieten die Verfassungen der Schweizercantone darin eine weit größere Verschiedenheit dar als die der einzelnen nordamerikanischen Freistaaten, was sich aus der größern Verschiedenartigkeit theils ihrer geschichtlichen Entstehung, theils der bestehenden Cultur- und Lebensverhältnisse dieser kleinen Bevölkerungen erklärt. Manche Verfassungen verlangen für die active Stimmberechtigung einen Grundbesitz, oder eine bestimmte Steuerquote, oder sonstige Bürgschaften größerer Selbständigkeit oder höherer Bildung, andere geben dieselbe jedem mündigen Cantonsbürger frei; nach den einen finden directe, nach den andern indirecte Wahlen statt; auch das Princip der Cooptation (sodaß nur ein Theil des Großen Raths gewählt wird, der sich dann seinerseits durch Wahlen ergänzt) ist in einzelnen anzutreffen. Für die Wählbarkeit findet sich meist ein höheres Alter, auch wol ein Census oder sonstwelche Beschränkung vorgeschrieben.

Der demokratische Charakter dieser Verfassungen zeigt sich auch darin, daß nicht blos die Verwaltungsbeamten, sondern sogar die meisten richterlichen Beamten nur auf Zeit bestellt, und daß sie theilweise vom Volke selbst (in den Kreisversammlungen) erwählt werden. Seit 1830 haben die meisten dieser Cantonalverfassungen noch mannichfache weitere Umbildungen erfahren, zum Theil in ganz entgegengesetzter, zuletzt aber doch in überwiegend demokratischer Richtung. Dadurch ist allmählich eine größere Gleichartigkeit der politischen Einrichtungen und der politischen Ideen in diesen verschiedenen Theilen der Eidgenossenschaft entstanden, eine Gleichartigkeit, welche die Herbeiführung einer größern Einheitlichkeit des Ganzen ebenso wol erleichterte, ja gewissermaßen erst möglich machte, wie sie andererseits durch das Inslebentreten derselben gefördert und befestigt ward.

Die Nothwendigkeit einer Verbesserung der Bundesverfassung war schon 1830 vielfach empfunden, es waren auch damals und in den nachfolgenden Jahren einzelne Versuche zu einer solchen gemacht worden, jedoch ohne Erfolg. Erst im Jahre 1847, als der offene Widerstand eines Theils der Cantone (des sogenannten Sonderbundes) gegen die Autorität der Tagsatzung und der infolge dessen entstandene förmliche Bürgerkrieg die Unaufschiebbarkeit einer gründlichen Bundesreform aller Welt vor Augen legte, ging man mit der an dem Schweizervolk gewohnten Energie daran und setzte auch, trotz des Widerspruchs mehrerer Großmächte, welche für die reactionären Sonderbundscantone und für das veraltete Bundeswesen Partei nahmen, eine solche Reform, und zwar eine ziemlich radicale, glücklich durch.

Durch die „Bundesverfassung der schweizerischen Eidgenossenschaft" vom 12. Sept. 1848 ward das lose föderative Band, welches bis dahin die Schweiz zusammengehalten hatte, bedeutend fester angezogen, ward (um uns eines staatsrechtlichen Ausdrucks zu bedienen) der Staatenbund in einen Bundesstaat verwandelt, die Souveränetät der Cantone beschränkt zu Gunsten einer starken einheitlichen Gewalt, und, was die Hauptsache, diese Centralgewalt selbst erhielt eine zugleich nationale und constitutionelle Form. An die Stelle der Tagsatzung — einer Conferenz von Abgesandten der einzelnen Cantonsregierungen, welche nach Instructionen stimmten — trat ein Organ, welches die Gesammtheit des Schweizervolks repräsentirt und nach unmittelbaren eigenen Impulsen, nicht nach einem fremden Mandat handelt. Die oberste Gewalt des Bundes wird durch die Bundesversammlung ausgeübt, welche aus einem Nationalrathe und einem Ständerathe besteht. Der Nationalrath wird aus Abgeordneten des Schweizervolks gebildet, auf je 20000 Seelen einer. Jeder Canton hat aber wenigstens Einen Abgeordneten zu wählen. Die Wahlen sind directe. Stimmberechtigt ist jeder Schweizer über 20 Jahre, der nach den Gesetzen des Landes, in dem er wohnt, nicht vom Ortsbürgerrecht ausgeschlossen ist; wahlfähig ist jeder stimmberechtigte Schweizerbürger weltlichen Standes. Naturalisirte Schweizer erhalten dieses Recht nach fünf Jahren. Die Wahlen finden auf drei Jahre statt. Der Ständerath besteht aus 44 Abgeordneten der Cantone, welche die Großen Räthe entsenden, aus jedem Canton zwei.

Die Bundesversammlung hat die unbeschränkte gesetzgebende und beschließende Gewalt über alle diejenigen Angelegenheiten, welche überhaupt in den Bereich der Bundesgewalt fallen, also über Krieg und Frieden, Bundesheer, Zoll- und Handelswesen, Maß und Gewicht, allgemeine Anstalten und Werke (Eisenbahnen, Posten u. dgl. m.), Niederlassungsrecht, die Oberaufsicht über die cantonale Verwaltung und Rechtspflege u. dgl. m.

Beide Räthe versammeln sich regelmäßig alljährlich an einem bestimmten Tage, zu außerordentlichen Sitzungen aber auf Berufung des Bundesraths oder wenn ein Viertel der Mitglieder des Nationalraths oder fünf Cantone es verlangen. Die Mitglieder beider Räthe erhalten Entschädigung, die des Nationalraths aus der Bundeskasse, die des Ständeraths von den Cantonen. Jeder der beiden Räthe kann Gesetzesvorschläge machen; die Sitzungen beider sind der Regel nach öffentlich. Als oberste vollziehende Behörde besteht ein Bundesrath von sieben Mitgliedern. Er wird von der Bundesversammlung (welche dabei zu Einem Körper zusammentritt) aus dem Kreise aller zum Nationalrath wählbaren Schweizerbürger auf drei Jahre gewählt, und zwar jedesmal durch Gesammterneuerung. Es darf nicht mehr als Ein Mitglied aus dem nämlichen Canton gewählt werden. Aus den Mitgliedern des Bundesraths wählt die Bundesversammlung auf ein Jahr den Bundespräsidenten.

Die Mitglieder des Bundesraths beziehen einen Gehalt. Sie haben berathende Stimme in beiden Abtheilungen der Bundesversammlung. Der Bundesrath als Behörde leitet die eidgenössischen Angelegenheiten gemäß den Bundesgesetzen und Bundesbeschlüssen; er vollzieht diese Gesetze und diese Beschlüsse und überwacht deren Ausführung; er sorgt für die Garantie der Cantonalverfassungen; er kann der Bundesversammlung Gesetze oder Maßregeln vorschlagen, und er begutachtet die Anträge, die von dieser oder von den Cantonen an ihn gelangen. Er ernennt Commissarien für Sendungen im In- und Auslande. Er besorgt die auswärtigen Angelegenheiten und wacht für die äußere Sicherheit der Schweiz, ebenso für Aufrechthaltung von Ruhe und Ordnung im Innern. Er besorgt das Militär- und das Finanzwesen des Bundes. Er hat der Bundesversammlung alle diejenigen Maßregeln vorzuschlagen, welche er zur Förderung gemeiner Wohlfahrt für dienlich erachtet. In Fällen von Dringlichkeit darf er, wenn die beiden Räthe nicht versammelt sind, Truppen aufbieten und darüber verfügen; doch muß er sofort die Bundesversammlung einberufen, sobald das Aufgebot mehr als 1000 Mann beträgt oder länger als drei Wochen dauert.

Die Bundesversammlung wählt auch, jedesmal auf drei Jahre, die Mitglieder des Bundesgerichts, welches theils als Civilgericht, bei Streitigkeiten der Cantone unter sich oder mit der Bundesgewalt, theils als Criminalgericht in politischen Processen — wegen Verbrechen wider die Eidgenossenschaft, gegen pflichtwidrige Bundesbeamte, zum Schutz von Rechten, welche durch die Bundesverfassung garantirt sind — fungirt. Wählbar in das Bundesgericht ist jeder Schweizerbürger, der für den Nationalrath wählbar ist.

Endlich ernennt die Bundesversammlung auch den General und den Generalstabschef des eidgenössischen Heeres, sowie die eidgenössischen Repräsentanten im Auslande.

Diese Bundesverfassung ist seit nunmehr funfzehn Jahren in Wirksamkeit. Sie hat sich nach innen und außen, in ruhigen wie in bewegten Zeiten trefflich bewährt. Sie hat der kleinen Schweiz eine Widerstandskraft und ein Ansehen nach außen verliehen, welche ihr über die ernstesten Verwickelungen (wie z. B. in der neuenburger, in der Dappenthalfrage, in den Streitigkeiten mit Oesterreich wegen der Lombardei) glücklich hinweggeholfen. Sie hat die Entwickelung ihrer materiellen Blüte, ihres Gewerbfleißes, ihres Transport- und Communicationswesens in staunenswerther Weise beschleunigt. Sie hat — und das ist das gewichtigste Zeugniß ihres Werths — fast alle Parteien mit sich ausgesöhnt und für sich gewonnen, selbst solche, deren Interessen durch die Umgestaltung so vieler Verhältnisse tief verletzt wurden, und nur die äußersten Conservativen oder Klerikalen können sich noch nicht mit ihr befreunden; sie hat endlich dem Geiste eines beschränkten Particularismus — dem „Cantönligeist“ —, wie es der Schweizer selbst nannte —, der durch die Absperrung der Cantone gegeneinander und den Mangel eines kräftigen Einheitsbandes großgezogen war, erfolgreich entgegengewirkt und aus oft engherzigen, kleinlichdenkenden, gegeneinander eifersüchtigen Cantons- und Pfahlbürgern wahrhaft groß- und nationalgesinnte Schweizerbürger gemacht.

## Sechstes Kapitel.

### Zusammenfassende Betrachtungen.

Wir fassen die Ergebnisse der vorausgegangenen Geschichtsdarstellung in einigen allgemeinen Betrachtungen zusammen.

Diese Darstellung hat bestätigt, was wir in der Einleitung vorangedeutet: das weitverbreitete und fast ausnahmelose Bedürfniß aller civilisirten Völker nach verfassungsmäßigen Bürgschaften der Freiheit und des Rechts, insbesondere aber nach einer gesetzlich geordneten Vertretung. Unter sämmtlichen europäischen Staaten sind nur wenige, welche dieser Institutionen gänzlich entbehren, und kaum einer, welcher dieselben nicht wenigstens zu irgendeiner Zeit besessen hätte, wenn er auch später ihrer verlustig ging. Von den verschiedenen Rassen scheint zwar die eine mehr, die andere weniger dafür prädisponirt, allein als gänzlich unfähig dazu stellen die gemachten Erfahrungen keine dar.

Am gedeihlichsten entwickelt und am sichersten befestigt sehen wir das Repräsentativsystem da, wo es schon in den Anfängen des Staatslebens gewurzelt, mit diesem zugleich stetig ausgebildet und mit dem ganzen Leben der Nation verwachsen erscheint, wie in England und dessen Tochterland Nordamerika; nächstdem da, wo mindestens ein früh begründetes Verfassungswesen, wenn auch eine Zeit lang in seiner Entwickelung unterbrochen oder verkümmert, doch den Traditionen und den Anschauungen der Bevölkerung nicht völlig fremd geworden war — wie in Belgien, in den Niederlanden, in der Schweiz. Ungleich schwerer geht die Entwickelung und Befestigung eines geordneten Verfassungswesens dort vor sich, wo ein Volk lange Zeit in dem Zustande mehr oder weniger vollständiger Unfreiheit und Unmündigkeit gelebt hat. Entweder vermag das Volk, wenn es einem solchen Zustande gewaltsam durch eine Revolution ein Ende macht, sich an die ungewohnte und plötzliche Freiheit nicht zu gewöhnen und geht im Gebrauche derselben über das rechte, vernünftige Maß hinaus, oder der Souverän, dem man ein solches Zugeständniß abgenöthigt, kann die Süßigkeit des unbeschränkten Herrscherthums nicht vergessen und sucht durch allerlei Mittel wieder in den Besitz der ungetheilten Gewalt zu gelangen. Beispiele der letztern Art zeigt die Verfassungsgeschichte Spaniens in den zwanziger Jahren, Neapels ebendamals und wieder ganz neuerlich, auch die vieler deutschen Staaten; nach der entgegengesetzten Seite hin ward, wie wir sahen, in Spanien, in Portugal, auch in Deutschland 1848, in Dänemark und anderwärts gefehlt. Der Fälle, wo ein absoluter Herrscher sich freiwillig beschränkte und auch bei dieser sich selbst auferlegten Beschränkung ernstlich und aufrichtig beharrte, weiß die Geschichte der modernen Verfassungen nur wenige aufzuzählen; um so größer ist das Verdienst, wo solches wirklich geschieht.

Doppelt schwer ist jenes Gleichmaß zwischen Freiheit und Ordnung, welches sich ebenso fern hält von Gewaltthätigkeit nach der einen wie nach der andern Seite, dann herzustellen, wenn, wie in Frankreich, eine künstliche Concentration des ganzen Staatslebens in Einem Punkte eine stets bereite Versuchung darbietet zu despotischem Misbrauch der Regierungsgewalt einerseits, zu revolutionären Unternehmungen andererseits.

Ein nicht weniger großes Hinderniß für eine stetige Ausbildung des constitutionellen Lebens bietet der Mangel eines tüchtigen Mittel- oder Bürgerstandes dar; an diesem Mangel sahen wir mehrere der romanischen Länder, wie Spanien, Portugal, schwer leiden, sahen sie infolge dessen häufigen Erschütterungen ihrer innern Zustände oder den gewaltthätigen Ausbrüchen eines bald der Anarchie, bald dem Despotismus dienstbaren Soldatenthums anheimfallen.

Je mehr die Selbstthätigkeit eines Volks wächst, je mehr sich in ihm ein gesunder, nicht künstlich erzeugter Gewerbe- und Handelsverkehr entwickelt, um so mehr wird es für bürgerliche und politische Freiheit reif, um so mehr pflegt es auch das Bedürfniß nach solcher zu empfinden. Umgekehrt gibt es für eine nachhaltige Blüte des Handels und der Gewerbe keinen zuverlässigern Fruchtboden als ein wohlgeordnetes Verfassungswesen, ein dadurch sicher verbürgtes Maß von Freiheit und Selbstthätigkeit des Einzelnen und eine berechtigte Antheilnahme des Volks an der Regelung seiner öffentlichen Angelegenheiten. Das Mutterland constitutioneller Einrichtungen, England, ist das gewerbfleißigste, wohlhabendste und im Weltverkehr mächtigste Land der Erde. Die beiden Musterstaaten des Repräsentativsystems unter republikanischen Formen, Nordamerika und die Schweiz, sind auch die in Handel und Industrie rührigsten. Belgien ist, seitdem es ein selbständiger Verfassungsstaat geworden, in kurzer Zeit in allen Richtungen wirthschaftlichen Lebens, im Eisenbahnwesen, in der Schiffahrt, in jeder Art von Verkehr bedeutend vorangeschritten. Aehnliche Fortschritte zeigen sich, trotz der zum Theil ungünstigen äußern Verhältnisse, in dem jungen constitutionellen Königreich Italien. Sogar Länder von noch minder entwickelter Civilisation, wie Spanien, Portugal, Griechenland, die Donaufürstenthümer, haben unter dem Einfluß freierer Staatseinrichtungen eine immer wachsende fruchtbare Thätigkeit auf dem Gebiete des Verkehrs zu entfalten begonnen. Der Absolutismus kann zwar mit Hülfe der in seinen Händen concentrirten Kräfte des Staats der Industrie und dem Handel manche Vortheile zuwenden, manche nützliche Impulse geben, wie wir dies in Rußland, in Frankreich, früher auch in Preußen, in Oesterreich und anderwärts gesehen haben; aber er ist dabei immer in Gefahr, hier zu wenig, dort zu viel zu thun, einzelne Gewerbs- und Verkehrszweige künstlich zu steigern, dadurch aber oft andere in ihrer natürlichen Entfaltung zu beeinträchtigen, die Geldkräfte an falschen Punkten anzuhäufen, gewisse Individuen oder gewisse Klassen auf Kosten anderer zu bevorzugen. Die Geschichte der meisten europäischen Staaten im vorigen Jahrhundert enthält die schlagendsten Belege dafür, und was insbesondere die volkswirthschaftlichen und socialen Folgen eines durch den ermunternden, wol gar antreibenden Einfluß einer unbeschränkten und unverantwortlichen Regierungsgewalt großgezogenen künstlichen Aufschwungs der Speculation betrifft, so bietet dafür das heutige Frankreich die lehrreichsten Beispiele.

Eine wahrhaft gesunde, dauernde und fort und fort steigende Blüte des Handels und der Industrie zu erzielen, wird auf die Länge immer nur der durch ein hinreichendes Maß bürgerlicher und politischer Freiheit entfesselten, geweckten und gekräftigten Selbstthätigkeit des Volks gelingen.

Man hat öfters das constitutionelle System als den Feind einer starken Machtentfaltung des Staats nach außen darzustellen versucht, weil es angeblich das Staatsoberhaupt zu sehr in der Verfügung über die Kräfte des Volks beschränke und dadurch ein rasches und energisches Handeln verhindere. Es ist wahr, einer Politik der Eroberung und des persönlichen Ehrgeizes ist dasselbe nicht günstig. Das Uebergewicht, welches im constitutionellen Staate früher oder später die erwerbenden Klassen erlangen, wird fast immer in die Wagschale des Friedens fallen. Daß gleichwol auch ein parlamentarisch regierter Staat mächtig, und zwar sehr mächtig sein kann, beweist England.

Auch Nordamerika hat, sowol bei dem ersten Kampfe um seine Freiheit, als in dem spätern Kriege mit England 1812, endlich in dem noch jetzt schwebenden Bürgerkriege zwischen dem Norden und dem Süden — trotz großer Uebelstände, die in seiner Verwaltung eingerissen waren — eine merkwürdige Kraft und Zähigkeit bekundet. Das kleine Holland mit seiner republikanischen Verfassung leistete im 16., 17. und 18. Jahrhundert den größten Monarchien, Spanien, England, Frankreich, nacheinander erfolgreichen Widerstand. Dagegen vermochte der militärische Despotismus des ersten Napoleon zwar eine Zeit lang durch das Feldherrngenie dieses seltenen Mannes halb Europa zu unterjochen, als aber die Mittel dieser Ueberlegenheit erschöpft waren, da versagte dem bis dahin Allmächtigen im eigenen Lande die Kraft der Vertheidigung, und zwar deshalb, weil er das Volk immer nur als eine Maschine, nicht als ein selbständiges und selbstwollendes Wesen behandelt hatte.

Besonders wirksam hat sich der Constitutionalismus jederzeit da erwiesen, wo es galt, einen durch die Fehler des Absolutismus geschwächten, niedergeworfenen, zerrütteten Staat wieder aufzurichten. Die Verfassungsbestrebungen der Spanier (1812) standen mit ihrem erfolgreichen Freiheitskampfe gegen Napoleon in engster Wechselwirkung. Für das durch die Schlacht von Jena an den Rand der Vernichtung gebrachte Preußen genügten schon die bloßen Vorbereitungen zur Herstellung eines freien und volksthümlichen Staatswesens, wie sie 1807 fg. durch die großen Reformen Stein's uud Hardenberg's ins Leben gerufen wurden, um dem erschöpften und von dem Eroberer in engen Fesseln gehaltenen Staate so viel neue Kraft zuzuführen, daß er nach wenig Jahren das Napoleonische Joch abschütteln und in dem gemeinsamen Kampfe gegen den allgemeinen Feind eine hervorragende Rolle übernehmen konnte. Oesterreich würde sich von den Schlägen und Niederlagen des Jahres 1859 viel schwerer erholt haben, wenn nicht seine Staatsmänner die kluge Politik befolgt hätten, durch eine liberale Verfassung und Gesetzgebung den Geist des Volks zu wecken und das Vertrauen zu dem Bestande des Reichs aufs neue zu befestigen.

Ein ähnliches Vorurtheil war es, wenn man früher bisweilen die Ansicht äußern hörte: constitutionelle Formen taugten nur für kleine Staaten, auf große seien sie unanwendbar. Schon längst war England auch dafür der lebendige Gegenbeweis: jetzt kommen Italien, Preußen, Oesterreich hinzu. Mit besserm Recht läßt sich behaupten, daß gerade größere Staaten am meisten einer Unterstützung der Centralgewalt durch die Mitwirkung von Kräften aus den einzelnen Theilen und dem Umkreise eines so ausgedehnten Ganzen bedürfen, und andererseits verlangt erfahrungsmäßig das parlamentarische System zu seiner vollen Entfaltung und nützlichen Bethätigung große staatliche Verhältnisse, während es in kleinen, beschränkten leicht entweder verkümmert oder ausartet. Daher erklärt es sich auch, daß, wie wir an Italien und Deutschland sehen, das Streben nach constitutioneller Freiheit in seiner natürlichen Entfaltung gleichsam von selbst mit dem nach einer stärkern nationalen Einheit und nach Durchbrechung beengender kleinstaatlicher Schranken, wo solche bestehen, sich verbindet.

Eine besondere Bedeutung erhält das System parlamentarischer Einrichtungen da, wo es helfen muß, verschiedenartige, wol gar einander feindselige Nationalitäten zu einer gemeinsamen Staatseinheit zu verschmelzen. Schon in der geregelten Antheilnahme an der Leitung des Gesammtwesens findet die einzelne Nationalität einen Theil ihrer berechtigten Ansprüche — das Bedürfniß einer selbstthätigen und eigenthümlichen Lebensäußerung überhaupt, sodann das einer öffentlichen Kundgebung und Discussion etwaiger Beschwerden über vermeintliche Beeinträchtigungen ihrer Selbständigkeit — befriedigt, während sie unter einer absoluten Staatsgewalt von anderer Nationalität sich immerfort nur als die unterdrückte, zum Dulden und Schweigen verurtheilte betrachtet. Und wenn im öffentlichen parlamentarischen Kampfe die nationalen Gegensätze bisweilen verschärft aufzutreten scheinen, so benimmt doch schon dieses öffentliche Hervortreten und dieses Kämpfen mit offenen, friedlichen Waffen denselben viel von der Gehässigkeit und der Gefährlichkeit, welche sie da so leicht annehmen, wo sie nur entweder durch List oder durch Gewalt sich überhaupt geltend machen können. Die Wahrheit dieser Behauptung bestätigen nicht blos die Vereinigten Staaten von Nordamerika und die Schweiz, zwei Staatencomplexe, in deren jedem unter dem mächtig einigenden Einflusse der

Freiheit aus mehrern, zum Theil sehr verschiedenen Nationalitäten eine einzige geworden ist, sondern auch Belgien und, trotz der großen Jugend seines constitutionellen Lebens, in manchen Beziehungen sogar Oesterreich.

In den Staaten, die eine Mehrheit von Nationalitäten in sich schließen, ist es doppelt nothwendig, das Princip communaler und provinzialer Autonomie oder Selbstverwaltung sorgfältig zu wahren und möglichst weit auszudehnen, weil in diesen nächsten Kreisen des staatlichen Zusammenlebens den einzelnen Stämmen am ersten die Freiheit, ihre Sprache zu reden und von Leuten ihrer Abstammung regiert zu werden, gewährt werden kann.

Bei aller Verschiedenheit der Erscheinungsformen im einzelnen, welche die Geschichte des constitutionellen Systems und seiner Entwickelung darbietet, finden sich doch gewisse wesentliche Grundzüge desselben überall ziemlich gleichmäßig wieder. Dahin gehört vor allem die regelmäßige Wiederkehr der Versammlungen von Vertretern des Volks, der Landtage, Reichstage, Parlamente, oder wie dieselben sonst heißen. Erst durch eine solche regelmäßige Wiederkehr erhalten derartige Versammlungen den Charakter und Werth organischer Einrichtungen und einen geregelten Antheil an der Führung der öffentlichen Angelegenheiten. Die Periodicität ist für sich allein schon ein wichtiges und wirksames Recht repräsentativer Körperschaften, da diese durch ihr bloßes Dasein, Auftreten, Verhandeln einen thatsächlichen Einfluß auf die Staatsverwaltung wie auf den öffentlichen Geist des Volks üben. Die Anfänge der Macht des englischen Parlaments datiren von der Zeit, wo die Könige, zuerst durch äußere Umstände genöthigt, dasselbe regelmäßig einberiefen und diese Regelmäßigkeit allmählich ein feststehender Gebrauch ward. Und mit Recht stellte der Vereinigte Landtag Preußens von 1847 unter den Bitten wegen Erweiterung seiner Rechte die um Zusicherung eines periodischen Wiederzusammentritts dieser Versammlung voran.

Von den Fristen der Periodicität hängt die größere oder geringere Bedeutung einer solchen repräsentativen Körperschaft wesentlich mit ab. Die alten feudalständischen Landtage, welche nur eine beschränkte Mitwirkung bei einzelnen Angelegenheiten des Staats hatten, pflegten sich nur in längern Zwischenräumen, etwa alle sechs Jahre, zu versammeln; die constitutionellen Volksvertretungen, deren Zustimmungs- und Controlerecht sich fast auf alle Acte der Gesetzgebung und Verwaltung erstreckt, müssen ebendeshalb weit öfter in Wirksamkeit treten. In den größern Verfassungsstaaten geschieht dies alljährlich, in den kleinern wenigstens alle zwei bis drei Jahre.

Eine andere Grundbedingung gedeihlichen Wirkens für jede Volksvertretung ist die Oeffentlichkeit ihrer Verhandlungen. Die Feudalstände schlossen die Oeffentlichkeit aus, weil sie nur im eigenen Namen verhandelten und beschlossen; eine constitutionelle Versammlung der Oeffentlichkeit berauben, heißt ihr den Lebensnerv abschneiden, denn ihre Kraft liegt wesentlich in der lebendigen Wechselwirkung mit dem öffentlichen Geiste des Volks, darin, daß sie sich fortwährend als den vollgültigen Ausdruck des aufgeklärten Volkswillens legitimirt. Zwischen den alten Feudalständen und der Staatsgewalt, oder auch innerhalb ihrer selbst, handelte es sich fast immer nur darum, ob etwas den Privilegien der Stände in ihrer Gesammtheit oder eines einzelnen Standes entsprechend oder zuwider sei; die parlamentarischen Kämpfe im constitutionellen Staate bewegen sich dagegen vielmehr um die Frage, ob etwas dem Gemeinwohl förderlich, ob es nach den allgemeinen Ideen politischer oder volkswirthschaftlicher Nothwendigkeit und Nützlichkeit zu wählen oder zu verwerfen sei. Ein Streit dieser Art kann nur durch sachliche Gründe entschieden werden, deren Triftigkeit sich jedem unbefangenen Urtheil im Wege öffentlicher, rückhaltsloser Prüfung darthun lassen muß. Die öffentliche Meinung, nicht blos des eigenen Landes, sondern der ganzen civilisirten Welt, ist das Tribunal, vor welchem jede Regierung, jede Volksvertretung, jede politische Partei ihre Sache zu führen hat. Schon die Bloßlegung eines Misbrauchs der Verwaltung, eines verschwenderischen, dem Gemeinwohl schädlichen Gebarens mit den Staatsfinanzen, einer verkehrten Politik nach außen, wie sie durch die öffentlichen Verhandlungen einer repräsentativen Körperschaft möglich ist, wird — zumal wenn die öffentliche Meinung, die Presse, sich im gleichen Sinne ausspricht — oftmals allein hinreichen, die Abstellung eines solchen Uebelstandes herbeizuführen, selbst wenn kein zwingender Mehrheitsbeschluß des Landtags die Regierung dazu nöthigt. Sogar bei einem so unvollkommenen constitutionellen Organismus, wie der im gegenwärtigen Napoleonischen Frankreich bestehende ist, läßt sich dieses Gewicht der öffentlichen Meinung und die dadurch den repräsentativen Organen zufließende Verstärkung ihres Einflusses an manchen frappanten Wirkungen erkennen.

Daher sehen wir auch heutzutage in allen Verfassungsstaaten die Oeffentlichkeit der parlamentarischen Verhandlungen als feststehende Regel angenommen. Natürlich können Fälle eintreten, wo eine Geheimhaltung — wenigstens für den Augenblick — nothwendig erscheint, z. B. bei Finanzfragen oder Fragen der auswärtigen Politik. In solchen Fällen gestatten die meisten Verfassungen die Ausschließung der Oeffentlichkeit, sei es auf Antrag der Regierung, sei es auf Antrag einer größern Zahl von Mitgliedern. Doch muß fast überall der Beschluß selbst wegen Schließung der Thüren in öffentlicher Sitzung gefaßt werden.

Eine nothwendige Ergänzung der Oeffentlichkeit parlamentarischer Versammlungen bildet eine gesetzlich geregelte Preßfreiheit, sowie das Recht der Staatsbürger, sich öffentlich zu versammeln und ihre Wünsche oder Beschwerden in Petitionen an die Landesvertretung kundzugeben. Vor dem Jahre 1848, als in allen deutschen Staaten noch die Censur bestand, war doch die unverkürzte Veröffentlichung der parlamentarischen Verhandlungen gestattet. In Frankreich ist seit 1862 den Journalen freigegeben, die im Gesetzgebenden Körper gehaltenen Reden vollständig wiederzugeben, sobald sie nur auch die Gegenreden ebenso vollständig bringen.

Durch das Wechselverhältniß zwischen der Preßfreiheit, dem Vereins-, Versammlungs- und Petitionsrecht der Staatsbürger einerseits, den Verhandlungen der Volksvertretung andererseits wird die Bewegung der Ideen im Volke in eine gesetzliche Bahn geleitet und erlangt zugleich eine geregelte praktische Einwirkung auf den Gang der Staatsverwaltung. Die Volksvertretung, indem sie sich zur Fürsprecherin berechtigter Wünsche des Volks macht, verhindert das Umsichgreifen von ausschweifenden und zügellosen, und wird dadurch ganz von selbst die Führerin des Volks auf den Bahnen eines ruhigen, gesetzlichen Fortschritts, während sie ihrerseits aus dieser steten Berührung mit dem Volksgeiste immer neue Kraft und neuen Antrieb zur Verfolgung eben jener ruhigen, aber stetigen Fortschrittsbewegung erhält.

Was die einzelnen Rechte der Volksvertretung oder ihre sogenannte Competenz betrifft, so gibt es dafür eine große Stufenfolge des Minder oder Mehr — von dem bloßen Beirath zu Gesetzgebungsmaßregeln und der devoten Bitte bei dem Souverän bis zu jenem vollendeten System parlamentarischer Regierung, welches wir in England in Kraft sehen. Als die Durchschnittssumme ständischer Rechte weist uns die Geschichte der heutigen Verfassungsstaaten folgende auf: das Recht der Bewilligung oder Verweigerung von Steuern und Abgaben, das Recht der Normirung des Etats der Staatsausgaben, ferner, als nothwendige Ergänzung dazu, das Recht der Controle über die wirklich vollzogenen Ausgaben oder der Rechnungsablegung der

Regierung vor den Ständen, endlich das Recht, daß ohne Zustimmung der Stände kein Gesetz erlassen, authentisch ausgelegt, abgeändert oder aufgehoben werden darf, wogegen aber auch fast alle Verfassungen (die norwegische und die nordamerikanische ausgenommen) umgekehrt dem Staatsoberhaupt das absolute Veto gegen gesetzgeberische Beschlüsse der Volksvertretung einräumen. Auch das Recht selbständigen Gesetzesvorschlags erkennen heutzutage die allermeisten Verfassungen den Volksvertretungen zu, während früher viele dieser letztern, namentlich in den deutschen Staaten, auf die bloße Bitte an die Regierung um Erlassung eines Gesetzes über einen bestimmten Gegenstand beschränkt waren. Dagegen steht eine Beschränkung des Staatsoberhaupts in Bezug auf die Initiative bei Gesetzen, wie sie die portugiesische Verfassung enthält, als eine vereinzelte Ausnahme da. In England freilich ist das Recht der Krone zu Gesetzesvorschlägen in Bezug auf seine thatsächliche Uebung davon abhängig, daß der betreffende Minister Mitglied eines der Häuser des Parlaments sei, sodaß man in Wahrheit sagen kann, nur die Mitglieder des Parlaments sind im Besitze dieses Rechts. Andererseits hat eine verständige Praxis ebendort dahin geführt, daß fast kein Gesetzesvorschlag von einiger Bedeutung von einem andern Mitgliede ausgeht als einem solchen, welches zugleich Mitglied der Regierung ist, schon aus dem einfachen Grunde, weil die Regierung immer an der Spitze der Mehrheit des Parlaments oder doch des Unterhauses steht.

Eine sehr bedenkliche Bestimmung, die sich in den meisten Verfassungen der kleinern deutschen Staaten, ferner in der preußischen, der österreichischen, der dänischen, in noch ausgedehnterm Umfange in der spanischen und der portugiesischen findet, ist die, welche dem Staatsoberhaupt die einseitige Anordnung solcher Maßregeln mit Gesetzeskraft in Abwesenheit der Volksvertretung gestattet, zu denen eigentlich die Zustimmung dieser letztern erforderlich ist. Es ist nicht zu leugnen, daß Fälle vorkommen können, wo Ausnahmemaßregeln durch das Staatswohl dringend geboten sind, allein immerhin erscheint es besser, daß in solchen Fällen die Minister lediglich auf ihre Verantwortung handeln und hinterher von der Volksvertretung, indem sie die Nothwendigkeit und Zweckmäßigkeit der getroffenen Maßregeln rechtfertigen, eine Strafloserklärung (bill of indemnity) erlangen — wie dies in England herkömmlich —, als daß der Regierung die Benutzung außerordentlicher Machtmittel durch die Verfassung selbst vorgezeichnet und erleichtert ist, wovon die Folge zu sein pflegt, daß sie von dieser Erlaubniß öfter und auch unter solchen Umständen Gebrauch macht, wo es nicht gerade unumgänglich nöthig gewesen wäre.

Das Bewilligungsrecht ist, wie geschichtlich das erste, so unstreitig das wichtigste aller ständischen Rechte. Freilich auch in Bezug auf seine praktische Handhabung das den meisten Bedenken und Gefahren unterworfene. Die feudalen Stände hatten es darin leichter. Damals war für die nothwendigsten Bedürfnisse des Staats und des Fürsten durch den Ertrag der Domänen vorgesehen; was von den Ständen begehrt ward, waren in der Regel solche Ausgaben, die entweder nicht wohl versagt werden konnten (wie die zur Landesvertheidigung), oder deren Versagung keinen wesentlichen Staatszweck gefährdete. Jetzt, wo der gesammte Staatsbedarf einer constitutionellen Prüfung und Bewilligung unterliegt, ist dies anders. Ein Jahresbudget muß zu Stande kommen, oder die Staatsmaschine geräth ins Stocken. Wie aber nun, wenn doch keins zu Stande kommt? Und wie leicht kann dieser Fall eintreten, da jedesmal die Zustimmung aller drei Gesetzgebungsfactoren, der Regierung und beider Häuser, dazu erforderlich ist! In der That hat man in verschiedenen Staaten auf eine Abhülfe für solche Fälle im voraus gedacht. In Schweden bleibt, wofern auf einem Reichstage bis zu dessen Schluß kein neues Budget vereinbart worden, das alte in Kraft. In den Niederlanden unterschied die Verfassung von 1814 zwischen einem ordentlichen Budget, welches jedesmal auf zehn Jahre, und einem außerordentlichen, welches jährlich votirt ward. Für die deutschen Bundesstaaten hat schon die Bundesgesetzgebung gewisse Schranken des ständischen Bewilligungsrechts aufgestellt: die Stände sollen die zur Führung eines geordneten Staatshaushalts nothwendigen Summen nicht versagen dürfen; sie haben ferner in solche Ausgaben, die zu Bundeszwecken verlangt werden, nicht einzureden. Andere Beschränkungen haben die Einzelverfassungen hinzugefügt: die Stände sollen ihre Geldbewilligungen nicht an Bedingungen, wie z. B. die Genehmigung ständischer Forderungen, knüpfen dürfen; beim Nichtzustandekommen eines Budgets bleiben die frühern Ansätze noch auf eine Zeit — ein halbes Jahr oder ein Jahr lang — in Kraft, u. dgl. m. In Preußen und Oesterreich werden die Steuern und Abgaben ohne neue ständische Bewilligung forterhoben, solange nicht die Erhöhung einer bestehenden oder die Einführung einer neuen Auflage in Frage steht. Und endlich hat in Preußen gar das Ministerium Bismarck die Theorie aufgestellt und in der Praxis durchgeführt: daß es sich mit dem Budget oder dem sogenannten Finanzgesetze ganz ähnlich verhalte wie mit jedem andern Gesetze, nämlich daß eine Abänderung des bestehenden nur durch Uebereinstimmung aller drei Gesetzgebungsfactoren stattfinden könne, und daß folglich, so oft eine solche Vereinbarung nicht zu Wege gebracht werde, das alte Budget in Gültigkeit bleibe.

Alle solche und ähnliche Beschränkungen machen das ständische Bewilligungsrecht mehr oder weniger zu einer Täuschung. In den Verfassungsstaaten von vollkommnerer Durchbildung hat man mit Recht auf alles dergleichen verzichtet und es dem gesunden Sinne des Volks und seiner Vertreter, wie andererseits dem verständigen Gebaren der Regierung überlassen, im einzelnen Falle sich wegen etwaiger Differenzen beim Budget zu vergleichen. Und diese Erwartung hat nicht getäuscht. Weder in England, noch in Belgien, Holland, Italien u. s. w. ist es vorgekommen, daß jemals der Fortgang der Staatsmaschine wegen Verweigerung der Mittel dazu gefährdet gewesen wäre.

Der Staatsgewalt steht für den äußersten Fall, wo die Volksvertretung ihr Ausgaben, welche sie für unentbehrlich erachtet, verweigern würde, das constitutionelle Mittel der Kammerauflösung, der Berufung ans Volk zur Verfügung: wenn aber durch Wiederwahl derselben Abgeordneten die Mehrheit des Volks sich für den seitens der Kammer von ihrem Bewilligungsrechte gemachten Gebrauch erklärt, so ist es billig, daß die Regierung nachgibt, da ja doch das Volk es ist, welches die Mittel zur Deckung des Staatsbedarfs zu liefern hat und daher verlangen kann, daß dieser Bedarf möglichst nach der vorhandenen Steuerkraft des Volks bemessen werde.

Das Vorrecht, welches in Finanzfragen allerwärts das Unterhaus oder die Wahlkammer vor dem Oberhaus, der Adelskammer oder dem Senat, hat, beruht darauf, daß dort die eigentliche Masse der Steuerzahlenden, hier nur eine verhältnißmäßig kleine Minderheit, wenn auch Höherbesteuerter, vertreten ist.

In manchen Verfassungen, z. B. der belgischen, der dänischen, ist der Volksvertretung eine ausdrückliche Mitwirkung bei der alljährlichen Regelung des Heerbestandes oder der Rekrutenaushebung zugesichert. Das Gleiche findet thatsächlich in England und sogar in Frankreich statt. Meistens jedoch ist dieses Recht auf die Fälle einer Abänderung der betreffenden Gesetzgebung eingeschränkt.

Von großer Wichtigkeit ist das Recht der nachträglichen Controle der Staatsausgaben und Staatseinnahmen seitens der Stände oder der sogenannte Rechenschaftsbericht, eine nothwendige und natürliche Ergänzung des Rechts der vorausgehenden Bewilligung. Neuerdings ist in Preußen Streit darüber erhoben worden, ob der Volksvertretung die Befugniß zustehe, zu verlangen, daß eine von ihr bewilligte Ausgabe speciell und ausschließlich zu dem Zweck, wofür sie angesetzt war, verwendet werde, oder ob es genüge, wenn nur innerhalb eines größern Bereichs von Ausgaben, z. B. eines ganzen Departements der Staatsverwaltung, die darauf entfallende Ziffer der Bewilligung eingehalten sei. In Frankreich war im Jahre 1853 die Bewilligung en bloc nach Ministerien eingeführt worden; 1861 wurden die Specialbudgets wiederhergestellt. In der großen Mehrzahl der Verfassungsstaaten ist dies letztere Verfahren stets als selbstverständlich betrachtet worden.

Ebenso ist es mit der Frage der Erübrigungen und mit der Frage der Budgetüberschreitungen. In einigen kleinen deutschen Staaten versuchten einigemal die Regierungen, die gemachten Erübrigungen, d. h. die Ueberschüsse, welche entweder durch Mehreinnahmen über die Vorschläge hinaus oder durch Ersparnisse an den normirten Ausgabesätzen erzielt worden, der ständischen Verfügung zu entziehen. Die Stände setzten jedoch zuletzt die Anerkennung ihres Rechts durch, eines Rechts, welches in den größern Verfassungsstaaten niemals angezweifelt worden ist.

Was die Ueberschreitungen betrifft, so ist es nur eine ganz einfache logische Consequenz des Bewilligungsrechts, daß für dieselben die Minister, ein jeder innerhalb seines

Departements, verantwortlich, also auch mit ihrem Vermögen haftbar sind. Die Nichtgenehmigung einer solchen Verausgabung von seiten einer einzigen Kammer reicht hin, um diese Verantwortung in Kraft treten zu lassen, d. h. den betreffenden Minister zum Ersatz des ohne Bewilligung Verausgabten zu verpflichten. Die von einigen Staatsmännern (ebenfalls in kleinern deutschen Staaten) aufgestellte Theorie, daß nicht die Kammer, sondern ein anderes Tribunal, etwa der Staatsgerichtshof, darüber zu entscheiden habe, ob eine solche Ueberschreitung gerechtfertigt sei oder nicht, hat sich vor der Logik constitutioneller Principien so wenig behaupten können, wie jene wegen der Erübrigungen.

Natürlich aber gehört das Recht, einen Minister wegen Ueberschreitung einzelner Posten seines Budgets zur Verantwortung zu ziehen und mit seinem Vermögen in Anspruch zu nehmen, zu denjenigen, deren praktische Geltendmachung thatsächlich sehr schwierig ist. Bei jährlichen Landtagen kommt der Fall überhaupt nicht leicht vor, und es ist auch dies ein Grund, neben andern, der für eine Verkürzung der längern Landtagsperioden spricht.

Völlig unconstitutionell ist das in der französischen Verfassung dem Staatsoberhaupt vorbehaltene Vorrecht der Verfügung außerordentlicher Credite für die einzelnen Staatsdepartements im Wege eines einfachen Decrets. Die nachträgliche Vorlegung dieser Credite bei der nächsten Versammlung des Gesetzgebenden Körpers ist eine bloße Form, da eine solche unmittelbar vom Kaiser ausgegangene Maßregel, für die es keine constitutionelle Verantwortlichkeit gibt, nicht wohl rückgängig gemacht werden kann.

Ein eigenthümlicher Ausweg ist der in Schweden ergriffene, wo der Reichstag jedesmal der Regierung eine Dispositionssumme für außerordentliche Nothfälle aussetzt, von der aber nur unter gewissen Voraussetzungen Gebrauch gemacht werden darf. Für solche Ausnahmefälle von geringerm Belang pflegt man in den meisten Staaten den Verwaltungsvorständen gewisse Dispositionssummen auszusetzen; wo es dagegen bedeutende Summen gilt, z. B. bei Kriegsgefahr oder einer allgemeinen Landesnoth, da ist die Einberufung der Stände immer das natürlichste, ebendaher auch in den allermeisten Verfassungen entweder ausdrücklich vorgeschriebene oder stillschweigend vorausgesetzte Auskunftsmittel.

Die öffentliche Rechnungsablegung der Regierung vor dem Landtage (um auf diese nochmals zurückzukommen) hat neben ihrem unmittelbaren finanziellen Zweck auch noch einen sehr bedeutenden mittelbaren Nutzen, insofern sie dazu dient, das ganze Getriebe der Staatsverwaltung in allen seinen Theilen öffentlich bloßzulegen und einer eingehenden Kritik zu unterziehen. Nichts hat in den seit so langer Zeit ausschließlich bureaukratisch regierten Staaten, namentlich den deutschen, anfänglich so großen Widerspruch und Widerstand von seiten der enggeschlossenen Beamtenhierarchie erregt, als diese Offenlegung des Heiligthums der Staatsmaschine vor profanen Augen und dieses Aburtheilen von Leuten, die nicht bureaukratisch geschult waren, über Dinge, welche nur sie, die Eingeweihten, zu verstehen glaubten. Aber nichts ist folgereicher gewesen für die so nöthige Zerstörung eben dieses Banns bureaukratischer Unfehlbarkeit und Unantastbarkeit, für die Reinigung der Staatsverwaltung von zahllosen Mängeln und Misbräuchen, für die Erweckung der Theilnahme des Volks an den öffentlichen Angelegenheiten und für die Förderung einer soliden politischen Bildung.

In Bezug auf die auswärtige Politik steht der Volksvertretung in der Regel eine directe Mitwirkung nicht zu. Die Nothwendigkeit eines schnellen, einheitlichen und verschwiegenen Handelns auf diesem Gebiete läßt eine solche als kaum möglich und mindestens nicht als räthlich erscheinen. Indirect wird der parlamentarische Einfluß schon von seiten des Bewilligungsrechts niemals abzuweisen sein, und ein steter Rapport zwischen Regierung und Volksvertretung in Bezug auf die auswärtige Politik — wie er z. B. in England im Wege häufiger Anfragen an die Minister im Parlament bei schwebenden wichtigen Tagesfragen herkömmlich ist — kann nicht verfehlen, die Action der Regierung nach außen, sobald sie die öffentliche Meinung dabei für sich hat, zu stärken, im entgegengesetzten Falle aber rechtzeitig von unklugen oder unvolksthümlichen Schritten zurückzuhalten.

Der Abschluß von Verträgen, welche, sei es dem ganzen Staate, sei es einzelnen Klassen von Staatsbürgern, Pflichten oder Lasten auferlegen, unterliegt in allen Verfassungsstaaten der Genehmhaltung der Volksvertreter. Ihnen ist auch meist ein bestimmter Antheil an der Ordnung der Regierungsverhältnisse (im monarchischen Staate), der Einsetzung der Regentschaft und Vormundschaft bei Minderjährigkeit des Thronfolgers, ja selbst der Regelung der Thronfolge beim Aussterben der Dynastie oder bei Thronfolgestreitigkeiten vorbehalten. Das Parlament von England, die Cortes in Spanien und Portugal haben von diesem Rechte wirksamen Gebrauch gemacht.

Neben den vorstehend aufgeführten Cardinalrechten jeder wahren Volksvertretung gibt es noch andere, welche, ohne gleich unmittelbar und entscheidend in die Politik oder die Verwaltung einzugreifen, nichtsdestoweniger bei kräftiger und geschickter Handhabung ebenfalls dazu beitragen, einen Einfluß in der gleichen Richtung zu üben und die Stellung der Stände gegenüber der Regierung zu befestigen. Dahin gehören das Recht der Interpellation oder der Anfrage an die Regierung, um über Maßregeln derselben, Handlungen ihrer Organe oder sonstige Vorkommnisse im öffentlichen Leben Auskunft zu erhalten und darauf hin geeignetenfalls Schritte thun zu können zur Wahrung der Freiheiten des Volks und der Wohlfahrt des Landes, ferner das Recht der Adressen, um Wünsche oder Beschwerden des Volks zur Kenntnißnahme und Beachtung unmittelbar an das Staatsoberhaupt selbst zu bringen, das Recht der Enquête oder der förmlichen Untersuchung bestimmter Zustände des Landes durch eine ständische Commission zum Zweck der Abstellung wahrgenommener Uebelstände. In manchen Verfassungen sind diese Rechte ausdrücklich garantirt; in den ältern Verfassungsstaaten werden sie als selbstverständlich betrachtet, und fast in allen ohne Ausnahme sind sie jetzt thatsächlich anerkannt und in Uebung. Diese Rechte bieten den Vortheil dar, daß sie von jedem einzelnen Theile der Volksvertretung, der einen wie der andern Kammer, gesondert und selbständig geübt werden können, ohne daß, wie z. B. bei Gesetzgebungsacten, die eine Kammer an die Zustimmung der andern gebunden ist.

Eins der gewichtigsten Rechte ist noch zurück, das Recht der Anklage. In allen Verfassungen pflegt dieses Recht eine der ersten Stellen unter den ständischen Rechten einzunehmen, obwol man sagen muß, daß dasselbe mehr durch die Möglichkeit seiner Inkraftsetzung, als durch diese selbst wirksam ist. Allerdings fehlt es nicht an Anklagen und Verurtheilungen von Ministern wegen Verfassungsverletzungen oder anderer Verbrechen. In der englischen Geschichte steht mit blutigen Zügen das Schicksal des Grafen Strafford aufgezeichnet, der auf Andringen des Unterhauses unter Karl I. hingerichtet ward. Frankreich sah nach der Revolution von 1830 die Mitglieder des Ministeriums Polignac, vom Pairshof verurtheilt, einer langwierigen Haft anheimfallen. Aber beides geschah in außerordentlichen Zeiten; das eine war der Vorläufer, das andere die Folge einer siegreichen Revolution. In geordneten Verhältnissen wird es nicht leicht zu einer Ministeranklage kommen, und vielleicht um so weniger, je zweifelloser das

Recht dazu einer Volksvertretung zuertheilt und je mehr sie in den Stand gesetzt ist, dasselbe mit Aussicht auf Erfolg wirksam zu machen. Denn alsdann wird nicht leicht ein Minister es bis zu diesem Aeußersten kommen lassen, vielmehr schon früher dem von der Volksvertretung ihm bezeigten Mistrauen weichen. Es ist ein großer Mangel der Verfassungen von Preußen, Oesterreich, auch Holland, daß es an solchen festen Bestimmungen wegen Verantwortlichmachung der Minister daselbst fehlt. In den deutschen Staaten zweiten Ranges sind Ministeranklagen dadurch fast unmöglich gemacht, daß nur beide Kammern vereint solche anstellen können. Ueberall sonst, wo zwei Kammern bestehen, ist das Recht der Ministeranklage der Wahlkammer allein eingeräumt; das Urtheil fällt entweder die obere Kammer (wie in England, Portugal, Italien, den Vereinigten Staaten, ehemals in Frankreich) oder ein besonders dazu bestellter Gerichtshof (wie in Belgien, Schweden, Norwegen und Dänemark). Letzteres findet auch in den deutschen Staaten, welche Ministerverantwortlichkeitsgesetze haben, statt.

Die meisten deutschen Verfassungen sprechen der Volksvertretung, außer dem Recht der Anklage, auch ein Recht der Beschwerdeführung über die Minister beim Landesherrn zu. Es ist dies im Grunde nur eine Berufung von dem schlecht berathenen an den besser zu berathenden Monarchen, die aber freilich in der Regel wenig Aussicht auf Erfolg hat, denn wenn ein Ministerium es so weit kommen läßt und nicht schon früher zurücktritt, so muß es sich eines sehr gesicherten Einflusses auf den Monarchen bewußt sein.

In dem allgemeineren Recht der directen Adresse an den König (wo ein solches besteht) ist das der Beschwerdeführung über die Minister ohnehin mit enthalten.

Wir kommen auf einen andern Hauptpunkt aller Verfassungen, die Bildung der repräsentativen Organe.

Daß mindestens für größere Staaten das System einer in zwei Abtheilungen berathenden Vertretung, oder das sogenannte Zweikammersystem, das zweckmäßigere und durch die Erfahrung bewährtere sei, bestätigt die Geschichte aller modernen Verfassungen. Selbst in den beiden Republiken von Nordamerika und der Schweiz hat man dieses System angenommen.

Jede andere Art von Theilung der constitutionellen Gewalten, z. B. die in drei Curien, wie bei den alten deutschen Ständen, oder gar in vier, wie noch jetzt in Schweden, ist nicht blos schwerfälliger, sondern auch, weil auf dem ständischen Princip beruhend, minder rationell als der einfache, in der Natur der Dinge wie der Menschen tief begründete Gegensatz eines beweglichen und eines stabilen, oder, wenn man so will, eines demokratischen und eines aristokratischen Elements.

Wie das erste dieser Elemente herzustellen sei, liegt auf der Hand: durch Volkswahlen. Auf die Frage dagegen wegen Bildung des andern Theils der Vertretung gibt die Geschichte sehr verschieden lautende Antworten. Eine erbliche Pairie als Inhaberin des einen Factors der gesetzgebenden Gewalt kraft eigenen Rechts kann nur da sich halten und nützlich wirken, wo dieselbe beim Volke in althergebrachtem Ansehen steht und weder in privatrechtlicher noch in gesellschaftlicher Hinsicht als ein besonderer, exclusiver Stand von den andern Klassen getrennt ist. Bisjetzt ist es nur der englischen Pairie gelungen, eine solche Stellung zu behaupten, hauptsächlich darum, weil sie (wie oben gezeigt) von den frühesten Zeiten an sich als die Führerin der Nation in den innern politischen Kämpfen und als die Vorfechterin der allgemeinen Volksrechte erprobt hat. In Frankreich konnte weder die durch die Charte von 1814 geschaffene Erbpairie, noch die durch die revidirte Charte von 1830 an deren Stelle gesetzte Pairie auf Lebenszeit einen politischen Einfluß gewinnen. Die Adelskammern in den deutschen Staaten (obschon nicht einmal aus blos erblichen Mitgliedern bestehend) sind mehr oder weniger mit dem Makel der Unvolksthümlichkeit behaftet, vor allen das preußische, weniger das österreichische Herrenhaus. In keinem der andern Verfassungsstaaten hat man gewagt, das Recht der Theilnahme an der Gesetzgebung einem einzelnen Stande als ein erbliches Vorrecht einzuräumen, selbst da nicht, wo ein entweder alter und reichbegüterter oder auch durch das Verhalten seiner Mitglieder populärer Adel existirte. In Belgien läßt man den Senat ebenfalls aus Volkswahlen, nur unter erschwerenden Voraussetzungen, hervorgehen, und dieses System hat sich dort sehr gut bewährt. Portugal hat in der Verfassung von 1838 dieses Beispiel nachgeahmt; ebenso die Niederlande in der Verfassung von 1848, und Dänemark. In Spanien, in Italien, in Griechenland hat man es mit einem Senat versucht, dessen Mitglieder vom König aus gewissen Kategorien auf Lebenszeit ernannt werden. In Norwegen wählt die allgemeine Volksvertretung aus sich selbst die obere Kammer oder das Lagthing. In Bundesstaaten, wie Nordamerika und der Schweiz, war es jedenfalls das Natürlichste, daß man den einen Theil der Gesammtvertretung des Bundes (Senat, Ständerath) aus Bevollmächtigten der Einzelstaaten hervorgehen ließ.

Nirgends mehr als in diesem Punkte kann lediglich die besondere Natur der Verhältnisse, die Geschichte des Landes und die Erfahrung darüber, was zweckmäßig und dauerverheißend sei, entscheiden; mit allgemeinen Regeln ist hier nichts gethan.

Was die Bildung des andern Theils der Vertretung betrifft, so ist heutzutage kein Zweifel mehr darüber, daß dieser aus der Gesammtheit des Volks durch Wahlen hervorgehen müsse. Das feudale Selbstvertretungsrecht der Ritterschaft, der Städte u. a. ist etwas völlig Ueberlebtes und nicht mehr Haltbares. Auch die Eintheilung des Volks behufs der Wahlen in besondere Stände oder Berufsklassen (wie sie noch in manchen deutschen Staaten, ferner in Schweden besteht) entspricht dem heutigen Stande des politischen und des volkswirthschaftlichen Lebens nicht mehr und hat in keinem der größern Verfassungsstaaten Nachahmung gefunden. Selbst die Trennung von Stadt und Land, die man in England auch bei der Wahlreform von 1832 als althergebracht beibehalten, verliert ihre Bedeutung durch den infolge der Gewerbefreiheit, der Freizügigkeit und der erleichterten Communication täglich mehr verschwindenden Unterschied zwischen den städtischen und den ländlichen Besitz-, Erwerbs- und Bildungsverhältnissen.

Die Erfahrung der meisten und der bedeutendsten Verfassungsstaaten — Englands, Belgiens, der Niederlande, Spaniens, Portugals, Italiens u. s. w. — hat für die directen Wahlen entschieden. Auch der Gesetzgebende Körper Frankreichs wird direct gewählt. Die indirecten Wahlen bestehen, außer in Norwegen, nur noch in einer Anzahl deutscher Länder. In mehrern andern derselben ist man, ähnlich wie in Spanien, in Portugal, in den Niederlanden, von dem indirecten zu dem directen Wahlmodus fortgegangen.

Hinsichtlich des gesetzlichen Alters für die Stimmberechtigung und für die Wählbarkeit bieten die verschiedenen Verfassungen mancherlei Abweichungen dar. In England und Frankreich bestehen gar keine Beschränkungen in diesen Punkten. In Belgien, den Niederlanden, Spanien ist das Stimmrecht an kein bestimmtes Alter gebunden; in Nordamerika genügen 21, in der Schweiz gar schon 20 Jahre, in Preußen 24, während in Portugal, Italien, Norwegen ein Alter von 25 Jahren vorgeschrieben ist. Für die Wählbarkeit ist in den meisten Staaten (Preußen, Oesterreich, den Niederlanden, Italien, Norwegen, Griechenland) das dreißigste Lebensjahr, in Spanien, Belgien, Dänemark das fünfundzwanzigste vorgeschrieben; dagegen wird in dem letztgenannten Lande sonderbarerweise erst der Dreißigjährige stimmberechtigt.

Bei weitem die meisten Wahlsysteme schreiben für die Stimmberechtigung eine bestimmte Steuerquote, oder ein bestimmtes Einkommen, oder auch den Besitz eines Grundeigenthums vor. Ein durch keinen Census beschränktes allgemeines Stimmrecht existirt gegenwärtig nur in Frankreich, in einzelnen Schweizercantonen, in einigen kleinern deutschen Staaten, in Preußen (wo es aber durch die Abstufung nach Klassen in seinen Wirkungen wesentlich modificirt wird) und in Dänemark, wo lediglich ein eigener Hausstand erfordert wird. Dagegen bestehen in England, Belgien, den Niederlanden, Spanien, Portugal, Italien, Norwegen, Oesterreich und den meisten andern deutschen Staaten, nicht minder in der großen nordamerikanischen Republik und in den meisten Schweizercantonen die einen oder andern der obenbezeichneten Beschränkungen. Am mäßigsten ist der Census in England, wo auf dem Lande ein Grundeinkommen von 13⅓ Thlrn. aus eigenem und 66⅔, beziehentlich 333⅓ Thlrn. aus erpachtetem Besitz, in den Städten eine Miethe von 66⅔ Thlrn. als ausreichend erkannt wird; desgleichen in Portugal, wo ein Wähler nur 132 Thlr. Jahreseinkommen zu haben braucht, und in Norwegen, wo ein Haus im Werthe von 225 Thlrn. oder ein katastrirtes Grundeigenthum auf dem Lande genügt; höher in Belgien, wo auch noch nach der Reform von 1848 20 Fl., in Spanien, wo 14⅓ Thlr. Steuer erfordert werden, in den Niederlanden, wo eine Scala von

20—160 Fl. stattfindet. In Italien besteht ein Census von 40 Frs., doch sind davon die sogenannten Capacitäten (Mitglieder der Akademien, Professoren u. dgl.) befreit. In Nordamerika verlangt man von dem Wähler Ansässigkeit, was freilich dort eine leicht zu erfüllende Bedingung ist. In Oesterreich sind nur die Höchstbesteuerten in den einzelnen Wahlbezirken stimmberechtigt. Von dem preußischen Dreiklassensystem haben wir im dritten Kapitel ausführlich gesprochen. In den andern deutschen Staaten finden mehr oder weniger weitgehende Beschränkungen des Wahlrechts in der gleichen Richtung statt.

Für die Wahlmänner hat man in manchen Ländern (besonders den deutschen) einen höhern Census festgesetzt als für die einfachen Wähler; für die Abgeordneten einen noch höhern. In andern Verfassungen dagegen — und zwar weitaus den meisten — ist die Wählbarkeit an keinerlei beschränkende Bedingungen gebunden.

Durch solche und andere Beschränkungen des Wahlrechts schafft man eine besondere Klasse von Wählern und Wählbaren — das sogenannte pays légal, wie man es in Frankreich unter der Julimonarchie nannte —, welche zu der Gesammtheit der Staatsangehörigen und selbst der wirklichen Staatsbürger in einem mehr oder minder großen Misverhältniß steht. In Frankreich gab es, wie früher erwähnt, von 1814—30 kaum mehr als 100000 Wähler (bei einer Bevölkerung von etwa 30 Mill.), von 1830—48 ungefähr das Doppelte; in Belgien kam bis zu der Wahlreform von 1848 ein Wähler auf 86 Einwohner, dagegen in Großbritannien schon ein Wähler auf 26—28 Einwohner (in dem eigentlichen England 1 auf etwa 20, in Schottland 1 auf 32, in Irland 1 auf 53). Nicht zu verwechseln mit diesem Unterschied zwischen Wählern und einfachen Staatsangehörigen ist das Verhältniß zwischen der Zahl der Deputirten zu der Gesammtbevölkerungszahl. Auch dieses ist sehr verschieden. In England senden etwa 32000 Einwohner einen Abgeordneten ins Unterhaus, in Frankreich kommt ein Deputirter auf 35000 Wähler und etwa 140000 Einwohner; in Preußen ist das Verhältniß der Abgeordneten zur Bevölkerungszahl wie 1 zu 50—60000, in Oesterreich wie 1 zu 112000; in den kleinern deutschen Staaten wie 1 zu 30—40000 u. s. w. Es ist dies eine Sache der Convenienz, nicht des Princips: es gibt für parlamentarische Versammlungen eine gewisse höchste und eine gewisse niedrigste Mitgliederzahl, die sie nicht überschreiten und unter welche sie nicht herabgehen dürfen; desgleichen kommt es darauf an, wie viel intelligente, unabhängige und durch ihre Privatgeschäfte nicht allzu sehr gebundene Männer ein Land regelmäßig liefern kann.

Eine eigenthümliche Bestimmung, die wol nur noch in einem einzigen Lande, dem Königreich Sachsen, besteht, ist die, wonach der zu Wählende seinen wesentlichen Aufenthalt in dem Wahlbezirk haben muß, den er vertreten soll. Diese Bestimmung hat den großen Nachtheil, die Summe der Capacitäten, aus welchen die Vertretung eines Landes hervorgehen kann, auf eine künstliche Weise zu beschränken, da es dem Zufall anheimgegeben bleibt, ob in einem Bezirke — zumal auf dem Lande oder in kleinern Städten — sich eine zum Abgeordneten vollkommen geeignete Person findet.

Es gibt in den meisten Staaten gewisse gesetzliche Gründe der Ausschließung von dem Rechte zu wählen und gewählt zu werden. Dahin gehört in erster Linie der Verlust der bürgerlichen und politischen Ehrenrechte. Dieser Verlust kann in einem wohlgeordneten Staate nur infolge eines richterlichen Urtheils eintreten. In manchen deutschen Ländern ist man weiter gegangen, indem man schon die bloße Anklage oder die Einleitung einer gerichtlichen Untersuchung wegen solcher Verbrechen, welche, wenn wirklich erwiesen, ihren Urhebern eine entehrende Strafe zuziehen müßten, für ausreichend erklärt hat, um die davon Betroffenen von der Wahlurne auszuschließen. Diese Ausdehnung des Begriffs der Bescholtenheit kann zu den schlimmsten Misbräuchen führen, zumal da, wo die gerichtliche Verfolgung einer Person nicht mit strengen Garantien umgeben ist. Es fehlt nicht an Beispielen, daß man solche, von denen man eine energische Opposition im Landtage fürchtete, kurz vor Beginn der Wahlen in eine Untersuchung verwickelt hat. Ebenso gefährlich ist die Bestimmung, daß die Remotion, ja schon die bloße Suspension von gewissen öffentlichen Aemtern die Unfähigkeit zu wählen nach sich ziehen solle.

Als weitern Ausschließungsgrund hat man mancherorten den Fall hinzugefügt, wo jemand in Concurs verfallen ist, und zwar auf so lange, bis ein solcher Concurs durch

Befriedigung der Gläubiger ehrenvoll beendet ist. Wenn jemand nicht die volle Disposition über sich und sein Vermögen hat, also z. B. wegen Geistesstörung oder wegen Verschwendung unter Vormundschaft gestellt ist, so ruht sein Wahlrecht. Auch lassen die meisten Verfassungen diejenigen nicht mit wählen (selbst wenn sie im übrigen die vorgeschriebenen Erfordernisse hätten), welche als Dienstboten in fremdem Brote stehen oder noch ohne eigenen Hausstand unter der väterlichen Gewalt sind.

Fast allgemein ist die Ausschließung derer vom Wahlrecht, welche mit ihren Steuern an den Staat oder die Gemeinde eine längere Zeit hindurch im Rest verblieben sind, oder welche öffentliche Unterstützung in Anspruch genommen haben. Ziemlich vereinzelt dagegen steht die in der italienischen Verfassung enthaltene Vorschrift da, daß solche nicht sollen wählen dürfen, welche nicht lesen und schreiben können. Auch dort läßt man von dieser Vorschrift Ausnahmen zu, um nicht ganze Landestheile auszuschließen.

Die Religion war vor zeiten in den meisten Staaten ein gesetzlicher Grund der Ausschließung, wo nicht vom activen Wahlrecht, so doch von der Wählbarkeit, und ist es noch heute in manchen Staaten. In England konnte bis 1829 kein Katholik im Parlament sitzen, und noch bis zur Stunde sind die Juden daselbst nicht gesetzlich zugelassen. In Spanien und Portugal dürfen nur die Anhänger des römisch-katholischen Glaubens die höchsten politischen Rechte üben. Für die deutschen Staaten setzte die Bundesacte von 1815 fest, daß die Bekenner der drei christlichen Confessionen die gleichen bürgerlichen und politischen Rechte genießen sollten; dagegen blieben in den meisten derselben die Juden bis auf die neueste Zeit vom Wahlrecht ausgeschlossen: erst das Jahr 1848 hat auch für sie tolerantere Bestimmungen, wenigstens in vielen Staaten, herbeigeführt.

Die Frage wegen des Eintritts öffentlicher Beamten in die Reihen der Volksvertretung ist in der Presse und in parlamentarischen Versammlungen viel verhandelt, in den Verfassungen selbst in verschiedenem Sinne gelöst worden. In dem Frankreich der Julimonarchie, wo die Beamten eine erdrückende Masse bildeten, die in den meisten Fällen das Schwergewicht der Kammer auf die Seite der Regierung hinüberzog, wurden wiederholte, natürlich aber vergebliche Anträge zu dem Zwecke gestellt, die Unverträglichkeit der Stellung eines Beamten mit der eines Volksvertreters gesetzlich auszusprechen. Man nannte es kurzweg: la question des incompatibilités.

In Preußen ertönten ähnliche Klagen in den Jahren der Reaction 1852—58 über die „Landrathskammer".

In Schweden besteht gleichfalls ein großer Theil des geistlichen und des Bürgerstandes aus von der Regierung Angestellten, und die norwegische Verfassung geht so weit, den activen und den gewesenen Beamten einen Vorzug bei den Wahlen einzuräumen. Etwas Aehnliches findet im Großherzogthum Hessen rücksichtlich der Wählbarkeit statt.

Auf der andern Seite ist von den Regierungen oft Klage geführt worden, daß ihre eigenen Organe, die Beamten, in den Kammern ihnen Opposition machten, und umgekehrt wurden von der Volkspartei die sogenannten „liberalen Beamten“ auf den Schild gehoben. Als Schutzmittel dagegen ward von den Regierungen öfters das Recht der Urlaubsverweigerung gegen misliebige Beamte gebraucht, ein Recht, welches z. B. die deutschen Verfassungen bis zum Jahre 1848 fast ausnahmelos den Regierungen zuertheilten. Oder man suchte, wie ganz neuerlichst in Preußen, beim Mangel dieses Rechts sich damit zu helfen, daß man die Beamten-Abgeordneten die Kosten ihrer Stellvertretung im Amte bezahlen ließ.

Die Geschichte aller der Verfassungsstaaten, wo ein großer Theil der Volksvertretung aus Staatsdienern bestand, hat gelehrt, daß dies mit mancherlei Unzuträglichkeiten verbunden und daß jedenfalls die Wahl von Männern, welche auch in ihrer äußern Lebensstellung völlig unabhängig sind, derjenigen von Beamten vorzuziehen ist. Bei der bis zum Uebermaß ausgedehnten und verzweigten bureaukratischen Maschinerie der meisten europäischen Festlandsstaaten, insbesondere auch der deutschen, stellt sich allerdings der Uebelstand heraus, daß in dem Beamtenthum ein Hauptelement der Intelligenz concentrirt und daß außerhalb desselben, namentlich in den kleinern Staaten, bisweilen kaum genug Capacitäten anzutreffen sind, um die Deputirtenbänke angemessen zu besetzen. Dies ist aber nur ein neuer Beweis für die Richtigkeit von zwei Behauptungen, die wir bereits oben ausgesprochen haben: der einen, daß in Staaten unterhalb eines gewissen Maßes der Größe und der Bevölkerung das constitutionelle Leben schwer gedeihen könne, der andern, daß mit der Constitutionalisirung der Staaten die Verminderung des bureaukratischen Apparats Hand in Hand gehen müsse, damit die Intelligenzen Gelegenheit und Antrieb erhalten, in unabhängigen Stellungen außerhalb der Beamtenhierarchie sich zu entwickeln und zu erproben.

In manchen Staaten sind die Minister und auch wol andere Kategorien von Beamten nicht wählbar. Dafür aber haben die Minister und sonstige Commissare der Regierung das Recht, in den Kammern zu erscheinen und, so oft es ihnen beliebt, zu sprechen. Umgekehrt hat in England kein Minister, Unterstaatssecretär oder sonst welcher Beamter der Krone Zutritt zu den Sitzungen des Ober- oder Unterhauses, wofern er nicht Mitglied des betreffenden Hauses ist. Dies kommt daher, daß in England — nach dem dort völlig ausgebildeten Systeme der parlamentarischen Regierung — die Regierung selbst nur als ein Theil des Parlaments, als eine der großen Parteien betrachtet wird, welche sich die Führung der öffentlichen Angelegenheiten streitig machen, während in den meisten Festlandsstaaten die Regierung als eine außerhalb der Landesvertretung und über derselben stehende Macht auftritt. In England, wo ohnehin die Zahl der Beamten eine sehr geringe ist, hat es daher auch kein Bedenken, daß solche im Parlament sitzen; denn sie sind nicht die Organe einer fremden Gewalt, der sie entweder ihren parlamentarischen Einfluß zur Verfügung zu stellen, oder mit der sie sich in ihrer Eigenschaft als Volksvertreter auf Kosten ihrer Stellung in der Beamtenhierarchie in einen Kampf einzulassen hätten — sie sind nichts als Mitglieder, Repräsentanten, Führer der eben herrschenden Partei im Parlament selbst; ein Widerstreit zwischen ihrer parlamentarischen und ihrer amtlichen Stellung ist daher nicht möglich. Unterliegt ihre Partei im Parlament, tritt also das Ministerium, dem sie dienen, zurück, so verlieren sie mit diesem zugleich ihre Stellen.

In den meisten Verfassungen ist vorgeschrieben, daß ein Abgeordneter, welcher ein besoldetes Staatsamt annimmt, oder, wenn er schon Beamter war, zu einer höhern und einträglichern Stelle befördert wird, sich einer Neuwahl unterwerfen müsse. Der Grund dieser Vorschrift ist leicht einzusehen.

In manchen Staaten hat man auch die Geistlichen vom Wahlrecht ausgeschlossen, mindestens vom passiven, oder, wenn nicht alle, doch gewisse Klassen derselben, z. B. im Königreich Italien diejenigen, welche einem bestimmten Sprengel als Seelsorger vorstehen. Man fürchtete entweder ihren Einfluß auf die Wähler, oder man wollte ihr heiliges Amt vor den Folgen von Conflicten schützen, in welche ihre Stellung als gewählte Abgeordnete sie bringen könnte. Dagegen finden wir in den meisten Ersten Kammern den geistlichen Stand als solchen vertreten.

Die Soldaten sind nach den meisten Wahlgesetzen nicht wahlfähig, weil sie die für die Wähler vorgeschriebenen Bedingungen (Alter, Census, Ansässigkeit u. dgl.) nicht erfüllen. Beim allgemeinen Stimmrecht ist dies allerdings anders, und so sehen wir in Frankreich und in Preußen die bewaffnete Macht an der Wahlurne erscheinen. In Preußen hat man die allgemeine Bestimmung des Wahlgesetzes, wonach jeder Staatsbürger in der Gemeinde wählt, in der er seit sechs Monaten seinen Aufenthalt hat, zu Gunsten der Soldaten dahin modificirt, daß die letztern an ihren jedesmaligen Standesorten wählen.

Dies gibt der Regierung einen bedenklichen Einfluß auf die Wahlen, da der Soldat unter den Waffen, abgesondert wie er ist von den übrigen Bürgern, und verhindert, mit diesen oder unter sich seine politischen Ueberzeugungen frei auszutauschen, in der Regel auch bei der Erfüllung seiner Pflicht als Wähler nur dem Wink seiner militärischen Obern gehorchen wird. Dazu kommt, daß die Regierung es in der Hand hat, durch Verlegung der Standorte des Militärs, Zusammenziehung größerer Truppenkörper an einzelnen Orten u. s. w. auf das Wahlresultat einzuwirken. Weniger wäre dagegen zu sagen, wenn die zeitweilig von den Fahnen entlassenen, beurlaubten Soldaten in ihren Heimatsorten — soweit sie sonst die Bedingungen der Wahlfähigkeit erfüllten — an den politischen Wahlen theilnähmen.

Wo es kein stehendes Heer, dagegen eine allgemeine Volksbewaffnung (sogenannte Milizen) gibt, da versteht es sich, daß der Bürger die Uebung seiner politischen Rechte durch seinen Dienst fürs Vaterland nicht einbüßen darf. In den meisten Staaten von Nordamerika gibt der Milizdienst selbst ein Anrecht auf die Wählerschaft und ersetzt den Census.

Auf die Formalitäten, mit denen die Wahlen vollzogen werden, können wir im einzelnen nicht eingehen: nur einer wichtigen Frage, welche dahin einschlägt, müssen wir ausdrücklich gedenken, nämlich: ob öffentlich oder geheim abgestimmt werden soll? Die öffentliche Stimmabgabe bestand von alters her in England und wird wol auch bestehen bleiben, obschon Anträge auf Einführung der geheimen Abstimmung, des sogenannten Ballot, wiederholt im Unterhause gestellt worden sind. Mit Recht betrachtet der Engländer die Oeffentlichkeit der Wahlen als das Zeichen und den Talisman eines freien, männlichen Volks.

Auf dem Festlande ist dieses Beispiel bisjetzt nur in Einem Staate nachgeahmt worden, und dort aus ganz andern Gründen. Das octroyirte preußische Wahlgesetz vom 30. Mai 1849 führte die öffentlichen Wahlen ein, um der Regierung, welche durch ihre Beamten die Wahlhandlungen controlirt, ein Mittel der Einschüchterung an die Hand zu geben. Inzwischen hat auch dieses Mittel bei wachsender politischer Selbständigkeit des Volks seine Kraft einigermaßen verloren; man sieht jetzt die preußischen Wähler, selbst solche von nicht unabhängiger Lebensstellung, furchtlos an die Wahlurne treten und vor den Augen der den Wahlact leitenden Regierungsbeamten oppositionellen Männern ihre Stimme geben. Die öffentliche Abstimmung verlangt, wenn sie nicht der Wahlfreiheit gefährlich werden soll, starke Bürgschaften für die persönliche

Freiheit und Unabhängigkeit des Einzelnen, eine gesicherte Preßfreiheit und sonstige dergleichen Beschränkungen der bureaukratischen Allmacht — wiederum ein Beweis, daß nicht eine einzelne constitutionelle Einrichtung für sich allein, sondern nur ein ganzer Organismus solcher in Wirksamkeit gesetzt werden muß.

Eine sehr wichtige Sache bei den Wahlen zur Volksvertretung sind die vorausgehenden öffentlichen Besprechungen der Wähler über die Candidaten und deren politische Glaubensbekenntnisse. In England ist diese Sitte seit lange auf das vollständigste ausgebildet. In dem jungen Verfassungsstaat Preußen hat sie rasch Wurzel geschlagen und viel zu dem schnellen und allgemeinen Fortschritt der politischen Bildung des Volks beigetragen. In manchen Ländern waren früher, oder sind auch wol noch derartige Vorbesprechungen der Wähler verboten. Am ärgsten ist es damit in Frankreich, wo überhaupt das freie Vereins- und Versammlungsrecht weder unter dem Königthum noch unter dem Napoleonismus jemals zu der ihm gebührenden Anwendung und Geltung hat gelangen können. Bei den pariser Wahlen im Jahre 1864 wurde eine Versammlung von wenigen Personen, die Herr Garnier-Pagès, einer der Candidaten, zu sich in seine Privatwohnung eingeladen hatte, von der Polizei auseinandergetrieben und gegen Herrn Garnier-Pagès selbst eine Verfolgung deshalb eingeleitet!

Die Wahlperioden oder die Fristen, binnen welcher die repräsentativen Körperschaften regelmäßig — abgesehen von

Auflösungen — durch Wahlen erneuert werden müssen, sind in den verschiedenen Ländern sehr verschieden. In England dauert das Mandat der Unterhausmitglieder sieben Jahre — eine Dauer, die von vielen als zu lang angesehen wird und deren Abkürzung einer der Hauptpunkte der Parlamentsreformbestrebungen war, welche eine Zeit lang die öffentliche Meinung Englands in Bewegung setzten, jetzt aber seit einigen Jahren vor den dringendern Fragen der auswärtigen Politik mehr in den Hintergrund getreten sind. In Frankreich geschehen die Wahlen auf sechs Jahre, in Preußen auf drei, in Oesterreich auf sechs, in Belgien und Holland auf vier, im Königreich Sachsen auf neun, in Baden auf acht Jahre u. s. w.

Auch darin finden Abweichungen statt, daß in einem Theile der Verfassungsstaaten (z. B. in England, Preußen) jedesmal die ganze Wahlkammer erneuert wird, in andern (so in den meisten deutschen Ländern, aber auch in Belgien und Holland) nur ein Theil — die Hälfte, ein Drittheil oder ein Viertheil. Man hat dies für nöthig oder nützlich gehalten, um der Kammer erprobte und in den Geschäften geübte Talente für längere Zeit zu erhalten und gewissermaßen eine Schule des parlamentarischen Lebens zu bilden. Aber derselbe Zweck wird erreicht durch den natürlichen Takt der Wähler, welche nicht leicht einen wirklich bewährten Abgeordneten bei Neuwahlen übergehen werden. Es würde sich statistisch nachweisen lassen, daß in England und in Preußen eine ebenso große Zahl von Abgeordneten mehrere Wahlperioden hindurch ihren Sitz in der Kammer behauptet hat, wie da, wo gesetzlich nur ein Theil auf einmal austritt. Das System der Totalerneuerung hat aber jedenfalls den Vorzug, daß die jeweilige Volksvertretung wirklich das Product und der Spiegel der augenblicklich herrschenden öffentlichen Meinung ist.

Die Bestimmung der ältern deutschen Wahlsysteme, wonach für jeden Abgeordneten ein Stellvertreter oder Ersatzmann gewählt ward, der in Fällen der Behinderung oder des gezwungenen gänzlichen Ausscheidens jenes erstern an seine Stelle einrückte, ist in den neuern seit 1848 nicht mehr zu finden. Man hat erkannt, daß ein solches Vertrauensmandat aus zweiter Hand nur von zweifelhaftem Werthe ist.

Ein letzter Punkt, aber einer von den allerwichtigsten, über den noch einige Worte zu sagen sind, ist der von den sogenannten Garantien oder Bürgschaften einer Verfassung. Diese Bürgschaften richten sich natürlich gegen den Factor im Staate, welcher die physische Macht zu seiner Verfügung hat, also gegen das Staatsoberhaupt. Man geht dabei von einer Voraussetzung aus, welche die Erfahrung leider nur zu oft bestätigt hat, von der Voraussetzung, daß der Inhaber der Macht leicht der Versuchung unterliege, diese Macht über die Grenzen hinaus, welche die Verfassung ihr setzt, zu erweitern, zu dem Ende die Verfassung gänzlich aufzuheben oder doch nach seinem Belieben, und so wie es für seine Zwecke am dienlichsten scheint, abzuändern.

Einzelne Versuche dieser Art, einzelne Verfassungsverletzungen werden in der Regel durch einen tapfern Widerstand der Volksvertretung, wofern nur diese muthig und verfassungstreu ist, mit Hülfe der in der Verfassung selbst an die Hand gegebenen Waffen der Gegenwehr — der Ministeranklage, der öffentlichen Berufung an das Gewissen des Staatsoberhaupts, äußerstenfalls der Verweigerung der zur Fortführung der Regierung unentbehrlichen Geldmittel — entweder gleich von vornherein zurückgewiesen und verhütet, oder doch nach längerer oder kürzerer Zeit rückgängig und ungeschehen gemacht. Die eigentliche Gefahr für das constitutionelle Leben beginnt da, wo es gelingt, die Volksvertretung selbst zu beseitigen. Denn dann gibt es niemand, der die Vollmacht und die gesetzliche Autorität hätte, als Beschützer und Rächer der verletzten Verfassung aufzutreten. Auf diesen Punkt hat sich daher auch jedesmal — in älterer wie in neuerer Zeit — die Politik der Staatsstreiche gerichtet. Karl I. Stuart regierte elf Jahre lang ohne Parlament; General Bonaparte inaugurirte seinen 18. Brumaire mit der gewaltsamen Auseinandersprengung der beiden Räthe; die deutschen Landesherren im 17. und 18. Jahrhundert riefen ihre Stände erst immer seltener, zuletzt gar nicht mehr zusammen; der dritte Napoleon ließ die namhaftesten Mitglieder der Gesetzgebenden Nationalversammlung aus den Betten holen und ins Gefängniß werfen, und jagte den Rest, der sich dennoch versammeln wollte, mit Polizei und Soldaten auseinander; in Preußen, Oesterreich und in einer großen Zahl anderer deutschen Staaten löste man die Landtage auf, welche aus der Bewegung von 1848 hervorgegangen waren, und octroyirte entweder neue Verfassungen in Bausch und Bogen oder doch neue Wahlgesetze.

Dies ist daher auch der Punkt, um welchen sich alle die Schutzwehren oder sogenannten Garantien einer Verfassung concentriren müssen. Ihr Zweck muß sein, die Aufhebung, Beiseitesetzung oder Lahmlegung der Volksvertretung soviel als möglich zu erschweren. Zu dem Behufe hat man das Verschiedenartigste versucht. Um eine Nichtberufung des Landtags seitens des Staatsoberhaupts unwirksam zu machen, hat man in mehrern Staaten entweder dem Landtage verstattet, kraft eigenen Rechts — auf Einladung des Präsidenten des letzten Landtags oder eines zurückbleibenden Ausschusses (so war es z. B. in Frankreich nach der Verfassung von 1848) — sich zu versammeln, oder sogleich ein für allemal die Zeit seines jährlichen Zusammentritts festgesetzt, wie in Belgien, in Holland, in Schweden und Norwegen. Um zu verhüten, daß durch Auflösung der Kammer das Volk auf unbestimmte Zeit ohne Vertretung sei, hat man in allen Verfassungen genau die Frist bestimmt, innerhalb deren durch Neuwahlen wiederum eine Kammer berufen werden muß. Diese Frist schwankt zwischen zwei Monaten (Dänemark), drei Monaten (England, Preußen u. a.), sechs Monaten (die meisten kleinern deutschen Staaten). Man ließ zwischen den Sitzungen der Landtage einen permanenten Ausschuß fortbestehen, um die Rechte der abwesenden Volksvertreter und des Volks wahrzunehmen (so in Schweden, in Würtemberg, in Kurhessen rc.).

Allein keine dieser Garantien vermag dem Anlaufe eines gewissenlosen und zum äußersten entschlossenen Gewalthabers zu widerstehen. Ein solcher wird den Landtag, wenn dieser sich kraft eigenen Rechts versammelt, mit Gewalt auseinandertreiben, seine Mitglieder, wenn sie Widerstand leisten, durch die bewaffnete Macht fortschaffen, verhaften, vielleicht mishandeln lassen; er wird das Gleiche, und noch leichter, mit einem weniger zahlreichen und imposanten Ausschuß thun, oder er wird die Kammer auflösen und keine neue, mindestens keine nach demselben verfassungsmäßigen Wahlgesetze wieder berufen. Alles dieses ist wiederholt in dem einen oder andern Lande geschehen.

Man hat daher nach weitern Garantien suchen müssen. Wir sprechen hier nicht von dem Eide des Regenten auf die Verfassung: von gewissenhaften Regenten ist überhaupt kein Verfassungsbruch zu besorgen; gewissenlose aber bindet, wie die Erfahrung lehrt, auch ein Verfassungseid nicht. Da es öfters vorgekommen, daß der Nachfolger auf dem Throne die von seinem unmittelbaren Vorgänger oder von frühern Regenten eingeführte Verfassung nicht als für sich verbindlich anerkennen wollte, so haben manche Verfassungen ausdrücklich bestimmt, daß die Unterthanen nicht eher dem neuen Regenten zu huldigen verpflichtet sein sollen, als bis dieser seinerseits den Eid auf die Verfassung geleistet. Wenn, gestützt auf eine solche Verfassungsbestimmung, ein namhafter Theil der Staatsbürger die Huldigung verweigern würde, so möchte dies auf den Regenten selbst und seine Rathgeber wol nicht wirkungslos bleiben.

In den alten Verträgen einzelner Stände mit ihren Fürsten — den ersten Anfängen constitutioneller Rechtsordnung — finden wir fast immer einen Artikel im Sinne jenes berühmten aragonischen: Wenn nicht, nicht! Diese alten Verträge gingen aber noch weiter: sie erklärten in der Regel auch für den Fall, wo ein im unzweifelhaften Besitze des Throns befindlicher Monarch die verbrieften Rechte des Landes verletzen würde, die Unterthanen nicht allein der Treue und des Gehorsams gegen ihn ledig, sondern auch berechtigt, Gewalt mit Gewalt zu vertreiben, ja einem solchen eidbrüchigen Monarchen die Krone zu nehmen. Dieses Recht erkannten die ältesten Freibriefe der englischen Könige selbst an, dieses Recht sprachen sich die portugiesischen Cortes von 1670 zu, und sogar in manchen der alten feudalständischen Verfassungen deutscher Lande findet sich Aehnliches.

Der moderne Constitutionalismus will dieses Nothrecht des physischen Widerstandes durch eine der Civilisation und dem Bildungsfortschritt der Gegenwart entsprechendere Vertheidigungsweise ersetzen. Er will die Revolution, den Bürgerkrieg — oder, was noch weit furchtbarer, den Meuchelmord, das Attentat — verhindern, indem er die Tyrannei, die Rechtlosigkeit, die gesetzwidrige Bedrückung verhindert, von der jene so häufig der traurige Rückschlag sind. Er will ein System des gesetzlichen, passiven Widerstandes organisiren, welches lediglich darauf hinauskommt, einer Regierung, welche wider die Gesetze, wider die Verfassung handelt, das Fortgehen auf diesem Wege unmöglich zu machen. Zu den Mitteln eines solchen gesetzlichen oder passiven Widerstandes, welche die Verfassung selbst an die Hand geben muß, gehört vor allem dies, daß der Einzelne nicht verpflichtet sei, Steuern und Abgaben zu zahlen, welche nicht verfassungsmäßig bewilligt sind, und daß den betreffenden Beamten verboten sei, solche nicht verfassungsmäßig bewilligte Steuern zu erheben. Ein anderes wirksames Mittel besteht darin, daß den ordentlichen Gerichten gestattet ist, von jedem einzelnen Staatsangehörigen Klagen über Verletzung der Amtsgewalt gegen jeden Diener der vollziehenden Gewalt, von den untersten bis hinauf zu den höchsten, anzunehmen und darüber unabhängig zu erkennen. Manche Verfassungen autorisiren auch die Verwaltungsbeamten selbst, Befehle ihrer Obern, die ihnen verfassungswidrig scheinen, nicht zu vollziehen; andere beschränken sich darauf, ihnen Vorstellungen dagegen zu verstatten. Natürlich ist es aber für Verwaltungsbeamte — bei der streng hierarchischen Gliederung des bureaukratischen Mechanismus, wie er fast in allen Festlandsstaaten besteht — allezeit sehr schwer, solche Gewissensscrupel wirksam geltend zu machen.

Man hat endlich — weil alle diese und ähnliche Bürgschaften doch immerhin ohnmächtig erschienen gegenüber Gewalthabern, welche vor dem Aeußersten nicht zurückscheuten und denen eine starke und wohldisciplinirte bewaffnete Macht zu Gebote stand — das letzte Schutzmittel für die verfassungsmäßigen Rechte des Volks darin erblicken wollen, daß die Glieder dieser bewaffneten Macht selbst durch die Kraft eines Verfassungseides abgehalten würden, sich gegen die Verfassung gebrauchen zu lassen; man hat — so namentlich in den meisten deutschen Staaten im Jahre 1848 — die Vereidigung des Heeres auf die Verfassung verlangt und auch vielerorten durchgesetzt.

Indeß erhoben sich gegen diese Maßregel manche Bedenken vom Gesichtspunkte der nothwendigen militärischen Disciplin aus, und sie ist daher wol allerwärts, wo man sie damals eingeführt, wieder abgeschafft worden. Auch bleibt immerhin zweifelhaft, ob selbst dieses Mittel einen Staatsstreich verhüten würde, falls eine Regierung zu einem solchen beharrlich entschlossen wäre. Was die Offiziere betrifft, so erscheint es allerdings nicht blos zulässig, sondern auch zuträglich und durchaus logisch, daß diese ebenso gut, wie die Beamten der Civilgewalt, als Staatsdiener den Eid auf die Verfassung leisten. Das kurhessische Staatsdienergesetz von 1831 schrieb dies ausdrücklich vor, und diese Vorschrift hat sich bei dem berühmten Verfassungskampfe in diesem kleinen Lande 1850 als gut und wirksam erwiesen, indem die große Mehrzahl der Offiziere lieber ihren Abschied nahm, als daß sie sich zu Werkzeugen und Mitschuldigen eines Verfassungsbruchs machen ließ.

Die beste und allein sichere Bürgschaft einer Verfassung besteht freilich in der allmählichen und andauernden Gewöhnung an ihren Gebrauch sowol seitens des Volks als des Fürsten. Der Fürst muß einsehen lernen — und er wird es, wenn er weise ist — daß es für die Wohlfahrt des Landes kein zuverlässigeres Mittel gibt als Einrichtungen, welche darauf berechnet sind, Irrthümer und Misbräuche der Verwaltung entweder zu verhüten oder doch sobald als möglich unschädlich und rückgängig zu machen, die Gesetzgebung auf den Weg eines stetigen, aber besonnenen Fortschritts zu leiten, die Regierung über die wahren Bedürfnisse und Interessen des Volks aufzuklären und dadurch im Einklange mit dem Geiste des Volks zu erhalten, daß die Kraft und Festigkeit des Thrones am sichersten auf der durch eine verfassungsmäßige Freiheit gewährleisteten Anhänglichkeit aller Staatsangehörigen an die bestehende Staatsordnung und an deren höchsten Träger, den Monarchen, ruht, daß endlich auch nach außen die Macht des Staats wesentlich in eben dieser Uebereinstimmung zwischen den Regierenden und den Regierten wurzelt und daß namentlich ein Großstaat heutzutage nur dadurch, und durch nichts sonst, wahrhaft und nachhaltig mächtig, achtunggebietend, unantastbar gegenüber andern Staaten, ja selbst einer Coalition solcher, dazustehen vermag.

Das Volk seinerseits müsse lernen, von den in der Verfassung ihm gewährten Rechten ebenso wol einen mäßigen und besonnenen als beharrlichen und consequenten Gebrauch zu machen. Es sei beeifert, die Summe dieser Rechte, wie groß oder wie gering immer, durch ein lebendiges Gefühl ihrer Nothwendigkeit und Nützlichkit und eine dem entsprechende rührige Betheiligung an ihrer praktischen Uebung sich ganz und nach allen Seiten hin zu eigen zu machen und, ehe es nach einer Erweiterung seiner Freiheiten strebt, zuvor den Kreis der ihm verliehenen mit seiner politischen Thätigkeit vollständig auszufüllen! Es halte seine Blicke mehr auf das Nächste, vor seinen Füßen Liegende, als auf eine unbestimmte und nebelhafte Ferne gerichtet, und suche die Verbesserung seiner Zustände mehr in der fortschreitenden Vervollkommnung der gegebenen Verhältnisse, als in einem ungeduldigen Jagen nach Theorien, welche zu diesen Verhältnissen einen allzu großen Abstand bilden und daher, auf dieselben angewandt, statt einer Weiterbildung und Entwickelung vielleicht nur Störung und Verwirrung hervorbringen würden! Wenn ein Volk solchergestalt ruhig, fest, beharrlich, ohne Hast, aber auch ohne Rast, auf dem gesetzlichen Boden verfassungsmäßiger Einrichtungen vorwärts schreitet, und wenn es das Glück hat, von einsichtigen und wohlwollenden Fürsten regiert zu werden, so wird es ebenso wol vor Staatsstreichen als vor Revolutionen gesichert bleiben und aller der Wohlthaten theilhaftig werden, welche das System einer verfassungsmäßigen, durch eine freigewählte Volksvertretung unterstützten und geleiteten Regierung, recht verstanden und recht gehandhabt, überall und allezeit hervorgebracht hat.

# Nachträge.

Während des Drucks haben sich folgende thatsächliche Veränderungen in einzelnen Verfassungsstaaten begeben:

In den Donaufürstenthümern ward durch einen Staatsstreich des Fürsten Cusa am 15. Mai 1864 die Verfassung von 1858 abgeändert, insbesondere ein neues (mehr demokratisches) Wahlgesetz proclamirt, diese Octroyirung einer allgemeinen Volksabstimmung (wie in Frankreich 1851) unterzogen und mit großer Stimmenmehrheit genehmigt.

In Portugal ist die 1852 errichtete „Additionalacte", welche, während sie in Betreff der Abgeordnetenwahlen sich der Verfassung von 1838 anschloß, indem sie directe Wahlen und einen niedrigen Census festsetzte, der 1859 noch mehr ermäßigt ward, sonderbarerweise an der Stelle der Wahlpairie von 1838 das Princip der königlichen Ernennung und der Erblichkeit aus der Verfassung von 1826 beibehielt, in diesem letzten Punkte im Mai 1864 abermals einer Abänderung unterzogen worden durch ein, von der Deputirtenkammer mit großer Mehrheit angenommenes Gesetz, welches die Erbpairie wieder abschafft.

CPSIA information can be obtained
at www.ICGtesting.com
Printed in the USA
LVHW040025180422
716440LV00005B/413